筆耘文筑

歌仔戲劇

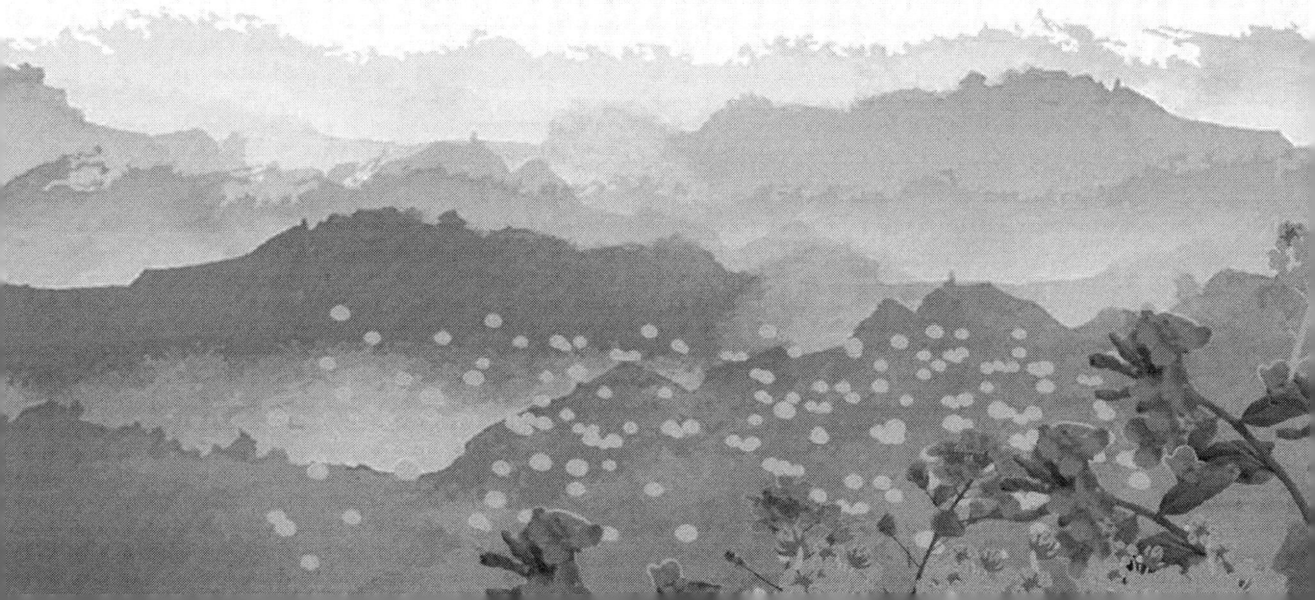

目錄

序文——

歌仔戲劇本集

序

一想到我最敬愛的祖母，就憶起她在我幼時教我吟千家詩以及跟著她看歌仔戲的情景。

我的出生地是嘉義縣朴子市有正明星、登興社、新登興三個歌仔戲團。登興社曾於民國四十一年三月一至十日、六月十一日至二十在台北萬華演出，四十六年七月二十三日又在萬華戲院以四句聯對答，轟動一時。

台南丹鳳社、吳興社、丹桂社、銀玲社、中貴社、葉春興、第一歌劇團、學甲光華興也遠近馳名，高雄則有高月歌劇團。

家住鹽埕區的黃美瑟女士撰寫了五部歌仔戲劇本，要我作序，我一讀再讀略抒感想於後，就教於左者與讀者。

《潯陽秋瑟》劇情是金聖歎因「哭廟抗糧案」，為百姓請命致禍，從容就義，其義行、詩文、才學永垂千古。

《月老說姻緣》敘府城台南大天后宮、武廟、重慶寺、大觀音亭四大月老所牽姻緣線引發的民間故事，結局團圓美滿。

《痞貪鸚雞籠》旨在警世勸善，結局出乎意了之外，戒人不可貪財，用了大量的台灣方言諺語。

《阿闍世王—未生怨》謂釋迦摩尼佛時代，印度「摩揭帝國」阿闍世王以善法治國，為佛教大護法，佛教之興，其功不可沒。

《苦海慈航》述觀音菩薩聞聲救苦，以其「觀理自在」、「觀人自在」、「觀境自在」、「觀心自在」，又名「觀自在」，悲天憫人，度化眾生，以達至真至善至美境界，此劇較少方言。

歌仔戲從清朝、日殖到民國不僅風行於台灣，起影響大陸、東南亞華人地區，從廟埕、野台、戲院、電台、電影、電視，觀眾聽眾甚多，現則漸趨沒落，美瑟女士有鑑於此，以其生花妙筆，苦心孤詣。撰寫了五本，筆者有幸，先睹為快，略抒心得如上，敬請作者、讀者指正。

中山大學退休教授
龔顯宗謹序於二〇二二年二月二十日

堅持寫好戲是美

一劇一生。我常在一齣好戲裡對生命有了更深的體悟，那經過滌清、映照後的生命因而有了不同，是更輕盈了還是更沉重，我說不太清。只是單純的喜歡，喜歡在讀劇看戲中繼續與生命對話。

隨著年紀增長，同一齣戲也常有全然不同的感動與理解，自己已然不同，所以較能看出劇本裡更多原本就存在的深刻，只是當時年紀尚輕還看他不清識他未明而已。這本是正常，有些事非得經歷過或非到了那個年歲，才能夠體會品味吧！也唯有此經過時間粹煉後的感動，才能說明這些劇作的經典性、普遍性與恆久性，以及又更愛劇作家三分。

看《推銷員之死》對於父子關係決裂與和解的體會、讀《晚安母親》對於自殺深沉的理解、讀《伍采克》對被壓迫底層者尋無出路的同情、讀《慾望街車》對於幻境為現實所摧的悲鳴、看《化妝師》對於已逝青春美好的感懷、讀《北京人》對於人生牢籠的恐怖警醒、看《茶館》對於個人在時代無情碾壓下的悲哀等莫不如是，這些劇作都伴隨、形塑及豐富著不同階段的我，都是我一讀再看、迭有啟發的好劇本。

現代戲劇如此，感動我的新編戲曲作品也有不少，如《曹操與楊修》、《夏王悲歌》、《駱駝祥子》、《快雪時晴》、《金鎖記》、《1399 趙氏孤兒》等，這些人戲互保的好作品也都曾經滿足我對當代戲曲的審美需求與藝術想像。在尚長榮、唐文華、魏海敏等名伶的表演詮釋下，《曹操與楊修》與《夏王悲歌》傳遞出劇力不讓西方古典悲劇的氣派、《駱駝祥子》與《金鎖記》讓知名小說有了深雋的戲曲生命、《快雪時晴》能在歷史大敘事中得見人性真情，而《1399 趙氏孤兒》則是我認為歷史與戲劇交織互文的典範。

除了文人思維、精緻深湛的新編戲曲之外，近年適應民間戲曲生態、突出劇團演藝特色的佳作也越來越多，為臺灣當代戲曲尤其是歌仔戲的演出創造了可喜的多元景觀。這些劇作家多瞭解文學、表演及劇種特色，文常不避俚俗而能俗中帶雅，演則多有發揮空間且大有可觀，這些作品的風格、質地與前述文人劇作截然不同，常能反映臺灣庶民思維，更具演出活力及可親性，這也是我極其喜愛的劇作類型，而美瑟的歌仔戲劇本創作即是箇中妙手。

結識美瑟是在 2016 年高雄春藝歌仔戲劇本創作徵選計畫上，當年她的《真．畫》一劇入選，我負責陪伴指導她與同年入選的淑寬《錯身緣》的創作，從初稿到定稿再到讀劇，我欣賞她的文筆才華，以及專為場上而作的用心。隔年，她的《夢碎花樓》與淑寬的《鏡中魔》又同時入選及有幸再度陪伴了她們的創作過程，因此緣分我們成為好朋友，去年並分享了她的《苦海慈行》獲得教育部文藝創作獎戲劇劇本（教師組）特優的殊榮。欣聞此劇將與她的《月老說姻緣》、《阿闍世王》、《痀貪嘍雞籠》、《潯陽秋瑟》等五劇集結出版，前三部與觀音、月老、佛教等民間宗教信仰相關，後二部則一為結合在地特色的勸世文，一為譜寫文學批評家金聖歎一生情誼的悲鳴曲。我有幸先睹讀為快，讀來是親切、享受並心生敬佩，佩服美瑟一直以來堅持歌仔戲劇本創作，而且寫的每齣戲都是適合臺上搬演的佳作。劇本集出版了，更期待她們的舞臺呈現。

國立臺北藝術大學戲劇系教授
徐亞湘

〈筆耘文筑序〉

如果把人的一生分為兩半，那麼，50歲是人生的分水嶺。美瑟，站在人生的正中心，50歲以前的前半生循規蹈矩。在會計的職涯中，日日與數字報表為伍，凡事端正謹飭，注重信義，經濟收支事項要遵循財制，處理得當；帳目出入，恰當無誤。作為一個傑出的會計人員，應用商業語言，財務資訊系統，提供可靠的資訊，協助資料使用者做審慎的判斷與決策。忠實地為企業主效勞，保護企業主的財產不受侵犯。

50歲以後的後半生，美瑟決定恢復公主的身分，優雅，從容，自信，做自己。為了一圓文學夢，打破牢籠，無懼社會的眼光，父母的期待，生活的壓力，報考文學研究所。研究所入學考試多次失利，屢敗屢戰，考到後來，少女味十足的粉紅妹是否榜上有名，成了文學系的年度大事。

美瑟在文學所就讀的時候，我已知她是歌仔戲的戲迷，除了對小說與戲劇課程特為傾心外，還加入歌仔戲戲班學戲唱戲。第一年明清小說的課程，她負責金聖嘆小說評點主題的導讀，課後美瑟說：「金聖嘆故事可寫成劇本。」我知道美瑟寫歌仔戲劇本是遲早的事，但沒想到一個暑假，她真生出第一部歌仔戲劇本《潯陽秋瑟》，而且此後還一年一劇本，連年得獎。

作為頭號讀者的我，看到《潯陽秋瑟》腦中升起的是白居易〈琵琶行〉：「潯陽江頭夜送客，楓葉荻花秋瑟瑟。」「座中泣下誰最多？江州司馬青衫溼。」美瑟的《潯陽秋瑟》以金聖嘆和雲瓊兒合譜琵琶曲調〈潯陽秋瑟〉始，最後此曲再現時，即是雲瓊兒與金聖嘆訣別，金聖嘆從容赴義，殉難劇終時。最後一曲〈潯陽秋瑟〉響起，少女心爆棚的粉紅妹，為率性而為，恃才傲物，並自命才子，著作不倦，因哭廟案入獄，後被按上叛逆罪而判處斬首的金聖嘆，痛哭失聲。

美瑟寫作劇本，辛勤耕耘，用真情灌注，因為情感坦率直爽，所以語言通俗明白；因為情感廣博不拘，句句是常言俗語，扭作曲子；因為性情樂觀，寫作的聲音不喧鬧，敘述不張揚，劇本中的人情和義理，通過角色自身的對白與情節來向觀眾證明，展現作家的洞見與情意。美瑟的劇本總是充滿陽光與力量，無論如何爭執與對立，他都會清朗地歌唱，讚誦生命，充滿對歌仔戲和土地的愛戀。

作為美瑟的頭號粉絲，劇本的寫作真不是我能說長論短，姑且說《筆耘文筑》是帶上美瑟的夢想，一路的歌唱，唱出心中美麗的嚮往。

南華大學文學系副教授
鄭幸雅

潯陽秋瑟　話美瑟

紀少陵

錯過新春的驚蟄
悶雷持續無語
因為梅雨
十方蟬林　蛻化為溪谷的蛙鳴
曾經出梅的心塵舊事
再度與胃酸　攪了又翻

美瑟眉目深鎖，諸多糾葛的往事與況味，在筆下斟酌的時刻，恐怕也與她平生的際遇，交光疊影也難分難解。

然則作為創作者，難免需將自身的感觸，通過腳本與角色的疏鑿，蛻變而為鮮活的敘事者，方能召喚讀者，一起進入作品的橋段，感動莫名………

【潯陽秋瑟】中，那位在輿情的簇擁下，吶喊歌哭的金聖歎，儼然清初一代文豪。明清異代，經常感慨：金人在上，聖人焉能不歎?從此改名為金聖歎。看別人放風箏，等著人家的風箏線斷掉，直呼不亦快哉。去野外放火，然後看著燃燒的火焰，樂得不亦快哉，正是此君。

畢生傲岸的金聖歎，不愧「科場狂生」的風格，譬如申論歲試題目「如此則安之動心乎否」，此君

乃答以 有美一人，試問夫子動心否乎。將夫子「四十而不動心」之論點，連寫 動動動動………三十九個「動」字，可謂是挑戰考官與觀眾的心臟，樂得不亦快哉，正是此君。

因「哭廟抗糧」一案，乃與吳縣十八名秀才身陷黑牢。紅粉知己雲瓊兒，為身陷冤獄的他們，乃以琵琶彈奏「潯陽秋瑟」一曲，召喚無邊無際的哀思，是全書中最具張力的敘寫。貪官酷吏的嘴臉，貧民百姓的苦處，在樂聲中宛若歷歷在目。

畫家說　留得枯荷聽雨眠
樹蛙按時打嗝的頓挫
宛若徘徊的詩句
詩人云：「你要將時光，當作一條溪水。」
你要坐在岸邊
看它流逝

「不亦快哉」的金聖歎，痛恨酸文假醋，遺言卻也與眾不同。行刑前他留下的遺言居然是：「**花生米與五香豆腐乾同嚼，有核桃味道。**」莫非也是「不亦快哉」的金氏哲學，得此一技傳矣，死而無憾也。一代才子金聖歎留下的遺言，體現了這個荒謬世局的無比況味。

那一年的七月飛雪，來的不尋常，才人金聖歎高聲吟詩，雲瓊兒彼此結心，卻未能相擁的遺憾，遂在美瑟深情的筆端，再度揮寫亙古的寂寞。

如此藐視科舉，目無禮教的金聖歎，卻為了飢民而「動」了真性情。一代「狂士」，卻因為哭廟抗糧一案，儼然「國士」襟懷。人生最後的棋局，在美瑟【潯陽秋瑟】沈吟頓挫的詩筆下，值了。

除溼機鎮日鼓譟
差點抽離了
漫漶週身的詩意

禪家說　你只能專注的「看」
不再涉入
冷言酸雨的箭簇
才能在雨中
討饒稍歇的聲量
「見」到自性

美瑟是我見識過最為奇特的學生，一席粉色穿搭一只粉色行李箱。原本自在的快意人生，卻因公司的變故，一夕之間豬羊變色。美瑟不改其志，依然一席粉色穿搭一只粉色行李箱。抽空修完也聽完，本所最多的課程，總是坐在第一排，與教授們並兼論道。至於那些荒謬的遭遇，一簑風雨任平生。

驚心動魄的【阿闍世王─未生怨】一作，美瑟展現了她嫻熟世故的功力。將阿闍世出生時，相命師稟告他的父親頻婆娑羅王：「阿闍世日後一定會反叛。」頻婆娑羅王將阿闍世摔於宮階，卻沒有大礙，只有指頭受傷。成長後雖被立為太子，卻與一直想要謀害釋迦佛的提婆達多結交。提婆達多即是勸進阿闍世篡位的首謀，阿闍世日後果真發動兵變，自立為王，並且禁錮了父母親。並餓死父親在地牢之中。自從父親死後，也併吞諸國，威震四鄰。

然則他的心病宿疾，也是日夜難安，全身生瘡腐爛，無藥可醫，顯然是果報難了。美瑟將洞悉人性葛藤的功力，詮釋此段驚心動魄的佛典傳奇，游刃有餘。將深自懺悔的阿闍世王，如何深自懺悔，並轉向釋迦牟尼佛皈依，從此立志為佛門護法。

同時，作為大反派的提婆達多，此一有血有肉的角色，如何被打入阿鼻地獄，眾人稱快的結局，卻也出人意表，乃在阿鼻地獄中領悟，反而「逆助」共成佛道。阿闍世王立志為佛門護法之後，被釋迦牟尼佛授記，在未來將成辟支佛。其他環伺周身的角色如王妃 耆婆 目連 舍利佛 以及貧女難陀的刻劃，俱為此腳本精湛的詮釋。

導演告訴我
雨水，終將沖走人生道路上的記憶
然則我畢竟
捨不得睡去
傷疤終究是無法剝盡

警方 體貼為我奉茶
不如在人間轉角處
靜待
盜領盜刷 開悟契機的囚徒

美瑟沒有時間，為人生的不堪歇息片刻，他一手忙著批改成山的試卷，賺取微薄的費用。另一手更勤於手作 DIY 日常用品，自得其樂。更神奇者，以人生悲苦熟成的酒釀，屢獲文學大獎，劇作也陸續登上舞台公演，如此戲劇化的際遇，不亦快哉。

此書中【月老說姻緣】一則，乃將府城的四大月老廟競寫傳奇，其中各宮廟執掌與分工各有所司，透過美瑟的鋪排，高潮迭起。四大月老廟 通過編寫塑造的敘事者，諸如天后宮姻緣伯 武廟逍遙君 重慶寺酸甘婆 大觀音亭好啄嬤的各顯神通。再加上孟婆為證的穿針引線，將癡男怨女的是非恩怨，終能了結眷屬歷劫，繼而元神回歸本位。遂將塵間的雞吵鵝鬥，鶯鶯燕燕的風流濫帳，驅遣其生花妙筆，讓觀者拍案叫絕。

【苦海慈航】一作，特別引出「魚籃觀音」如何渡化眾生的事蹟，寓有光照痴闇，令入佛智的苦心孤詣。其中千手千眼的觀世音，如何福田廣播菩提種，將混濁的金沙灘脫胎重生，可謂印證「聞聲救苦」的真諦。

美瑟出入經典的文本奧義，又能將個人涉世的體悟，進行改寫編劇，如同「變文」的體裁與手法，將佛經中的道理與故事，用講唱的方式表現，亦可結合圖像，進行展演。某一個角度而言，美瑟得以運用這些資材，反芻個人過去在職場與江湖的處遇經驗，印證教義，又可推陳出新。

因果已然結痂
塵緣如斯
靜待
熟成與蒂落

然則美瑟的劇作，不僅是變文手法，還可登上舞台演出，更像是溝通分析心理學的「人生劇本」進路，不僅翻轉平庸的腳本，也不等待拯救的奇蹟。美瑟以劇作，救贖自己的命運，也療癒了觀眾。俱在她的生花妙筆之下，將種種狗屁倒灶的荒謬百態，一路寫來，自闢蹊徑。可以衝州撞府，也可以自我調侃，不用等待果陀。

沒有「旁觀者」的時代，我們看戲，有時也成為運命糾葛的棋子，縱然是八點檔的爛梗，我們不也是在笑罵中，望見過去的自己，還有現在的他者。美瑟的劇作問世，看官們 期待她敘說不完的故事，鐵定持續精彩，一如她的人生。

紀少陵 南華大學文學系副教授 第13屆埔里鎮立圖書館 駐館作家

寫在出版之前

十幾年前還在讀文學所的我，因抒寫一篇金聖歎小論文，在收集有關金聖歎資料中，深深為金聖歎故事而動容，從小酷愛歌仔戲的我，當時立定了將金聖歎故事編成喜愛歌仔戲劇本念頭。那年整個暑假裡，我在中山大學圖書館中，埋頭寫作，也許是老天爺要考驗我的決心及耐心，那年中山圖書館正在進行更換冷氣工程，整個圖書館沒有冷氣，酷熱不堪，儼然是個大燜鍋，但沉醉在編寫金聖歎故事，不斷創作中的我，一點也不覺得苦。不僅為編寫感人肺腑金聖歎故事廢寢忘食，每每寫到傷心處，會躲到廁所痛哭失聲，擦乾眼淚後，再回到座位上，打不到兩行字，又躲回廁所痛哭。就在淚水交織汗水中，我完成了人生第一部歌仔戲劇本【潯陽秋瑟】！也因有了這第一部的血汗之作，我愛上了編寫歌仔戲這種感覺，欲罷不能，至今已完成四十多部歌仔戲劇本。也多次獲得教育部文藝創作獎獎次，及高雄文化局徵選歌仔戲入選殊榮！

會想要編寫的劇本彙整成冊，實因歌仔戲屬小眾文化，在與歌仔戲劇團合作後，深知劇本創作與搬上舞台公演間距離，真非一步之遙，為針對某些人愛惡，不得不將作品大量修改，實非所願，所以將原創劇本所保留，因搬演困難、不得不大量刪改的劇本還原，這才是我的原創初衷，原汁原味，藉由原本劇本文字呈現，盼能獲得讀者共鳴！

創作至今，感謝求學中，中山大學教授 龔顯宗教導，南華大學 鄭幸雅教授及 陳昱志教授一路相隨，亦師亦友，伴我成長。也很榮幸承獲文化大學 徐亞湘教授對我劇本批評及諫言。以及老戰友們及家人們的支持及鼓勵。

歌仔戲劇本創作是一條孤獨又只能獨享的道路，冷暖自知，一路走來雖是篳路藍縷，但總能在披荊斬棘下，繼續往前。

此次出版感謝獲高雄市政府文化局補助，筆耘文筑-歌仔戲劇本選集，才能有正式出版一日，並感謝好友 韻綺 霸氣贊助書籍封面及插圖設計。我相信這只是個起點，來日必有第二部、第三部歌仔戲劇本集能相繼問世。

2022.04.21 寫於高雄

【歌仔戲劇本】

潯陽秋瑟【劇本1】

前言：

「潯陽秋瑟」是我完成的第一部歌仔戲劇本，榮獲2017年教育部舉辦文藝創作獎傳統劇本優勝獎。也是我寫作至今最愛的一部劇本。「潯陽秋瑟」劇本描述文人金聖歎一生故事，隱藏在金聖歎狂放不羈個性下，不為人知柔情一面。如今重看十年前首作，劇本難免有欠周全之處，但仍能感受到當時寫作熱情。以「潯陽秋瑟」劇本為鑑，勵志冰檗、莫忘初衷！

劇情簡介：明末，一代怪傑金聖歎誕生於春光明媚之江南，其一生狂傲、瀟洒、放浪！才華洋溢，而得名垂千古！為官時不慣官場醜態，罷官歸鄉，和妻兒共享天倫。開設學堂，教育子民。卻又因〝哭廟抗糧〞案，與吳縣十八名秀才一起為百姓請命，而遭來殺身之禍！其一生多變經歷，令人感嘆萬千，一掬同情之淚！

場次簡介：

序場：點出潯陽秋瑟的楔子

第一場　文曲出世

金聖歎乃是天上文曲星下凡，其文思才敏，無人能出其左右，小時入私塾就學時，就能篡改詩經，展現其文才的狂妄。但也是這狂妄的個性，為其一生種下悲劇種子！

第二場　醉讀西廂

金聖歎十五歲，童子試科場名列第一，但金聖歎不愛聖賢詩書，偏愛【西廂】【水滸】等，當時文人列為淫亂之書。為此父親金源張震怒，卻改變不了金聖歎評點【西廂】【水滸】之心，與父親故友－雲博之女（雲瓊兒）兩人青梅竹馬，並以【西廂】情節互通款曲。瓊兒深通音律，與金聖歎合譜琵琶曲調【潯陽秋瑟】。

第三場　鴛鴦夢碎

明歿清初，金聖歎絕意仕進，開設學堂換得溫飽，原本金雲兩家希望共結秦晉之好，無奈雲父驟逝，瓊兒繼母嫌貧愛富，逼瓊兒另嫁富商為妾。臨行道別，瓊兒誓道，有生之年只為金聖歎彈奏【潯陽秋瑟】。只要【潯陽秋瑟】曲調不滅，鴛鴦終有重逢之日。瓊兒別後，金聖歎整天渾噩度日，父親逝世後，為延續金家香火，不得不另娶嫻淑村婦何氏。

第四場　鶼鰈情義

目不識丁的何氏，和金聖歎婚後，為讓金聖歎專心著書，一肩挑起家計，卻難取代瓊兒在金聖歎心中地位。待何氏與金聖歎分別生下一兒一女—金雍、金法筵後，金聖歎對髮妻態度才為轉變，鶼鰈義深。無奈貧賤夫妻，百事哀！世俗諸事，再再考驗此對夫妻！

第五場　哭廟抗糧

吳縣縣令任維初（山西人）剛到任，便嚴刑酷打負欠「國課」的貧民，任維初為了肥一己私囊，竟盜賣常平倉的國糧，又強令百姓補償。這種「監守自盜」的醜行，更激起全縣百姓的憤恨。金聖歎與秀才們憤激之情難歇，相聚文廟，鳴鐘擊鼓，號啕大哭，以示抗議。這時正好趕上順治皇帝駕崩的哀詔傳到吳縣，在蘇州文廟設幕帳哀悼，巡撫朱國治率領官吏和士紳舉行追悼儀式。秀才們隨即到文廟，向撫臣遞交控告任維初的揭帖，數千縣民亦跟著湧向府衙，喊聲如雷，紛紛咒罵，並要求驅逐縣令任維初。把任維初視為心腹的巡撫朱國治，初是驚懼不已，後又老羞成怒，先發制人，竟叱令武裝士兵驅散群眾，逮捕以金聖歎為首秀才多人。

第六場　身陷囹圄

金聖歎被捕後，不改狂放本色，處處與任維初作對，把任維初恨得牙癢癢的，妻兒四處奔波欲營救金聖歎卻處處碰壁！

第七場　潯陽秋瑟

中秋將至，金聖歎在獄中，意外遠處傳來琵琶奏彈樂曲【潯陽秋瑟】，原來雲瓊兒，不堪長期夫家大娘欺凌，逃出夫家，卻遍尋不著金聖歎蹤影。如今雖得知金聖歎下落，卻只能遙遙眺望，相會無期！雲瓊兒把對金聖歎一番情意，寄語琵琶。金聖歎再聽【潯陽秋瑟】，深感此生已了然無憾！

終場　七月飛雪

七月十三日，金聖歎臨刑之日，天忽然降下大雪，金聖歎見狀仰天大笑，直道：「天開眼！」遺作詩云：「天公地母報丁憂，萬里江山盡白頭，明日太陽來問弔，家家簷下淚雙流！」一代狂人，從容就義！但他為百姓請命的義舉，永留人間，讓後人傳誦不滅！

主要人物：

①金聖歎：從十八歲演到五十四歲（又名人瑞），一生才華洋溢、個性狂傲、放浪。俠骨柔情，因〝哭廟抗糧〞案，為百姓請命，而引來殺身之禍！

②何氏：從二十歲演到四十四歲。金聖歎髮妻，敦厚嫻淑，為讓金聖歎專心評書，默默負擔家計，從不言苦。金聖歎因〝哭廟抗糧〞案歿後，何氏在暮年被發配充軍到寧古塔（今東北遼陽）。

③雲瓊兒：從十六歲演到五十二歲。金聖歎摯愛，明末後父親驟逝，繼母逼嫁，被迫婚配商人為妾。對金聖歎一直舊情難忘！後逃出夫家卻無緣與金聖歎再會，金聖歎死後，削髮為尼。終生為金聖歎及其家人誦經祈福。

④金源張：從三十歲演到四十六歲。金聖歎父親，是個最恪守儒家之道的人，但為了金聖歎這般「狂怪」的兒子讓他揪了一輩子的心。

⑤崔氏：從二十六歲演到五十二歲。金聖歎母親。最疼愛金聖歎，每回金聖歎受金父嚴苛教訓，總能即時呵護，使金聖歎免受皮肉之苦！

⑥丁子偉：四十歲。金聖歎摯友，因共謀"哭廟抗糧"，與金聖歎一同問斬！

⑦王仲儒、唐堯治、周江：吳縣秀才，年齡二十六至四十歲不等。因共謀「哭廟抗糧」，與金聖歎一同問斬！

⑧金雍：二十歲。金聖歎大兒子，個性溫文儒雅，「哭廟抗糧」案後，受父親牽連，被流放外地，十年不得還鄉！

⑨金法筵：十六歲。金聖歎大女兒，聰敏慧黠，溫和個性與 母親相似！常為母親分擔家計。

⑩阿牛：二十歲。獄中小卒，金聖歎昔日門生。

⑪任維初：五十歲。吳縣縣令，貪贓枉法，魚肉鄉里之人。

⑫朱國治：五十六歲。巡撫大人，和任維初是一丘之貉。他為維護心腹任維初，先發制人，將金聖歎斬首示眾。

⑬吳行之：四十二歲。任維初師爺，與任維初狼狽為奸，盜賣皇糧，中飽私囊！

⑭吳鳳起：五十歲。按官，卻與朱國志同一陣線，陷害忠良！

⑮老管家：金家家樸，風趣忠心。

序幕

時間：黑夜
地點：監牢
人物：金聖歎、任維初

△一開場，漆黑舞台，投射燈投射在舞臺上主角身上。金聖歎身著囚衣，神情 落寞地盤坐地上。

△射燈投射在身著官服縣令任維初身上。神情嚴肅唸著手上公文宣判。

任維初：「查金聖歎為首等十八名秀才，所犯罪狀有四：一為震驚先帝之靈，罪大惡極；二為聲言抗打朝廷命官，目無朝廷；三為編造揭帖，鼓動集眾鬧事，違反律令。四為結盟立社，私通海賊，意圖謀反。查明屬實，罪無可赦！今宣判金聖歎為首等十八名秀才，秋日問斬！妻兒、家產，俱籍沒入官府，並發配充軍遼陽，終生不得還鄉！」

△金聖歎聽完後，先是一愣，後仰天大笑！舞台在金聖歎笑聲中暗去！

第一幕　文曲出世

時間：白天
地點：金家客廳、教室
人物：金聖歎（小時）、雲瓊兒（小時）金源張、崔氏、管家、老教師、小孩幾位、祝壽賓客。

△舞台燈啟，金源張焦慮站在祖宗牌位面前，唸唸有詞。

合唱：【輕歌漫舞】

三月春暖百花開，天送麒麟金府來，

金家老爺誠參拜，庇護夫人生頭胎

△老管家面露喜色登場。

老管家：老爺！老爺！好消息！夫人生啊！

△金源張一聽，也面露喜色。

金源張：是真个！是生男亦是生女？夫人有順事否？

老管家：老爺！汝嘛予我稍歇喘！一睏頭問遮濟？

金源張：汝毋著緊講！

老管家：夫人生查甫啦！人嘛真順利！

金源張：太好囉！我金家有後囉！

老管家：老爺！趕緊來去看嬰兒！順便替小少爺號一个好名！

金源張：嗯~今天是三月三，是文昌帝君壽誕，遮个嬰兒選這個時辰出世，一定是跟文昌君有緣，將來必定是才高八斗，人中之龍！就予伊號名「人瑞」！

老管家：人瑞，好名！好名！

金源張：緊！緊來去看我的小人瑞啊！

△金源張與老管家笑著退場，舞台燈滅！

△舞台燈啟，舞台上整齊放著幾張書桌，幾個小朋友，開心搖頭晃腦背誦經文！老師手執教鞭，認真督導學生唸書！

學生齊唸書：人之初，性本善，性相近，習相遠，苟不教，性乃遷，教之道，貴於專……。

△學生們皆用心背誦，唯有小金聖歎不專心東張西望，百般無聊！

老師：真好！逐家把三字經背得真熟！今仔日，老師要開始教恁讀『詩經』！

△老師在講台上，忽然看見小金聖歎心不在焉模樣。震怒大拍講桌！

老師：人瑞！汝咧作啥？

金聖歎：我沒作啥！

老師：汝的心溜去佗位！

金聖歎：心不在學堂，不表示我人毋佇學堂，我只心遊天地興悠悠！

老師：猶閣咧應喙應舌，我問汝，《詩經》的開篇，是啥？

金聖歎：是〈關雎〉！

老師：背出來！

△金聖歎眼睛一轉，古靈精怪一晃腦，背出自創〈關雎〉。

金聖歎唱：【童謠】

關關雎鳩，在湖扁舟。
左遊右遊，天地悠悠。
關關雎鳩，在湖抓鰍。
左找右巡，溜溜瞅瞅。
關關雎鳩，在湖歌歌。
左聽右聽，箇箇喝喝。
關關雎鳩，在湖四周，
左擁右抱，汝羞不羞！

△老師聽出，是金聖歎胡謅的詩句，更為震怒！

老師：住口！人瑞汝是咧讀啥！
金聖歎：我自創〈關雎〉！
老師：聖賢之書，豈容汝篡改！
金聖歎：老師，我沒篡改，只是模仿！
老師：模仿！古人苦讀書經，閣愛「懸樑、刺骨」。汝小小年紀，竟敢如此輕浮！不覺有辱聖賢嗎？
金聖歎：我袂感覺我有辱聖賢，聖賢所留詩句，若無阮遮後人，模仿、創新及流傳，待百年之後，啥記得古來聖賢个詩作。

△老師聽完小金聖歎話後，熟思了一會，語重心長對金聖歎道出。

老師：人瑞！汝小小年紀，難能有此番見解！老師深知汝的才華是人中之龍。但要知影『水深流且慢，人貴語猶遲』。汝當切記其中道理，萬萬不可自傲、浮誇！

△老師語畢，舞台燈光聚在小金聖歎身上，後緩緩滅去。

△舞台燈起，舞台上呈現壽堂模樣。

△各路賓客齊聚金家，今天是金家姥姥六十六歲大壽，一片喜氣洋洋！

合唱：【西江調】

六月初六慶壽誕，金家雙老福壽全。

賓客登門來拜壽，眉開眼笑眾人間！

△金源張帶著小金聖歎，向高堂上爺爺、姥姥賀壽。

△金爺爺忙拉著下跪的金聖歎起身。

金爺爺：起來！起來！乖！

金聖歎：阿公，祝汝壽比南山，福如東海！

△金爺爺開心取下一枚最大壽桃。

金爺爺：人瑞！今天是阿公六十六歲生日，汝有想欲食否？

金聖歎：當然啦！

金爺爺：哪焉爾，阿公問汝？學堂老師所教道理，汝甘攏有了解啊？

金聖歎：阿公！學堂老師只是一直愛阮背冊，說四書五經是偌好个道理！卻又毋講四書五經是好置佗？

金爺爺：喔？汝感覺按呢毋著嗎？

金聖歎：對啊！像這樣『鴛鴦繡了從教看，莫把金針度與人』的觀念，只是讓世間只會加出讀死書的戇書呆而已。

△一旁金源張見金聖歎，發表如此狂妄言論，起身斥責！

金源張：人瑞！休得無禮！

金聖歎：我哪有無禮？將來我一定要好好評點遮个才子書，好流傳後代！

金爺爺：好⋯好！有志氣！哪焉爾阿公要考汝遮个小神童！阿公要汝當場作詩一首，那作得好，阿公手中遮个最大壽桃就是汝个！

金聖歎：哪有問題！阿公作汝出題來！

金爺爺：今日是六月初六，又是阿公六十六歲生日，我要乖孫題一首詩中，要有六個六字、六個壽字。乖孫！咁有困難？

金聖歎：這有什麼困難！阿公聽來！

△在場賓客都知道，這是金爺爺在考金聖歎，自然有一場好戲，個個睜大眼睛豎起耳朵！

△金聖歎，跑到書桌前拿起筆來，一會便寫好一首詩。呈給爺爺。

金聖歎唱：**六月初六六逢六，六人賀壽同祝壽。**

六個壽桃獻壽姥，壽壽增壽再添壽！

△金爺爺接過詩來，仔細數著詩中壽字與六字！

金爺爺：六個『六』字是對，猶毋過．．為什麼加出兩个『壽』字！

金聖歎：阿公，詩中有『增』、『添』二字，彼兩个『壽』字，一个是增的一个是添的！所以無準算！

金爺爺：妙啊！

△金爺爺聞聲大笑，頻頻點頭！眾賓客讚美聲不斷！

△金母崔氏由內室手牽著一個可愛小女生出場，一到堂前丫頭們便稟明金聖歎聰慧，讓她也眉開眼笑，以子為榮！

崔氏：人瑞！汝今日表現得真好！阿娘嘛有賞，等一下壽宴上，阿娘會做汝最愛吃的火腿蜜汁膏。

金聖歎：多謝阿娘！

△崔氏指著身旁小女孩，交與金聖歎。

崔氏：這是汝雲世伯女兒「瓊兒」，交乎汝照顧囉！要好好招待喔！

△金聖歎看著這可愛小女孩，一見彼此投緣，立刻結為好友！

金聖歎：好！瓊兒！咱來去花園抓蝶仔！

△金聖歎開心拉著瓊兒退場！

△在坐賓客不斷向金源張恭賀，有子如此出眾，將來定能光宗耀祖！）

△但只見金源張愁眉深鎖，他只擔心金聖歎雖才思敏捷，但怕狂妄個性會為他人生帶來極大變數！

△舞台燈滅！

第二幕　醉讀西廂

時間：白天

地點：金家後花園、

道具：書本、琵琶、花園中獨特瓊花盆栽、酒壺、玉杯、托盤

人物：金聖歎、雲瓊兒、金源張、丫環、管家

合唱：【狀元樓】

時光荏冉已十秋，人瑞才名傳四周。

童子一試佔榜首，科場狂生令父愁！

△花園中金聖歎手捧【西廂記】看得津津有味，讚嘆不已！沉醉在【西廂記】情境中！

金聖歎：妙啊～

△後台傳來父親咒罵聲！打醒金聖歎美夢。

△金父氣呼呼上場，隨後跟著老管家，不知如何是好。

金源張：人瑞啊，汝遮个孽子啊！真是欲將我氣死！

△金聖歎來不及將書藏起，只得把書端在懷裡，起身問禮！

金聖歎：爹！是啥物代誌，惹爹受氣！

△金源張一聽氣得指著金聖歎鼻子大罵！

金源張：也擱有啥物代誌，會予我焉爾受氣！汝這个孽子，我才咧講，自汝十五歲彼年，童子試獨占鰲頭後，是安哪今年科試汝哪會名落孫山，原來是汝……真是不受教！

△金源張從懷中取出張紙箋，攤在金聖歎面前。

金源張：小畜牲！看汝寫啥？此次歲試題目是啥？

金聖歎：《如此則動心乎否？》

金源張：汝在文章篇末寫啥？

金聖歎：空山窮谷之中，黃金萬兩；露白葭蒼而外，有美一人，試問夫子動心否乎？」曰：「動動動動動動……」

金源張：汝敢這樣戲弄考官！

金聖歎：我哪有！

金源張：一連寫了三十九字動，啊擱講無！

△金聖歎一本正經，伸出四隻手指。

金聖歎：「四十而不動心，本是儒家聖訓！」我寫三十九個「動」字，正好答出此回應試者闡發聖人四十而不動的道理！主考官袂了解我文章中涵義，怎能怪我！

金源張：汝猶擱有理，真是一派胡言！自古以來，佗一位文人敢如此作答！

金聖歎：別人不能，並不表示我人瑞不能！

金源張：汝…汝…真是放肆！

△金源張見金聖歎狂妄模樣，恨不得好好教訓這不受教兒子。金聖歎見父親盛怒，一時慌了手腳，不小心把懷中『西廂記』掉落在地上！

△金源張拾起書來一看，簡直氣炸了肺！
金源張：小畜牲！汝做的好事，竟然阿敢看這種「淫書」！
△金聖歎一聽父親竟然評『西廂記』為「淫書」，一時難以接受，和父親辯了起來。
金聖歎：爹！『西廂記』絕非「淫書」！
金源張：書中盡是男女之情、淫詞豔句！猶敢說不是「淫書」！
金源張：男歡女愛，本是天生地長！《詩經》中也有描寫男女情感，頭篇〈關雎〉便是！才子佳人互相傾慕，是合乎自然『必至之情』！有人卻曲解其意，枉加譴責，實在是無『順乎天意』！
金源張：還在巧辯！真是歪理！
金聖歎：雖是歪理，也是合理！何況，『西廂記』在咱金家嘛正在演出當中！
金源張：啥？咱家！哪有？
△金聖歎決定要戲謔父親，義正詞嚴緩緩道出此番見解。
金聖歎唱：【下凡】
爹汝本姓張家郎，俊俏少年展才風。
阿娘正是崔家女，貌似鶯鶯情意長。
夜半私會在西廂，情投意合訴情衷，
毋免紅娘來牽線，郎才女貌配成雙。
△金源張一聽，金聖歎道出自己年輕時的往事，不覺羞澀滿面！一旁老管家也掩著嘴偷笑！

金源張：是啥佮汝說遮……？

金聖歎：當然嘛是最講道理，最守信用崔老夫人，外嬤！

△金源張原本想好好教訓兒子，但此時已無法下台，幸好屋內僕人來報，貴客來訪！

家僕：老爺！雲老爺帶著雲小姐來訪！

金源張：雲佬來了！來得好啊！

△金源張趁機忙到前堂迎接舊友，臨走前還不忘想再說金聖歎幾句，金聖歎見狀，立刻做出恭送父親身段。又把金源張弄得啞口無言！

△金聖歎見父親走後，拾起引起父親怒斥的『西廂記』，輕拍書上灰塵，愛憐翻閱。

金聖歎：『西廂記』非同小可，乃是天地妙文啊！怎能說伊是「淫書」？

△金聖歎心思全在『西廂記』上，不知背後來了嬌客—雲瓊兒。雲瓊兒一身素淨，貌美如花，她見金聖歎專注模樣，嫣然一笑，悄悄伸手將『西廂記』自金聖歎手中抽離！

△一旁丫環手執托盤，上面放置一組精緻酒壺及玉杯！放在石桌上，掩著口偷笑識趣下場！

雲瓊兒：好呀！金大哥汝又佇咧偷看『西廂記』！

△金聖歎一見來得是青梅竹馬雲瓊兒，不禁露出欣慰笑容！

金聖歎：我一個好瓊妹，汝著甭擱戲弄愚兄囉！咦？今仔日毋是佳節假日，雲伯父哪會帶汝來阮家作客？

△雲瓊兒翻了翻手中『西廂記』，笑盈盈，眼珠一轉！

雲瓊兒：我毋是來度假，而是來「避難」！閣過兩工，就是阮二娘个壽誕，厝內要為伊大開宴席，爹爹驚我會閣佮伊起衝突，特別將我送來金兄厝內好避免衝突災難！

金聖歎：汝佮二娘，經過這濟年，猶是水火不容？

雲瓊兒：誰叫伊，一心才想欲取代阮阿娘佇雲家地位！

△雲瓊兒陷入回憶中，臉色稍黯然，不屑道出繼母作為。

雲瓊兒：阮阿娘！才華滿腹，豈是二娘遮種空有外貌个浦柳，可以比併个。會記得奶母有說過，阿娘生我那日，花園中阿娘最愛个瓊花嘟好盛開。所以阿娘就為我號名「瓊」兒，又用瓊花露水釀了一罈「瓊花露」，埋佇咧瓊花樹下。遺憾个是，阿娘卻袂當親喙喝到遮罈酒，就仙逝囉。所以自細漢，我哪咧思念阿娘就會走去花園中瓊花邊，放聲大哭！

△雲瓊兒說到最疼他的母親，紅了眼眶，看到金聖歎同情眼光，立刻用袖口擦了下臉頰，轉移話題。拿起石桌上精緻酒杯，倒了一杯瓊花露。柔情遞給金聖歎。

雲瓊兒：遮回我有對厝內，帶來二壺「瓊花露」，一壺已經送予金伯父，伊現在已經跟爹爹作伙，咧把酒言歡！另外一壺，就請金大哥好好評鑑，我親手釀的「瓊花露」。

△金聖歎欣喜的從雲瓊兒手中，接過一杯「瓊花露」，輕酌後，讚聲連連！

金聖歎：果然是好酒！甘甜、香醇！瓊妹巧手藝！

△雲瓊兒聽到金聖歎讚美，羞澀中不忘再戲弄金聖歎。看了下手中『西廂記』。

雲瓊兒：方才，我才入門，管家著講，大哥因為偷看『西廂記』，乎伯父責備，沒想著……大哥汝不但是咧偷看，猶擱在書中一一評點，金大哥汝真是大膽！哪予伯父知情，一定是家法伺候！拍得汝骨折肉裂！

金聖歎：別人不知『西廂記』是至品，我著不相信瓊妹汝會不知這其中奧妙！硬要把『西廂記』冠上「淫書」罪名，實在是太不風雅！

雲瓊兒：是真的嗎？

金聖歎：不信，瓊妹汝好好評賞！

△金聖歎要雲瓊兒仔細欣賞『西廂記』，待雲瓊兒在花園中石凳坐下，用心觀看『西廂記』時，金聖歎看著雲瓊兒專注神情，愛慕之情油然生起！

金聖歎唱：【山伯英台】

儷靚容貌如瓊花，笑似芙蓉離塵凡，
水仙難比伊幽淨，江梅似同其清閒。
千點真珠擎素華，一環明月破香葩，
東方萬木競紛飛，天下無雙獨此花。

△雲瓊兒專心看完金聖歎評點的『西廂記』後，讚嘆連連！猛抬起頭，正巧和金聖歎癡迷眼神碰個正著，雲瓊兒羞澀的立刻將眼神避開！

雲瓊兒：『西廂記』果然是妙品！

金聖歎：對！堪稱才子佳人的張生和鶯鶯，偶然相見，而又相憐，相悅，這攏是乎人會動體憫的。卻有人妄加譴責，實在是不『順乎天意之快事』。『有情人終成眷屬』，這是我所追求的。待我將來有機會時，一定要將『西廂記』當作才子書評點—只可褒袂使貶！

△雲瓊兒聽完金聖歎一番見解後，心裡對金聖歎論點十分贊同，同時對『有情人終成眷屬』這句話，再三玩味。

雲瓊兒：『有情人終成眷屬』！金大哥天下有情人真正都能終成美眷嗎？

金聖歎：理所當然！

△雲瓊兒心裡對金聖歎也有愛慕之情，只苦於身為女子不便表明，便　用話對金聖歎暗示！

雲瓊兒唱：【抒情都馬】

聽了後〰金郎一語動吾情！只覺花開葉茂盛，楊柳青青好天晴！似這般〰並蒂蓮開碧波中，雙翅蝶舞萬花叢，忽南忽北又西東！梁祝情意千秋誦，牛女傳說萬古揚！

願此景〰年年俱在，歲歲天長！

（白）但我是深閨女兒身，怎可將心意來表明！

雲瓊兒唱：**自幼跟金兄兩人是尚親近，青梅竹馬好比一家親！**

怕只怕歲月無情不由人，至情至愛卻不能成至親！

△金聖歎一聽瓊兒一番話，知道瓊兒對自己也有情意，不禁大喜，也立刻表明心意！

金聖歎唱：**我佮汝，青梅竹馬，竹馬青梅，怎會來兩分開！**

待長成，不管是我，為卿為臣或為民，定要娶汝進廳門。

攜手偕老，共度晨昏！

因有汝，我望斷天涯不覺恨！

確定是，歲月有情任由人，至情至愛成至親！

△金聖歎愛憐牽著雲瓊兒的纖纖玉手，指天為證，指地為盟！

金聖歎、雲瓊兒合唱：在天願做比翼鳥，在地願結連理枝。

天長地久有盡日，此情綿綿無了時！

若負此盟忘此約，自有天地共譴之！

金聖歎：能佮瓊兒結同心，面對這良辰美景，瓊兒汝緊將琵琶拿來，我欲為汝譜曲一首，紀念咱的情意。
以後好傳給咱个囝兒。
雲瓊兒：曲名為何？
金聖歎：如今已是秋天囉，古詩云「潯楊江頭夜送客，楓葉荻花秋瑟瑟！」
此曲就將伊號名叫「潯楊秋瑟」。
雲瓊兒：好一個「潯楊秋瑟」！
△金聖歎與雲瓊兒結心相擁！
△舞台燈滅！

第三場　鴛鴦夢碎
時間：深夜
地點：金家後花園
道具：酒瓶、酒杯、盛開瓊花盆景。
人物：金聖歎、雲瓊兒、金源張、崔氏、ㄚ環、管家

合唱：【情海斷腸花】
山河驟變來匆匆，國恨家仇情義重。
腹中才華書萬卷，不肯低頭在草莽。

△金家花園，金源張、與崔氏愁容滿面來回踱步！

金源張：夫人啊！老管家猶未按江南轉來嗎？

崔氏：著是啊！毋知雲家情形是如何？

金源張：半年前只接到雲世兄一張報平安書信，從此音信全無！
在這戰亂時刻中，我逐日攏為雲世兄規家个安危咧操煩！

崔氏：就是焉爾！早哪知會發生這麼多代誌，就應該予人瑞跟瓊兒提早訂親！

金源張：夫人！汝今馬講遮，有何路用？

△金源張與崔氏哀哀嘆氣！

△老管家風塵僕僕進場，氣呼呼的！

老管家：啟稟老爺夫人，小的返來囉！

△金源張一見老管家，急忙忙詢問雲家概況。

金源張：老管家，辛苦囉！不知雲世兄現在情形……

老管家：老爺！哪講這雲老爺！天就黑一半，那麼好一個人，那會這麼快就去世！

△金源張一聽大驚失色！

金源張：汝是講，雲世兄過身囉！

老管家：是啊！已經過身半個月囉。人嘛已經下葬！

△崔氏一聽也紅了眼眶，掩臉啜泣。金源張也神色黯然。

崔氏：這麼好的人……天公伯，真是無目睭！

金源張：管家，雲家失去家中大柱，現在是要如何是好？

老管家：哪講到這，都實在使人憤慨！

金源張：按怎講，汝毋著緊講！

老管家：雲家家產，佇李自成入關時，就攏乎賊兵搶去，雲家一路逃到江南，雲老爺身染重病，一切醫藥費，都靠向雲二娘後頭厝借貸。沒想到，雲老爺一死，雲二娘就作主，要將瓊兒姑娘，嫁給……哼！講「嫁」是好聽，我看是「賣」給江南首富劉員外作細姨！

△金源張跟夫人一聽，氣得七竅生煙！

金源張：這……這捺个對！雲二娘實在太過分囉！

崔氏：對呀！欺負瓊兒這個可憐孤女！

金源張：管家！汝隨備馬！我欲來去江南救瓊兒！

老管家：老爺！汝免去啦！我當場就有講要替雲老爺還錢，把瓊兒姑娘接來咱家裡！沒想到雲二娘她……

金源張：她講怎樣？

老管家：她講……

崔氏：啊汝不著緊講！

老管家：雲二娘講甲有夠難聽！她講哪無聘金十萬兩，她不可能將瓊兒姑娘嫁來咱家，而且又說，改朝換代後，大少爺好好一个小官都毋願作，將來哪有啥物出脫！食咱夠夠！明知影咱兜無遮濟錢！真是聽了規腹肚全火！

金源張：十萬兩！就是將咱金家家產全賣掉，嘛不夠十分之一！

老管家：老爺！我就是知道，才會毋敢答應！尚可憐是瓊兒姑娘，逐工攏愛予雲二娘壓迫，哭的死來活去！到前天，她嘛知道咱金家个無奈，伊沒想欲拖累咱金家。她…只好頷頭答應欲嫁給劉員外作細姨！

△金源張跟夫人一聽瓊兒答應出嫁，百感交集。但金家貧困是事實，又能如何？

崔氏：我一个無緣媳婦啊！

金源張：恨啊！為什麼雲兒欲遮爾啊早死！好好一個清白女兒，就愛陷入泥沼！

老管家：二股月後瓊兒姑娘就欲出嫁！她有交待出嫁之前，會先來咱家向老爺跟夫人，猶閣有……跟少爺辭別！

崔氏：遮……人瑞哪知情，一定會痛心疾首啊！

金源張：唉！只能講是兩人無緣！可嘆啊！

老管家：唉！

△舞台在三人嘆息聲中滅去！

△舞台燈亮！在金家花園中，金聖歎獨自一人，在花園中呆坐。

△雲瓊兒一身素服與丫環上場。丫環手捧托盤神色淒然上場，緩緩將手中托盤放在桌上。在雲瓊兒暗示下，悄然下場。

△雲瓊兒見金聖歎木然表情，淺歎口氣，忽見園中一角盛開的瓊花。

雲瓊兒：今年瓊花開得真好！

金聖歎：只可惜！花好人未圓！

△雲瓊兒一聽「花好人未圓」，淚已成河，無言以對！

雲瓊兒：金兒，是瓊兒辜負汝！

金聖歎：為啥物？為啥物？咱不能像鶯鶯佮張生，月圓花好！

雲瓊兒：是環境照造成，咱就愛親像元稹跟葦叢……月落花殘！

△金聖歎一聽，激動起身緊握住雲瓊兒冰冷的雙手。

金聖歎：為什麼！為什麼！有情人不能終成眷屬，還要落得天涯各一方！

雲瓊兒：怪只怪紅娘錯牽紅絲線！汝咱姻緣簿上名無份！

△雲瓊兒輕移金聖歎熾熱雙手，肝腸寸斷！

雲瓊兒唱：【寒門秋月】

（白）金兒啊~~

二娘貪圖劉家錢，瓊兒無奈違心意，

父母雙亡能怨誰，失根落花任凋棄！

山河破碎風中絮，飄搖身如雨淋萍。

賤妾命薄如殘杏，隨波逐流萬里行！

金聖歎：恨啊！我一生狂妄，卻無能留住摯愛个人！閣敢稱啥物才高八斗？

又憑啥物目空一切？

雲瓊兒：金兄，我知道汝滿懷才華，卻不甘願與滿清遮群賊寇為伍，才會掛冠而去。金兄汝有衝天之志，

然　身在此亂世中，不得不任由命運牽絆！金兄，汝千萬不可失志，要將滿腹才華揚名天下！

雲瓊兒唱：【七字調】

雪中松柏愈勁節，扶植綱常在此行！

天下久無龔勝潔，人間何獨伯夷青！

金聖歎：瓊妹……只有汝尚了解我个心，但我卻是違背咱个誓言！

雲瓊兒：無！咱攏無違背當年所許下誓言，這是環境造成的！

汝甘擱會記得當年，汝為我所譜「潯陽秋瑟」！

金聖歎：當然會記得！只是……人事全非！

雲瓊兒：瓊兒在遮立下誓言，佇我有生之年，絕不為他人閣彈奏「潯陽秋 瑟」。無論汝咱雖身隔數萬里，天地不滅，「潯陽秋瑟」總有閣佮汝相逢一日！

△金聖歎聽完雲瓊兒一番話語後，感到欣慰，雲瓊兒已表明內心只容他一人。取過雲瓊兒遞來「瓊花露」一仰而盡，苦笑！

金聖歎：無想到，再飲「瓊花露」，竟是如此「酸澀」！

雲瓊兒：我也無想到，咱再相見之日竟也是分手之時！

金聖歎：瓊妹！

雲瓊兒：金兄！

△兩人不捨相擁，卻驚聽報更聲響，默默分開。淚眼人對淚眼人；傷心人泣傷心人。

兩人合唱：【霜雪調轉瓊花調】

碧雲天，黃葉地，西風緊，北雁南飛。曉來誰染楓林醉，總是離人淚！

恨相見，怨別離，柳絮飄，藕斷絲連。夜深月殘寒露冷，愁絕人未歸！

△在悽涼歌聲中，舞台燈滅！

△舞台燈啟，深夜，金源張與崔氏立在花園中愁容滿面。金源張不斷輕咳！

金源張：夫人！人瑞這兩天有較振作否？

崔氏：也不是同款！天天醉！醉天天！

金聖歎：唉~~隨在伊去！遮爾囡仔，心中有太濟个不平！

崔氏：自從瓊兒離開了後，一點音訊都無，莫怪人瑞會心中憂悶藉酒解愁！

金源張：夫人！汝敢會毋知瓊兒伊是用心良苦！

崔氏：用心良苦？

金源張：瓊兒會不佮咱連絡，是為著予人瑞死心，早日將伊放袂記，才能早日振作，瓊兒如今心境，絕袂比人瑞好過！

崔氏：唉～～真是可憐个一對有情人！

△金源張若有所思，望＋著遠方，心中有了決定！

金源張：夫人！我想欲搬離京都，來去吳縣安居樂業，汝看如何？

崔氏：吳縣？路途遙遠啊！

金源張：夫人啊！改朝換代了後，朝廷採用高壓佮懷柔政策雙管齊下。以人瑞狂妄個性，毋當容忍遮不合理个代誌，一定會佮為官者起衝突！搬離這，來去吳縣，也許會當避免一寡是非！

崔氏：人瑞伊敢欲答應？

金源張：由不得伊！

崔氏：萬一那是瓊兒有消息，怕會找不到咱。

金源張：放心！哪是有心，天南地北總會相見。其實，置遮爾亂世，瓊兒不能跟人瑞結合，未必是一件缺事！

崔氏：老爺！汝哪會焉爾講？汝不是尚贊成此段婚姻？

金源張：遐是佇太平盛世，此段姻緣才能有美滿結局！

崔氏：我袂當了解？

金源張：夫人啊！人瑞跟瓊兒都是生活在富裕環境中，這兩人攏是勿會曉打算過日子。如今戰亂四起，雲家破產，咱金家家產也被徵收大半去囉。這兩人在如果結合，要如何做一對貧賤夫妻！生活種種，並不是靠風花雪月著會當維持个啊！

崔氏：老爺講的是。

金源張：夫人啊！搬來去吳縣後，縣中哪有好女德姑娘，切記要速速為人瑞訂下親事，就算是目不識丁的村婦女，也無妨！

崔氏：這…人瑞一定袂答應！

金源張：婚姻之事，原本就該由父母做主！逼也要逼他答應！

崔氏：老爺，我知。夜深了！汝的身體不好，早點安歇！

△金源張不斷輕咳，夫人愛憐撫拍他的背，緩緩離去！

△天上明月如畫，金聖歎醉醒自房中開門出來。神情憔悴，令人同情！

△金聖歎走到園中，回憶起昔日情境，悲慟萬分！

金聖歎：瓊兒！我知影汝愛我振作！猶毋過是真困難啊！

金聖歎唱：【憂愁的古箏】

異域河中春欲終，園林深密鎖頹墉。
三更酒醒推開看，西苑花殘亂翠重！
東山雨過空青叢，一院月明如畫中。
等閑春晚芳菲歇，葉底翩翩困蝶蛹！
客去陽關竟不歸，青青楊柳又春暉，

渭城連日何曾雨，淚濕故人身上衣。
巫山亦有晴天日，神女終無夢斷冥。
結得同心依舊散，恨做元積負鶯兒。

金風蕭蕭夜渡河，秋河粼粼朝微波。
思君知君不思我，我亦不思又如何？

△舞台燈在金聖歎愁思中，滅去。幕落！

第四場　鶼鰈情義
時間：深夜
地點：金家客廳、金家房間、吳縣街道
道具：茶杯、酒杯、筆、紙、藥碗、紡紗機。
人物：金聖歎、何氏、崔氏、金雍、金法延、丁子偉、王仲儒、唐堯治、周江、崔謙益、賓客數位。

合唱：【萬古流芳】
歲月三年過匆匆，源張駕鶴往西方。
為續金家單脈親，母命難違配成雙。

△金聖歎房間，當中一對紅燭，新娘端坐床沿，金聖歎一臉無奈。
△遠方傳來二更響，金聖歎無意掀開新娘喜帕，呆坐房中，喝著悶酒。
△崔氏帶丫環上場，輕敲房門。
△金聖歎不得不起身，打開房門。立在門外的是母親崔氏與丫環，她一進門，看著呆坐在床沿媳婦，再看一眼金聖歎，不滿情緒溢於言 表！

崔氏：人瑞，遮爾晚囉，為啥物猶袂緊掀開喜帕！

金聖歎：阿娘！

△金聖歎為難說著。崔氏不讓金聖歎有解釋機會，命丫環取來如意秤，交給金聖歎。金聖歎無奈接過如意秤，把新娘喜帕掀開！
△掀開喜帕後，露出新娘子嬌羞桃花般面容，水汪汪雙瞳。崔氏滿意的直盯著新媳婦，讚美連連！

崔氏：人人都講，何家琇琇姑娘，品德出眾，如今一看，果然如此！

△崔氏欣喜拉起著新媳婦的纖纖玉手，將自己手上一隻玉鐲，套入何琇琇手腕。

崔氏：這是咱金家傳媳傳家寶，好媳婦，望汝緊替咱金家開枝散葉，早一日將這個傳家玉鐲，交給下一代。

△何琇琇一聽，頭低的更低。

何琇琇：媳婦知道。

崔氏：時候不早了，恁也該早一點安歇囉！

△崔氏說完後，轉頭看著面無表情的金聖歎，輕嘆口氣！

崔氏：人瑞，從今天起，汝就是大人了，過去總總要放下！從今天起要負起做人丈夫个責任，金家就要靠汝囉！

△金聖歎聽了崔氏的話，心想要放下，何其容易？但又不能不接受成婚事實！
△崔氏交待完事宜後，和丫環退出新房。
△金聖歎只得依古禮，倒了兩杯合歡酒，送到新媳婦面前。
△何琇琇深情款款接過酒杯，仍不敢直視這個將與自己共度一生的夫婿。
△金聖歎和何琇琇喝完交杯酒後，才得正眼看妻子一眼，清秀的臉龐，嫻淑的妝扮，和那對善解人意的雙瞳，他實在找不出挑剔的理由。

金聖歎：罷了！夫人！

何琇琇：相公！

△遠處傳來三更更響，金聖歎起身將紅燭滅去，舞台燈滅！

合唱：【思君】

紅蓼丹楓一色秋，楚雲無水共悠悠

人間萬事西風過，惟有滄江日夜流。

△舞台燈啟，在吳縣街道上，路上行人三三兩兩！）
△何琇琇手裡提著菜籃，一手挽著女兒-金法延，兩人在街道上散步。

金法延：阿娘！爹遮擺到府城為舅公祝壽，愛偌久才會煮轉來？

何琇琇：大概愛閣半股月！

金法延：阿爹毋是一向，尚看袂起像舅公這種「一時風駛一時船」無定格為官者，為啥物又擱欲去為伊祝壽！

何琇琇：話袂當焉爾講，自從婆婆過世了後，咱兜就只賭阿舅這門親戚囉。爾且七十歲是大壽辰，所以佮阿爹一定愛赴宴！

金法延：啊不擱，依阿爹个個性，我驚伫舅公哪說出啥物阿爹不愛聽的話，阿爹一定袂予舅公面子，會佮舅公洗面！到時，場面會真歹看！

何琇琇：希望遮種代誌袂發生！

△琇琇擔心金聖歎脾氣，但也無奈。此時兒子金雍子遠處走來，一見娘親跟妹妹，立刻開心接過母親手上菜籃。

金雍：阿娘！辛苦囉！我來挽就好！

金法延：阿兄，學堂下課囉。

金雍：是啊。

金法延：按怎！代替阿爹做先生，甘有威風？

金雍：小妹！汝又閣咧恥笑阿兄囉。阿爹去府城向舅公拜壽，我才能代勞。臨行前，阿爹千交代萬交代，絕不能怠忽職守，予我壓力真大。阿爹滿腹詩文，我的才情遠不如爹爹一半。說什麼威風咧？

金法延：放心！虎父無犬子！只是教幾名幼童，難不倒汝這個未來秀才郎！

金雍：小妹啊⋯

△何琇琇開心看著這對兄妹。金雍、法延雖有著金聖歎才氣，卻繼承了自己謙善的個性，不似金聖歎狂妄，值得安慰！

△金雍忽想起事來，從懷中取出一個錢袋。恭敬交給母親。

金雍：剛剛在路上堵著布莊朱老闆，伊要我將頂股月織布工錢拿予阿娘。

崔氏：喔！我才咧煩惱厝內袂無米囉！

金法延：這攏愛怪阿爹啦，每一遍學生哪交不出學費，阿爹攏嘛講先欠下，有錢再繳，所以十個學生中，有一半是無繳學費个。不但如此，爹爹閣愛倒貼筆墨紙書來予學生用。真是毋知阿爹算盤是按怎撥的。

何琇琇：延兒！毋通批評汝阿爹个不是，伊所做代誌攏有伊个道理！吳縣百性都很散赤，農家子女因為家散，無法讀書愛作一世人青瞑牛，將來欲按怎有好前途。咱兜日子猶會當過，會當幫助別人，嘛是一種幸福！

△金法延聽完母親的話後，羞愧低下頭，但心理仍不免為母親抱屈。

金法延：只是愛辛苦阿娘汝囉！

何琇琇：袂辛苦！阿娘有恁這對好兒女，佮汝父親這款个好翁婿！閣較辛苦嘛有價值！

△一旁金維也對母親說法贊同，他一向以父親為榮，雖然日子過的清苦，也能甘之如飴。

金維：對啦！冠華堂韓老伯有咧講，阿爹所評論『水滸傳』真受歡迎咧！

何琇琇：真的！那焉爾，恁阿爹十年心血都無白費囉！

金法延：猶閣有，無白費阿娘夜夜紡紗織布、伴讀到深更的苦勞囉！

何琇琇：汝喔⋯

△在三人和樂中，舞台燈滅！

△舞台燈啟！在金聖歎舅舅崔謙益家大堂上，廳裡一片喜氣洋洋，賀壽嘉賓絡驛不絕！

△中年金聖歎一身布衣，居於錦衣賓客中，一點也不唐突，反而氣宇軒昂般的鶴立雞群！

△一群恭賀賓客趁崔謙益大壽之日，極盡逢迎拍馬之能事。

賓客甲：崔佬啊！人生七十無規位！會當像崔佬遮樣名利雙全，更是少之又少！

賓客乙：就是啊！崔佬在明崇禎時官居禮部尚書，後來又受南明相爺馬市應重用，就連今馬也受清朝賞賜，官拜禮部侍郎。真可謂是三朝元老！

△崔謙益一聽此美言，樂的開懷！

崔謙益：哪裡哪裡！過獎囉！

△眾人皆笑開懷，唯有金聖歎沉著臉，不發一語。

△眾人見金聖歎沉默不語，不經好奇向崔謙益詢問。

賓客丙：崔佬！遮位風度翩翩倌人是⋯？

△崔謙益一聽有人詢問外甥名姓，想藉機拉高自己身價，便愉悅大聲介紹金聖歎不凡成就。

崔謙益：伊是我的外甥—金人瑞，字號—聖歎，乃江南第一才子！

賓客齊聲：原來是江南第一才子金聖歎，失敬！失敬！

金聖歎：哪裡！哪裡！

△其中有位賓客對金聖歎名號，感到好奇，便向他詢問。

丁子偉：久聞評點才子書，聖歎先生大名，但不知先生為何取字號為「聖歎」？

金聖歎：若問聖歎二字何義，『《論語》有兩喟然歎曰，在顏淵為歎聖，在曾點則為聖歎，我自謂亞於曾點之流。故曰聖歎也。』

△丁子偉聽完金聖歎一番言語後，對金聖歎言論十分佩服，衷心稱讚金聖歎見解。

丁子偉：原來如此，聖歎兄真是率性而為，倜儻高奇，俯視天下个讀冊人。

金聖歎：聖歎聖歎，喟然生歎。生前既歎，死後浩歎！歎來如水，歎逝如煙。聖歎聖歎，盛歎勝歎！

△眾人對金聖歎名號皆為稱道。其中有位長者，想試試金聖歎文采。

老者：聖歎先生，想必先生也精於對句，老叟這裡有一對，欲請教閣下，未知意下如何？

△金聖歎一聽，要他應對何難之有？不免輕輕笑道。

金聖歎：老丈汝就講來，容我一試。

老者：「大小子，上下街，走南到北買東西。」

△這是個刁鑽絕對，要對的工整並不容易，只見金聖歎不疾不徐飲盡杯中美酒。

金聖歎：「少老頭，坐躺椅，由冬至夏讀《春秋》。」

△一旁丁子偉，聽完金聖歎對答，讚嘆重敲手中摺扇。

丁子偉：對的太好囉！「東西南北」對「春夏秋冬」，妙啊！

△眾人一聽丁子偉解釋，也跟著讚許。一旁崔謙益更是心花怒放。想這外甥會為這場盛宴增色不少。

△賓主盡歡中，有人向崔謙益諂媚。

賓客甲：崔大人，令甥金聖歎乃江南才子，今日盛會何不置酒論文，讓我等一開眼界呀！

△金聖歎聽完，也不推遲，淺淺一笑，心中自有打算。

金聖歎：盛情難卻，就撰一聯吧！

△只見金聖歎揮毫潑墨，先寫下一行：「一個文官小花臉」；眾人面面相覷，崔謙益更大吃一驚，心想這小子居心何在？想搞什麼名堂？

但見金聖歎不慌不忙又續寫四個大字：「三朝元老……」眾人遂面露笑容，惟獨丁子偉面露詭異神色，站得遠遠的。崔謙益更是上前衝著外甥伸出拇指誇道。

崔謙益：真人才也！

△豈料金聖歎冷冷一笑，匆匆寫完後三個字。

眾人齊唸：「一個文官小花臉，三朝元老大奸臣」！

△崔謙益頓時兩眼翻白手腳冰涼，氣得一句話說不出來，金聖歎早拂袖而去。

△一旁丁子偉也掩鼻笑著跟金聖歎離開，只留下眾人，不知如何安 慰崔謙益這個壽星公。

崔謙益：真是欲氣死我！氣死我！太可惡囉！既然敢講我是老奸臣！汝遮个小畜生！太猖狂囉！

△在崔謙益怒吼中，舞台燈滅！

△舞台燈啟，在金家大廳，金聖歎跟文友丁子偉、王仲儒、唐堯治、周江一塊論文言歡！

丁子偉：金兄！汝宴席上彼對對聯，實在是太不留予伝阿舅面子囉！

金聖歎：彼種無品狗官，我早就無當伊是親人囉！

王仲儒：做得好！寫得妙！咱漢人要是多出幾个像金兄遮樣高潔讀冊人，看清狗能猖獗到規時！

唐堯治：現在清朝官府一方面招攬隱逸之士、恢復科舉。表面上是大開納賢之門，另一方面下卻又屠殺佮鎮壓反抗个漢人、禁止結盟立社。兩面手法，伊目的就是要咱漢人屈服在高壓政策之下！

周江：以少數族群，來統治咱漢人。文化、風土人情皆不相同，早晚會引起人民不滿而造反！

唐堯治：就講咱今馬新來縣令任維初。聽說伊是一位聲名狼藉个酷吏，心狠手辣，草菅人命，老百姓早就對伊不滿，滿腹委屈！

金聖歎：有這款个代誌！

唐堯治：而且，伊閣非常不識禮數、霸道橫行！

周江：此話按怎講？

唐堯治：聽說伊坐轎去拜見蘇州郡守時，到郡守府，毋但毋落轎，還令轎夫將轎抬入郡守府內。轎夫不敢直闖，事後任維初以抗命嚴辦，將兩個轎夫活活打死！
周江：真是目無王法！咱吳縣來了這種縣令，老百姓哪會有好日子通過！
金聖歎：哼！真是「腳踏馬屎憑官氣」！目空一切！
王仲儒：也是金兄有遠見，早早就絕意仕進，在吳縣創立「唱經堂」，教育吳縣子民，也是正事一件！
丁子偉：金兄一不投官，二不依勢，三不經商。全靠自己一隻妙筆，可為自由身耶！
周江：自由身？怎樣解說！

丁子偉唱：【求婚】

酒邊多見自由身，忙閒皆是自由身！
世間難得自由身，無榮無辱自由身！

唐堯治：說得好！道不同，怎能為謀！鳳凰怎肯棲身雞群！
△一提起朝政，眾文人皆有發不完牢騷。
丁子偉：不說了！不說了！我此行京都，最大收穫，就是結交到金兄這个好友。早就拜讀了金兄『聖歎外書』，其中評點『水滸傳』，堪稱是「直取其文心」，「略其形跡，伸其神理」。
金聖歎：丁兄真是我个知音啊！知影我是「借他人的酒，澆我心中塊壘！」。難得今日大家相談勝歡，我就命賤內備酒！今晚大家不醉不歸！
丁子偉：好！酒逢知己千杯少！定要不醉不歸！
周江：對！不醉不歸！

唐堯治：對對！不醉不歸！

△在一片喧嘩聲中，金雍退出廳堂！廳堂燈暗去！

△金雍走廳堂，走向台舞台另一端。

△舞台上立著何琇琇、金法延正忙著整理一堆紗線！金雍走到母親身邊，為難開口。

金雍：阿娘！爹欲留人客吃晚頓！

△何琇琇一聽，也面露難色。忽然念頭一轉，伸手拔下頭上金簪交給金雍。

何琇琇：雍兒，汝緊將遮支金簪挈到鎮上賣掉，搭幾壺尚好个酒，轉來好好款待人客！

△金雍有點遲疑，看著手中金簪。

金雍：阿娘！⋯這⋯

△何琇琇見兒子遲疑，急用手推金雍一把。

何琇琇：啊擱咧躊躇什麼？緊去啊！

金雍：是！

△金法延見哥哥走後，不滿對母親抗議。

金法延：阿娘！爹真是不知輕重！厝內就欲無米囉，猶閣欲請客！

何琇琇：𣍐焉爾講佷阿爹！來者是客，怎能失禮？

金法延：也不閣，金簪是阿娘最愛隨身物！

何琇琇：遐只是身外之物，阿娘最愛的是佷這對懂事、體貼的好兒女！

金法延：阿娘！汝焉爾寵幸阿爹！阿爹心中卻仍然有另外一个人，實在是對阿娘太不公平囉！

△何琇琇聽到女兒提到心理隱藏痛處，也不禁神色黯然。

金法延唱：【都馬調】

阿娘啊〰汝千方百計為家庭，四處奔波，逐日得無閒。

織麻復織麻，麻多織未了。不知汝个美容顏，竟向機中用。

阿爹伊〰從未體貼半句來分勞，萬事不理，只知影評書經。

唯一牽念，只有院中瓊花榮。延兒不甘，替娘來真不平！

△何琇琇聽完女兒一席話，溫柔牽起法延的手。撫慰金法延不平心靈！

何琇琇唱：延兒啊〰阿娘生長在貧門，不識半字，只是一個農家女。

想當年〰五穀欠收雞鴨死，全家餓肚，沒米來通止飢。

恁外公〰要將阿娘賣出去，大戶人家，為奴為僕為女間婢。

恁阿嬤〰金錢相助恩情重，娶我入門，甲汝爹結成雙。

恁阿爹〰對阿娘婚後多敬重，毋捌怨言，烏鴉來配鳳凰。

阿娘知〰園中瓊花伊最愛，卻情深緣淺，鴛鴦被迫來拆分開！

阿娘我〰擁有恁一對好將才，伊卻淪落他鄉，生死來攏不知！

延兒啊〰恁爹對汝多疼愛，教汝讀書，從沒看輕汝是女裙釵！

到如今〰朝廷無能亂臣起，可憐百姓，忍氣吞聲來渡時機。

恁阿爹〰才高八斗好志氣，家事有咱，不免勞煩恁爹鬥維持！

△法延聽完母親的話，體諒的輕點頭。母親一番話，暫解她心中不平。

何琇琇：來，延兒來灶腳甲阿娘鬥相共！

金法延：好！

△何琇琇帶領法延下台。舞台燈滅！

△舞台燈啟！金家客廳！何琇琇在客廳裡紡紗，不斷咳嗽。金聖歎在一旁書桌上題字，聽到妻子咳嗽，放下手中筆，趨前關心。

金聖歎：娘子！看汝嗽甲遮爾嚴重！我來去請大夫來一逝，替汝節脈看袂。

何琇琇：毋免！我無要緊。

△何琇琇說完，又不斷咳嗽，勉強還要紡紗，又因劇咳而停了下來。

△金聖歎走到何琇琇身邊，握住何琇琇的手，阻止她再繼續紡紗！並摸了一下何琇琇頭額。

金聖歎：擱講無要緊！汝的額頭足燒个，一定要看大夫！

△何琇琇溫柔拉著金聖歎的手。

何琇琇：毋免啦！我只是最近較累啦，過兩工仔就會沒代誌，猶是將錢省落來予學生囡仔買一寡紙筆吧！」

△金聖歎望著年僅過四十便滿頭白髮、滿面皺紋、有氣無力的妻子，內疚和憐愛一齊湧上了心頭，禁不住熱淚雙流。

金聖歎唱：【代七字一】

婦老病體周旋久，嗽聲呻吟忍不住。
貧窮只因夫諱疾，累妻操勞而傷命。
夫子日殘漸衰容，兒女年幼全未成。
冬夏百端寒熱裡，拖磨誤汝無了時。

何琇琇：相公！汝哪會咧哭？

金聖歎：夫人！是我耽誤汝一生囉！

何琇琇：沒！汝沒耽誤我！我會當嫁給汝，我感覺足幸福！

△聽完妻子感人肺腑一番言語，金聖歎愧疚把妻子擁入懷中。

△金法延手裡端著一碗藥汁，入場。

金法延：娘！阿兄知道汝人無爽快！就趕緊去替汝拆一帖藥仔！我煎好啦，阿娘。趁熱緊來喝！

△金法延一見到母親依偎在父親懷中，她噗滋一笑！

金法延：我看愛予阿爹侍候汝服藥才是。

△何琇琇羞紅了臉，忙和金聖歎分開。

△金聖歎接過金法延手中藥汁。小心翼翼端起吹涼！

金聖歎：夫人！藥愛趁燒，緊啉！

△何琇琇忙接過藥汁，金聖歎體貼動作，讓她受寵若驚。

何琇琇：我來就好！

△何琇琇一仰便把整碗藥汁，飲盡幸福之情，言行於表。

金法延：爹！我看汝扶阿娘入房內休睏！

何琇琇：猶毋閣！這批布匹要趕予朱老闆！

金法延：娘！交予我就好！汝緊去歇睏！

金聖歎：是啦！夫人！

△金聖歎扶著何琇琇退場，金法延欣慰看著父母背影，露出笑容。

△舞台燈滅！

第五場　哭廟抗糧

時間：白天

地點：縣令大堂、金家客廳（唱經堂）、廟堂

道具：書、狀紙、大鼓。

人物：金聖歎、、金雍、金法延、丁子偉、王仲儒、唐堯治、周江、任維初、丁國治、官員、士兵、農民、村民數位。

合唱：【新風蕭蕭】

吳縣縣令任維初，魚肉鄉民威風凜。
年荒無糧來納稅，打得農民血淋漓！

△吳縣縣令任維初威風凜凜上場！身旁跟著衙役、吳師爺。）

任維初唱：【七字調】

官威凜凜展威風，氣壓青天出樊籠。
百姓臣服無障礙，任君直上九霄中！

△任維初威風八面，向一旁師爺王詢問糧稅事宜。

任維初：師爺！農民所欠糧稅，是不是已經納齊？

△師爺翻了一下手中帳冊。

吳師爺：已收九成，未交糧稅的農民也攏押咧大牢候審！

△任維初一聽，大怒叱責。

任維初：真是大膽！帶上來！

衙役：是！

△衙役下場，不一會帶來幾個衣衫襤褸農民。農民們一到公堂，早嚇的魂飛魄散。

△任維初坐在公堂上，手拍驚堂木，嚴厲眼神令人心寒！農民們跪在地上，被公堂上威嚴氣忿嚇的渾身發抖。

任維初：大膽刁民！猶敢抗稅！

農民甲：大人！冤枉啊！

任維初：抗稅是真！何冤之有？

農民乙：大人啊！吳縣已經半年無下雨囉！阮田裡稻仔攏乾死囉！連飯都無通食！哪有法度交糧稅？

吳師爺：胡說！為啥物別人有辦法交糧稅！恁著無辦法？

農民丙：有个人是賣家產來交糧稅个，阮厝裡都沒半樣值錢的物件通好賣！

任維初：也擱咧巧辯！法不嚴，則心不齊！今朝庭徵糧稅甚急，國課為頭等大事，若有抗稅者，本官一律以毛竹苔之？看起來本官哪無用重刑！恁是袂聽話！來人啊！拖下去用刑！

農民甲：大人！汝不管阮百姓生死，算什麼父母官！我欲去告官！

任維初：告官！我就是官啊！想欲告我？汝識字嗎？會曉寫狀紙嗎？告官？三冬五冬！拖下去！好好重刑！

△任維初冷冷說著，衙役立刻把跪著的農民押下！

師爺：大人高明！曉得把裂開个大毛竹泡咧馬尿裏，這竹板打落去，包准伊骨折肉裂！連話攏講不出來！

　　猶平闇想欲告官！

任維初：「闇死囡仔，也敢睏中午。」想欲告我！「四兩秧仔嘛著先除咧！」

△任維初跟師爺面露得意微笑。

△舞台燈滅！

△舞台燈啟！在唱經堂大廳，整間學堂空蕩蕩，金聖歎深皺眉頭。

△金雍上場，向前向金聖歎稟告。

金雍：阿爹！

金聖歎：雍兒！阿爹叫汝去探問遮个學生，為何會多日無來學堂上課。
　　到底是如何？

金雍：阿爹！實在是使人氣憤！

金聖歎：如何？緊講！

金雍：這些囡仔恁个阿爹，為著無法繳納糧稅，有个被關在大牢中，
　　有个予任維初那个狗官拍較半死，阿闇躺咧暝床袂振袂動！
　　所以遮个囡仔，哪有法度來上課！

金聖歎：可惡！為民父母，草管人命！竟是如此！

金雍：勿會哪焉爾！聽說朝廷下令，糧稅是每一石收稅七升兩合。任維初令改要百姓交七升三合，每倉多
　　收一石，所多收三千石，攏乎伊佔為已有。這些米糧，全是吳縣百姓的血汗。更加過分的是，
　　任維初又將多收三千石米糧，命吳師爺，偷偷高價賣掉，換做白銀。如此一來，朝廷嘛查無證據。

金聖歎：反了！反了！一个小小縣令，也敢如此膽大妄為！

金雍：因為蘇州府的江南巡撫大人朱國治，是伊个尊師。官官相護，吳縣百姓註定要過苦日子！

△金聖歎一聽，義憤填膺怒斥！

金聖歎唱：【七字調】

石頭城畔草芊芊，多少癡人城下眠，

唯有金生難安寢，雪霜堆裡聽鵑鳴！

金聖歎：雍兒！汝立刻請丁伯父、王伯父、唐伯父、周伯父、來唱經堂一趟，阿爹有要事相談！

金雍：爹！汝想欲創啥？

金聖歎：是阿爹該為吳縣百姓出頭的時候囉！

△舞台燈滅！

△舞台燈啟！蘇州文廟大堂！廟堂中大大一個「奠」字，案頭上一個香爐，上面插著三柱清香，白色羅帳垂在舞台兩旁。

△朱國治、任維初、按臣張鳳起等大官、與地方士紳，均身著孝服上場。

合唱：【都馬哭】

順治駕崩致哀詔，昭告天下盡戴孝。

長官率屬迎跪叩，素服哭廟目屎流！

△眾官員與地方士紳，在哀樂中嚴謹上香。

△忽然在靈堂一旁，金聖歎帶領秀才們及百姓素服出現，金聖歎用力敲響廟堂中大鼓，並放聲大喊。

金聖歎：冤枉啊～冤枉啊～

△眾官員被這突來聲響，打亂祭祀大典。金聖歎繼續大喊！

金聖歎白：縣令無道，殘害百姓啊～朝廷弗見，百姓受苦！蒼天呀～到底要說接什麼？

金聖歎唱：【賣藥哭轉破窯二調】

一弗見～入上司府衙不下轎，目中無人！
二弗見～轎夫秉禮不施責打，為官不仁！
三弗見～天旱欠水雜糧不收，天地無能！
四弗見～百姓夭寒三餐不繼，誰來可憐！
五弗見～無力納稅即入黑牢，法不容情！
六弗見～尿桶浸泡竹板刑具，慘絕人寰！
七弗見～公堂百姓受刑慘死，草菅人命！
八弗見～百姓委屈無處伸冤，哀鴻遍野！
十弗見～撫台包庇縣令貪弊，公理何存！

△朱國治一聽，惱羞成怒的立刻阻止金聖歎再說下去。

朱國治：住口！汝告縣令，可有人證？

眾百姓齊喊：大人冤枉！小个就是人證！

朱國治：可有狀紙？

△金聖歎立刻呈上厚厚一疊狀紙。

金聖歎：這是阮吳縣，十八名秀才，聯署狀紙，狀告任維初知縣罪狀！

△朱國治接過狀紙，面露詭異神情，冷冷說著。

朱國治：告得好！告得真好！來人呀！將任維初押下！

△眾人一聽，任維初罪收押，個個欣喜萬分，以為正義得以伸張。

△不料，朱國治話鋒一轉。

朱國治：金聖歎一干人等、擾亂廟堂，震驚先帝之靈、聚眾倡亂，殊於國法！來人啊！將這群亂民全部拿下！不得有誤！

△頓時，眾人面面相覷，張惶失措！百姓更是大喊『冤枉！』

△官兵立刻將金聖歎一干人團團圍住。

△舞台燈滅！

第六場　身陷囹圄

時間：白天
地點：縣令公堂、金家客廳
道具：書、狀紙、大鼓。
人物：金聖歎、金雍、何琇琇、雲瓊兒、金法延、丁子偉、王仲儒、唐堯治、周江、任維初、丁國治、官員、衙役、農民、村民數位。

△縣令公堂上，按臣張鳳起、巡撫朱國治手拿金聖歎呈上狀紙，眉頭深鎖。朱國治低聲唸出狀紙內容。

朱國治：「順治十八年二月初四，江南生員為吳充任維初，膽大包天，欺世滅祖，公然破千百年來之規矩，置聖朝仁政于不顧，潛赴常平乏，夥同部曹吳之行，鼠窩狗盜，偷賣公糧，罪行髮指，民情沸騰。讀書之人，食國家之廩氣，當以四維八德為儀範。不料竟出衣冠禽獸，如任維初之輩，生員愧色，宗師無光，遂往文廟以哭之……」，真是大膽！

張鳳起：朱大人，汝看這欲如何是好？

△朱國治低頭思慮一會兒，眼珠一亮。

朱國治：無妨！好一個狂妄金聖歎，汝敢率眾上告，要我辦！我就辦一個水清魚現！來人啊！帶一干人犯升堂！

△衙役整齊上場，立在公堂兩旁。任維初、吳師爺、金聖歎等秀才上場一干人立在公堂上。

△朱國治端坐公堂，驚堂木用力一拍！

朱國治：帶吳行之、任維初上堂！

△吳行之、任維初上前，跪在地上。

朱國治：任知縣、吳師爺，金聖歎一人狀告恁兩人盜賣公糧，佔為私有，可有此事？

吳行之：我受縣令任維初指示，將稻米四百石，換白銀五百八十兩屬實。

但所賣得白銀全數交給任維初，絕無私藏！

任維初：巡撫大人容稟！

任維初唱：【七字調】

本官糶米是屬真，只因朝廷欠庫銀！

兵餉不足才會多徵米，實不得已而為之！

朱國治：可有證據？

任維初：有！大人！我有官方所出憲牌！公文上述：「兵餉甚急，多徵糧米，以備不慮。」而且，每月上繳朝廷糧米、白銀。攏有清楚帳目，可供查證！

△朱國治聽完後，頻頻與陪審張鳳起點頭！

朱國治：原來如此！本官差一點就錯怪吳縣令囉！來人啊！暫且釋放任縣令與吳師爺，待本官查明事證，定還汝一個清白！

△任維初、吳行之兩人面露得意微笑。

任維初：謝大人！明察秋毫！

吳行之：謝大人！明察秋毫！

△立在一旁眾秀才，一聽任維初狡辯之詞，難以信服。金聖歎更是跳出來大喊！

金聖歎：大人！哪焉爾被任維初冤屈扑死百姓，毋就白死！

朱國治：國難當頭，本因共體時艱。恁敢抗糧稅，本就該死！

△金聖歎一聽，氣得咬牙切齒。

金聖歎：莫怪人講「官」字兩个口，按怎說攏有理！

哼！「清風不識字，何需來翻書？」

罷了！青天不在！豺狼當道！就予我這个天地不怕金聖歎來為百姓出頭！

△金聖歎氣得衝上前去，一把抓起吳師爺跟任維初，左右開弓重揍兩人！

△兩旁秀才見壯，也加入幫忙，有的架住任維初，有的拖住吳行之，有的更是趁亂，踹了兩人幾腳！

金聖歎唱：【漢調】

啊～～青天不再氣難平，出手教訓汝老畜牲。

就算今日喪了命，黃泉路上不孤行！

任維初唱：**大膽刁民敢打官，定斬不饒眾瘟生。**

要恁了殘生～～齊喪命～～

△朱國治對眾秀才突來舉動，一時不知所措，來不及阻止。只能眼睜睜看著任吳二人被眾秀才重打。

一會才回過神來，大拍驚堂木制止。

朱國治：金聖歎汝敢率眾，抗打朝廷命官，實在是目無王法！來人啊！將金聖歎與眾秀才拿下，押入大牢！

△一時衙役紛紛上場，將眾人逮捕。

△另一旁任維初、吳行之被眾人揍的鼻青臉腫，好不狼狽。

△舞台燈滅！

△舞台燈啟！在金家客廳裡，何琇琇、金法延愁容滿面在客廳坐立不安。一會金雍上場，步履蹣跚，欲哭無淚。何琇琇一見金雍回來，立刻上前詢問。

何琇琇：雍兒！有見到舅公否？伊是不是欲答應救恁阿爹？

金雍：舅公連大門嘛不肯予我入去！叫下腳手人將我趕走！擱講⋯⋯

金法延：舅公是講啥物？

金雍：講伊無咱遮門親戚！

△何琇琇、金法延一聽舅父絕情，忍不住痛哭出聲。

何琇琇：連阿舅攏焉爾講，哪擱有啥物人會佮咱鬥相共？

金法延：阿娘！焉爾是欲按怎！

金雍：聽說，阿爹跟眾秀才在公堂拍了任維初以後，朱國治已經將案情上奏朝廷，阿爹恐怕是兇多吉少！

△何琇琇一聽「凶多吉少」四字，哭得更傷心，差點昏厥。一屁股癱坐在地。

何琇琇唱：【慢頭接新哭墓】

聞言有如箭穿心，有體無魂渾身冰！

我夫仗義覲實情，為民請命竟傷生！

金法延唱：可恨狗官違法事，官官相護盡循私！
百姓有冤難申訴，強押定罪誰做主？

△金雍連忙扶起痛哭的母親跟妹妹。現在他是家中唯一男丁，不得不堅強應變。

金雍：阿娘，小妹！今馬毋是哭个時陣！愛逐家作伙想辦法救阿爹！我先來去監牢探望阿爹，再做打算！

△何琇琇忙擦乾眼淚。

何琇琇：對！延兒！汝款一寡吃个物件，送去乎恁个阿爹。

△就在何琇琇囑咐兒子時，已屆中年雲瓊兒上場，她手裡捧著用布包著的琵琶，一身布衣，滿臉風霜。

雲瓊兒：請問，遮……甘是金家？

金雍：遮正是金家！請問遮位大娘，汝欲找啥人？

雲瓊兒：我姓雲，是人瑞故友！

△何琇琇一見雲瓊兒，心裡便猜著她就是金聖歎念念不忘的戀人！

何琇琇：我是人瑞个家後。汝是…瓊兒！對無！

雲瓊兒：金大嫂！我正是瓊兒！

△金法延、金雍一聽到雲瓊兒名字，不免一直打量眼前這個素淨女子。
何琇琇為避免雲瓊兒尷尬，忙將兒女支開。

何琇琇：雍兒！汝毋是要去探望阿爹？緊去準備！延兒！汝嘛緊去替汝大兄準備吃个物件！

△金維、金法延走後，何琇琇誠摯將雲瓊兒請進廳裡就坐。彼此都在打量對方，一時無言，末了還是雲瓊兒先打破沉默！

雲瓊兒：大嫂！必定是知影我个來歷？

何琇琇：婆婆曾經講過。

雲瓊兒：這攏是過去个代誌囉！大嫂不通掛意在心！

何琇琇：我並沒掛意！只是不知雲姐為何…？

△雲瓊兒知道何琇琇疑問，便幫她回答。

雲瓊兒：三年前先夫過往，我不堪劉家大娘凌虐，逃出劉家，就是想欲再見金兄一面。沒想到金兄已經搬離舊居，我延路打聽，靠彈曲賺取路費，千辛萬苦，才找來這…不過…才一踩進吳縣就聽到金兄被收押噩耗！真是造化弄人！

△何琇琇一聽雲瓊兒不幸遭遇，不知怎麼全然無妒嫉之心，取代的是一份憐憫情意。

何琇琇：人瑞就是這種個性，會佮自己害死！

雲瓊兒：大嫂！金兄個性，達得欽佩！

雲瓊兒唱：【七字調轉都馬調】

金兄滿腹經綸卻生不逢時，正義為本痛斥虛偽。
嫉惡如仇个正人君子，至善至真至美个完人。
伊為做自己想作歹誌，講自己想講个道理，

寫自己想要的个文章，看自己想看的書記。
試問從古早到現此時，又有幾人能親像伊。
瀟洒、狂傲、放浪以及膽識過人！

△何琇琇聽完雲瓊兒一番話後，一時無語。
何琇琇：雲姐！莫怪人瑞會對汝如此思念！汝確實比我較了解伊！
雲瓊兒：大嫂！汝千萬不通焉爾講，這幾年若沒汝的扶持，金兄嘛沒法專注完成自己多年心願！
何琇琇：雲姐！汝毋通誤解，我從來沒妒嫉意思！會當陪伴人瑞這多年，我已經心滿意足囉！
雲瓊兒：大嫂！汝个度量不止仔闊，事事項項攏袂計較！
何琇琇：今馬，最重要个是，要如何解救人瑞！拄好汝來，雲妹汝飽讀詩書，懂个一定比我較濟。凡事攏愛勞煩雲姐鬪相共，替我主意。
雲瓊兒：大嫂！我是絕袂推辭！
△何琇琇握住雲瓊兒的手，兩個人形成一股相依力量！）
△舞台燈滅！

第七場　潯陽秋瑟

時間：深夜

地點：囚牢

道具：酒壺、酒杯、琵琶、墟籃。

人物：金聖歎、金雍、何琇琇、雲瓊兒、金法延、丁子偉、王仲儒、唐堯治、周江、任維初、丁國治、官員、衙役數位

△金聖歎息與眾秀才，共因禁於監牢。面面相覷，不勝欷噓！

△丁子偉走到金聖歎面前，已然無言。

金聖歎：汝我現在是何人？

丁子偉：階下囚！

金聖歎：「囚」字按怎寫？

丁子偉：四箍輾轉內一個「人」！

金聖歎：不對！這字要唸「戲」！

丁子偉：「戲」？先生怎樣解釋！

金聖歎唱：【都馬調】

天地就是一個筐，人人生活在戲台上。

每人角色皆是不相同。悲歡離合攏嘛在戲中。

只不過，同是戲，角色皆相異。同是人，遭遇卻不相同！
那無咱這群人的悲！何來恁那群人的喜！
戲，戲，戲，戲如人生，人生如戲！

△聽完金聖歎對「囚」字註解，眾人露出難得笑容。

丁子偉：金兄真是一針見血！有幸能跟先生共囚一室，學習金兄為學道理，真是死而無怨！

△丁子偉「死」字一開口，眾人皆低頭不語，氣氛凝結。丁子偉深知自己失言了，金聖歎見眾人黯然狀，忙出言緩頰！

金聖歎：人生一世，草生一秋。人寄於天地，生死常事！比起戲台上渾沌一生角色，起碼咱也知活得有尊嚴，活得有目的！

唐堯治：金兄說的是！但是我只要想到遮个狗官，製造冤獄、罔顧人命，卻安然逍遙法外，豈不是乾坤倒轉、善惡不分？怎不叫人感到悲哀！

金聖歎：此不是悲，而是喜！

唐堯治：不是悲，而是喜？

金聖歎唱：【莫怨命運】

生死已從前世定，是非留與後人言。
今生冤死若注定，世人豈有不曉然？
雖遭戮來受冤屈，無人會來辱罵咱身軀！
恁今日歡喜佇咧得意，死後受人譴責是無了時！
後死勿會比先死喜，看來啊~~而是更可悲！

唐堯治：說得好！留一個美名而亡，總比遺臭萬年光采！

△小獄卒阿牛上場，他悲傷進到牢房，看到金聖歎，撲通下跪。

阿牛：金先生，汝受委屈囉！

△金聖歎認出跪在面前小獄卒是昔日門生，忙上前攙扶起。

金聖歎：汝是牛伯後生阿牛！緊起來！

△阿牛一聽金聖歎叫出自己名字，淚如雨下。

阿牛：對啦！我就是阿牛！當初哪不是先生無收我个學費，教我識字，我嘛無可能會當在這作獄卒。猶毋過……無想著，會佇遮去拄著先生，早知會有今仔日，我寧可甭食遮爾頭路！

金聖歎：阿牛！這無汝个代誌，毋通遮樣想！

阿牛：先生！汝是受冤枉个！全吳縣老百姓，攏嘛知情！也不過……

△阿牛話說不下去，又泣不成聲。

金聖歎：狗官當道，視人民如芻狗！會當替老百姓請命，控告任維初，我袂後悔！

阿牛：我有聽公堂衙役大哥在講，任縣令已經無罪釋放、恢復原職！朱巡撫將先生罪狀上呈朝廷，除了狀告先生震驚先帝之靈、抗打朝廷命官、污告縣令以外…又加上…

金聖歎：加上啥？

阿牛：朱巡撫污告先生私通鄭成功，跟眾秀生結盟立社，意圖…謀反！

△金聖歎聽完阿牛話後，仰天大笑，笑的眼淚直飆！

金聖歎：意圖謀反！看起來朱國治，汝這個朱白地啊，是非要我死不可！哈！哈！哈！

△眾人見金聖歎反常大笑，忙上前攙扶。

丁子偉：金兄！保重！

唐堯治：金兄！

△在金聖歎悽涼笑聲中，舞台燈滅！

△舞台燈啟！任維初帶著公文，尾隨衙役，威風凜凜上場。

△到獄中，冷冷瞧獄中坐著的眾秀才一眼！展開公文唸出內容！

任維初：「查金聖歎為首等十八名秀才，所犯罪狀有四：一為震驚先帝之靈，罪大惡極；二為抗打朝廷命官，目無朝廷；三為編造揭帖，鼓動集眾鬧事，違反律令。四為結盟立社，私通海賊，意圖謀反。查明屬實，罪無可赦！今宣判金聖歎為首等十八名秀才，秋日問斬！妻兒、家產，俱籍沒入官府，並發配充軍遼陽，終生不得還鄉！」

△眾秀才聽完宣判後，個個臉色凝重金聖歎早已知宣判內容，反而平靜以對！

任維初：金聖歎！聽完宣判，可有話要講？

△金聖歎冷冷大笑了幾聲。

金聖歎：斷頭，至痛也；籍沒，至苦也！世上至痛至苦的代誌，我卻是佇無意中而得之真是不亦異乎！不亦快哉！

任維初：死到臨頭，猶閣咧口出狂言！

金聖歎：既知將死，何不一吐為快？我雖名叫人瑞，可惜不能活到百齡，親眼看到汝這个狗官受到應受報應！

△任維初一聽，怒火中生，原本揮起手要叫手下教訓金聖歎，但念頭一轉，來日方長，不必急在一時，有的是時間凌辱金聖歎。吩咐手下幾句，便拂袖而去。

△晚膳時間，阿牛端來簡陋飯菜，無奈送給獄中眾秀才食用。

阿牛：先生！縣令有命！三餐只能供應這些粗茶淡飯。

△金聖歎低頭一看，碗裏是半碗餿了的白米飯，碟子裡只見豆乾與花生米。明白這是任維初故意羞辱他的手段。眾秀才見這粗俗飯菜，無不皺起眉頭，不知如何下嚥。唯有金聖歎面露微笑舉箸大啖碟中菜餚，驚呼連連！

金聖歎：花生米與豆乾同嚼，大有火腿之滋味。得此一技傳矣，死而無憾也！阿牛啊！要感謝任狗官，賞賜這麼好的佳餚！

△阿牛聽完，只能暗自垂淚，一旁監看牢卒，見無法羞辱金聖歎忿忿而去。

△不一會，金雍手提墘籃上場，阿牛淡淡打下招呼，隨即離去。

△金雍一見父親，眼淚決堤，痛哭失聲。

金雍：爹！孩兒無能！無法救爹脫險！

金聖歎：家中已經知悉宣判結果囉？

△金雍淚眼點頭！

金聖歎：乖！不能怪汝！天欲滅我，怎能逆天而行？

金聖歎唱：【十一字都馬】

自細漢，讀書經，識古人禮儀，
鰲頭佔，超人群，才華無人比。
祖國亡，易江山，才絕仕進意，
開學堂，收門生，教化人道理。
嚴官府，如豺狼，蠶食百姓錢，
惡巡撫，官官護，欲隻手遮天。
為百姓，訴冤狀，想伸張正義，
沒想到，反被擒，栽贓謀反意。
罪源由，並非是，哭廟抗糧悖，
而在於，暗世道，不容青天啟。
留不得，剷異己，命必歸陰司，
天欲滅，地愛亡，一切順天意。

能留美名亡，也不枉我一生，狂狂妄妄、孤孤傲傲、怪怪誕誕、獨獨辟辟、瀟瀟灑灑頂天立地的~~好男兒！

△金雍一聽金聖歎言，知道父親有太多冤屈，只能安慰父親！

金雍：吳縣百姓四處奔波，咧為爹設法，阿娘嘛規工祈求上蒼保庇。會通…免爹一死！

金聖歎：免囉！免囉！我金聖歎一生並無白活！只是⋯要連累一家人佇我死後，愛充軍遼陽，受流離顛簸之苦，我實在愧為人夫，愧為人父！

金雍：爹！不通焉爾講，我佮小妹，攏以爹汝个無私、正義作為為榮！

金聖歎：雍兒啊！阿爹無法乎恁過好日子，阿爹唯一會東留給恁个，唯有幾句話。

金雍：爹~~

金聖歎唱：【留書調】

與汝為望當超父，如形隨影只有書。
今朝踈到天荒日，當念輯文事何如！
鼠肝蟲臂久蕭疏，只惜胸中幾本書。
聖歎只留書種在，累君青眼看何如！

△金雍知道金聖歎話中涵義，要他繼承父親遺志，將父親尚未完成評點書籍完成，頻頻點頭卻止不住淚眼婆娑。

金雍：爹~~孩兒知曉，一定會佮小妹、阿爹門生做伙完成爹个作品，好將爹一身傲骨、一生學問、傳與後人！

金聖歎：焉爾就不枉我，此生努力評點書經囉！

△金雍從墘籃中，取出一壺酒及酒杯倒給金聖歎。

金雍：阿爹！這酒⋯

金聖歎：也擱有酒通飲！才知自己要被斬頭的「痛」，如此又有飲酒的「快」。

兩項加起來，真是「痛快」啊！

△金聖歎淺酌，面露驚訝表情。他已嘗到酒是「瓊花露」，心中有數。

金聖歎：「瓊花露」…是瓊兒！

金雍：對！雲姨逃出劉家，好不容易才找到吳縣來！

金聖歎：瓊兒伊…好無？

金雍：雲姨伊真好，伊替阿娘寫狀紙，四處替阿爹伸冤，今馬是阿娘好幫手。

△提起瓊兒，金聖歎心中有太多感歎，往事已然。

金聖歎：延兒伊…？

金雍：爹汝放心，小妹經過這幾天與雲姨相處，伊已經會通體諒恁个感情囉。小妹無怪汝！

△金聖歎聽完後，深嘆口氣。

金聖歎：雍兒啊！阿爹遮世人，上不愧天，俯不怍地。唯一虧欠个，是汝个阿娘，伊 綴我吃苦一世人，我卻是無法給伊一个做尪婿完整的心！日後，汝愛好好有 孝汝的阿娘，爹欠伊太多了！只好後世人償還！

金雍：爹！我會啦！

△遠處傳來更鼓聲，金雍方知時已晚，連忙告辭。

金雍：爹！我欲走囉！酒就留給汝佮眾伯父飲用，另日，我才擱來看汝。

△原本金聖歎還想交代幾句話，但話到嘴邊，卻欲言又止，只得揮揮手，要金雍快離去。

金聖歎：好…

△金雍離去後，金聖歎將酒分給牢房中秀才飲用，每個人拿起裝飯的碗斟酒，有說不出的感觸。

△忽然一旁響起琵琶曲樂，眾人皆詫異樂曲從何而來？

金聖歎：是「潯陽秋瑟」！是瓊兒！瓊兒伊來囉！

△舞台漸滅去！聚照燈打在金聖歎身上，不一會在舞台後方，出現瓊兒身影。她盤坐地上，手裡彈奏淒涼琵琶樂曲。

△在「潯陽秋瑟」樂曲中，引金聖歎回到當年情境，舞台中間出現金聖歎與雲瓊兒花前月下身影，兩人翩翩深情起舞，仿佛昔日重現。

△金聖歎在幽雅琵琶聲中，悵然若失，娓娓唱出。

金聖歎唱：【新編潯陽秋瑟】

相遇空山各自傷，墨烏雨鬢已成霜。
空彈哪管身憔悴，獨立誰知意滄桑。
千古詩名終須滅，一生遊戲不嫌狂，
何如飲盡杯中物，暫把形骸付渺茫！

△琵琶曲盡，舞台燈亮起。雲瓊兒與舞者身影消逝，金聖歎一口飲盡杯中「瓊花露」。

△金聖歎：此生，會當重聽「潯陽秋瑟」，我死而無憾囉！

△眾秀才不解金聖歎話中涵義，只是跟著飲用「瓊花露」。

丁子偉：好酒！真是罕得好酒！

唐堯治：對！臨死之前，還能有佳釀陪伴，無冤枉！

周江：好酒！

王仲儒：酒足飯飽，人生不過如此啊！

△金聖歎深歎一口氣。

金聖歎：我一生中，飲過三遍「瓊花露」，各有不同个滋味。

丁子偉：金兄怎樣說？

金聖歎：第一次是初得的「甘美」，
第二次是失落的「酸澀」，
第三次是重逢的「苦楚」！

△眾秀才聞言，仍無法體會金聖歎話中之意，金聖歎望著牢中秀才有感而發。

金聖歎：我金聖歎佇黃泉路上，有佉遮个知己相伴，應該是袂寂寞。

丁子偉：對啊！做伙來去投胎佇另外一個自由淨土，做自由魂魄！

周江：到時就會當免受高壓，講咱愛講的話！

唐堯治：沒極權个情形下，寫咱愛看的文章！

王仲儒：沒專治个統治下，做對的代誌！

丁子偉：沒君主專制，只有民主社會！

王仲儒：對！為咱偉大未來！乾杯！

周江：乾杯！

唐堯治：乾杯！

△在眾秀才舉杯高歌下，舞台燈滅！

終場　七月飛雪

時間：白天

地點：刑場

道具：案桌、酒杯、酒壺、令旗、蓮花紙錢、火爐。

人物：金聖歎、金雍、金法延、丁子偉、王仲儒、唐堯治、周江、任維初、丁國治、張鳳起、吳師爺、劊子手、百姓、衙役數位

△舞台燈啟！金聖歎與眾秀才身著死刑囚衣，雙手被綑綁身後，插著一根死囚旗子。

△舞台兩旁立著數位衙役用刑棍隔開百姓，及跪著金雍、金法延及秀 才家人們。金雍、金法延、及眾秀才家屬們身著孝服，嚎啕大哭。

△舞台中間案桌後方坐立著，殺氣騰騰的朱國治、任維初、陪監的張鳳啟、吳師爺，皆冷笑看著案下將被處斬秀才們。

△朱國治看了一下天色，手一揮，讓家屬跟秀才們道別。

△衙役才將刑棍放下，家屬們一擁而上，有的撲倒在秀才們身上，放聲大哭！有的跪在秀才跟前，悲慟不已；金雍、法延二兄妹，跪在金聖歎跟前，已哭得聲嘶力竭。

△金雍顫抖著雙手，舉著一杯酒送到父親眼前。

金雍唱：【大哭調】
豺狼當道苦難言，蒼天無眼識辨忠貞。
為民訴冤招慘死，禍國殃民無報應！

△一旁金法延哭泣燒著蓮花紙錢邊燒邊掉眼淚。

金法延唱：【送哥調轉台南哭】
一送爹親啊～欲啟程，
肝腸寸斷啊～淚不停。
蓮花指路啊～來接應，
庇祐爹親啊～往仙境。
那哎喲咿道爹親啊～往仙境！

△金聖歎望著一對摯愛的兒女，心中縱有千言萬語，也有口難言，滿腹辛酸！
金聖歎：乖！攏不通哭！不通讓狗官看輕恁！恁阿娘呢？
△金雍邊擦眼淚，哽咽回答。
金雍：阿娘講，伊不忍看到阿爹汝身穿囚衣模樣。
金聖歎：無來也好！那沒，驚伊佇咧後世人，會袂認得我瀟灑模樣！
△金聖歎還想問瓊兒，但又問不出口。金法延洞悉父親心意。

金法延：爹！雲姨已經削髮為尼囉。伊講欲用後世人的光陰，吃菜唸經、替咱金家消災、祈福！

△金聖歎聞言悽涼一笑，欠雲瓊兒的此生已無力償還。

△金聖歎看著跪在面前一雙兒女。

金聖歎：蓮（憐）子心中苦，李（離）開腹內酸！

△金雍、金法延知道父親對中涵意，是捨不得家人。忍不住又痛哭失聲。

△金聖歎環顧四周眾秀才慘狀，終究落下悲憤淚珠。

金聖歎：我金聖歎此生，猖狂文壇，自認「自古至今，止我一人是大材！」

如今，卻落得身首異處，抄家沒籍下場！焉爾敢有天理？

蒼天啊！汝敢有看見！

△金聖歎一聲蒼天啊！燈光變得陰晦起來，雷聲隆隆，隨即從天飄下 片片雪花。

△在場眾人皆驚訝天驟變，議論紛紛。

金聖歎：七月飛雪！七月天竟然會飛雪！蒼天開眼！天公伯總算予我幾分薄面，知道阮是冤枉个！

金聖歎吟唱：【吟詩調】

天公地母報丁憂，萬里江山盡白頭，

明日太陽來問弔，家家簷下淚雙流！

△金雍、金法延聽完父親的吟唱，又哭倒在父親懷中。

△公案台上官員，見天色變化，惟恐有變，著下令。

朱國治：時刻已到！將家屬趕離刑場！

△衙役們上前將家屬們拉開，金雍、金法延不捨抱著父親身軀不放，還是硬被扯開。

金雍：爹！

金法延：阿爹！

△金聖歎回頭看了朱國治一眼，他的神情又恢復昔日狂狷。

金聖歎：狗官！恁今日為了掩蓋恁个罪行，屈斬咱十八名秀才。不過，只要朝廷不改無能作為，任由恁遮狗官橫行，猶擱會有千千萬萬像阮這樣毋驚死个烈士，會佮高壓政策來抵抗！看恁擱會當猖狂到幾時？

△眾官員一聽，皆憤懣瞪著金聖歎。

朱國治：死到臨頭！猶閣咧鐵齒銅牙槽！
就算有彼一日！恁嘛沒目睭通看著！
來人啊！拿粗糠窒滿遮規人的喙！我欲予恁死後有口嘛難言！

△在場民眾百姓大聲喊不～

△朱國治及眾官哪管民眾反應？朱國治見時刻已至，冷冷扔下令牌。

朱國治：時刻到！行刑！斬！

△數位劊子手手擲大刀，站到秀才身後，抽起秀才身後令牌。

△被衙役隔在棍後的百姓、家屬哭天搶地大叫親人名字，有的甚至昏厥。

△劊子手大刀一揮。定格！

合唱：【終曲】

巧將漕米賣金銀，枉法坑儒十八人！
天道好還君不悟，筧橋流血濺江濱！
文生俠骨世無論，哭廟焉知惹禍根！
縱酒著書金聖歎，才名千古不沉淪！

（後記：清世祖順治十八年，金聖歎等十八秀才殉難後，蘇州人民感懷其義行，為十八烈士立祠。時時予以祭祀！隔年，任維初以他案斬首江寧！康熙十二年，吳三桂反，朱國治亦遭殺戮，骸骨無存！）

△舞台燈滅！

△全劇終！

阿闍世王－未生怨【劇本2】

前言：

阿闍世王是我編寫的第二部歌仔戲劇本，因為其背景是在印度，所以許多熟悉的典故及日常用語，因兩地文化之不同都不能引用，這是我編寫【阿闍世王】困難之處，所幸當時有一種使命感，讓我能在艱困環境中，不斷獲得編作劇本資源，才能順利完成。

劇情簡介：

釋迦牟尼佛陀時代，印度有一個國家，名叫「摩竭陀國」，這個國家的都城，就是當時世界上最有名的「王舍城」。當時的國王是「頻婆娑羅王」，王后叫「韋提希夫人」。

國王與皇后結婚多年，膝下無子為最大遺憾。遍訪全國名醫，均無所獲。請來權威占卜師算出，深山出有位老智者，須待他壽終轉世為太子後，國王才能有子嗣。國王一時貪嗔心起，等不及智者壽終，派殺手刺殺智者，智者臨死前立下毒咒：「來世必弒父頻婆娑羅王！必害母韋提希夫人！」

當胎兒出生後，國王與王后，認為胎兒是來報冤，將剛出生的嬰兒從高樓拋墜於地，幸未喪命，僅斷一指；，在嬰兒宏亮啼哭聲中，國王驚見自己惡行，頓悟天命難違！國王就為幼子起名叫「阿闍世」，中文乃「未生怨」。認為他宿世曾與父親結怨，但願今生怨不再生，而免除災禍的意思。

國王為贖自身罪愆，拜入世尊門下，皈依佛法。望藉佛法慈悲洗滌自身罪行。對阿闍世疼愛有加，望化解宿世恩怨。

待長大後阿闍世後來遇到了惡師提婆達多，受其煽惑，在了解身世經過後，性情大變竟殺父囚母，奪取帝位為新王，因此世人稱他為「阿闍世王」，也成為印度史上殺害父王的霸王了。

即位後，因性情霸道，併吞諸小國而威震四鄰，建立了統一印度的基礎。

阿闍世王殺害父王之罪行現報，使他遍體生瘡，無醫藥可治，痛苦不堪，因緣成熟，他皈依世尊門下，在佛陀面前哀求懺悔，改過自新，佛陀以月愛三昧之光照耀，阿闍世王惡瘡得以痊癒。身體痊癒後，以善法治國，並為佛教的大護法。後來佛教之興，阿闍世王之功不可沒。

主要人物：

①阿闍世王：氣宇軒昂、力霸山河君主。一出世即背負未生宿怨。
由國師處得自己與父王前世恩仇後性情大變，不念父　母養育之恩。活活餓死父王，並囚禁母后。因患五逆罪現世之報，遍體生瘡，無藥可治，痛苦不堪。後誠　心在佛陀面前懺悔，改過自新，佛陀以月愛三昧之光 照耀，阿闍世王惡瘡得以痊癒。身體痊癒後，以善法治國，並為佛教的大護法。後來佛教之興，阿闍世王之功不可沒！

②世　尊：印度著名佛陀，佛法無邊。頻婆娑羅王感其佛法，興建竹　　林精舍誠心供養。師弟提婆達多，忌妒其位尊，多次設計　　加害世尊，幸未得逞，未渡化頑劣阿闍世王，功德圓滿圓寂歸位！

③提婆達多：世尊師弟，雖屬同門，處處與世尊爭權奪位，又處處落敗。他親近阿闍世，告知阿闍世與父王前世宿怨，慫恿阿闍世奪取帝位。以便從阿闍世王處取得更大資源對抗世尊，末了因滿身罪虐，被打入阿鼻地獄受苦，卻在阿鼻地獄中領悟，自身反面使命是為助成佛道，「逆助」者也後誠心懺悔！

④頻婆娑羅王：摩竭陀國國王，為求子嗣，改變天命錯殺智者，埋下宿世恩怨因果報應。為懺悔贖罪拜入世尊門下。但仍逃不過因果報應，阿闍世在得知身世秘密後，被阿闍世囚禁活活餓死。

⑤韋提希夫人：阿闍世母親，是一位善良慈悲皇后。當年為早日得子嗣，同意頻婆娑羅王謀害阿闍世前世，後雖如願得子，卻難逃良心苛責。雖有心懺悔也敵不過宿命安排。頻婆娑羅王遭囚禁後，她無力營救，阿闍世在發現她偷渡食物給頻婆娑羅王食用後，大發雷霆，將她軟禁在寢宮，她只能每日唸佛，求佛祖早日渡化阿闍世。

⑥耆　婆：摩竭陀國著名藥師，皈依世尊門下。和阿闍世是從小一起長大摯友。眼看阿闍世犯下逆倫大罪，他無法阻止，只能在旁開導勸戒。阿闍世身染惡瘡後，他盡全力醫治。阿闍世在他勸導下誠心向佛祖懺悔，終得痊癒！

⑦妲蘿王妃：阿闍世的妻子，溫婉柔情，與阿闍世夫妻恩愛，想極力勸阻阿闍世惡行，無法如願。只能默求佛祖開悟，指點明路！

⑧舍利弗：世尊弟子，跟隨在世尊身旁虔誠修行。

⑨目　連：世尊弟子，跟隨在世尊身旁虔誠修行。

⑩難　陀：摩竭陀國中一位乞丐貧女，阿闍世在迷茫中，見她將辛苦施捨來的微薄銀兩購油供佛，虔誠之心感動了阿闍世。阿闍世得以省思自身所犯過錯。

場次大綱：

①氣霸山河：

摩竭陀國王子，年方二十，集國王母后寵愛於一身，威風凜凜、意氣風發。身邊有摯友耆婆、愛妻相伴，放眼天下，幸福無人能比。

②因緣果報：

阿闍世王與相親摯友－耆婆至郊外踏青，一路上耆婆告知阿闍世王人士道理，氣勢如日中天的阿闍世王哪聽得進去，耆婆白費唇舌，臨行前要阿闍世王作是三思而行。羅依假冒乞丐欲行刺阿闍世王，幸被提婆達多所救，阿闍世王與提婆達多結下一段因果孽緣！

③未生宿怨：

提婆達多拜見王子，告知阿闍世前世之秘，用仇恨開啟了阿闍世與頻婆娑羅王宿世恩怨。

④五逆十惡：

阿闍世被仇恨矇蔽了善念，不顧眾人苦勸，強逼頻婆娑羅王讓位，後又將國王囚進牢中欲活活餓死頻婆娑羅王。未生宿怨阿闍世為王後並不滿足，併吞諸小國而威震四鄰。犯下五逆十惡罪行！

⑤囹圄佛心：

在得知母后韋提希夫人偷渡食物給父王後，雷霆大發，將母后囚禁在寢宮。並砍去頻婆娑羅王腳筋。提婆達多得到阿闍世供養後，處處想除去世尊。韋提希夫人無法搭救夫王，跪地痛哭，幸得世尊開釋。不料卻傳來頻婆娑羅王駕崩噩訊！

⑥貧女獻燈：

阿闍世王爭戰年年，民不聊生。愛妃妲蘿陪他微服出訪，路上見百姓怨聲載道、又見貧女難陀將乞討來的微薄銀兩購油膏為供養佛陀誠心。兩件事在阿闍世心中起了波瀾他被仇恨填滿的意念開始動搖。幼子因指膿疼痛不已，阿闍世王親用口吸出惡膿，一旁輔相達拉見狀痛哭失聲，告知阿闍世年幼時也曾犯過同樣病痛，當時也是頻婆娑羅王親口將阿闍世指怕年幼阿闍世見著骯髒膿血，便將膿血直接吞肚。阿闍世聽完後悔恨不已，覺醒自己不孝，氣急攻心昏厥在地！

⑦悔恨成疾：

滿心悔恨的阿闍世，遣走提婆達多，不再受其蠱惑，提婆達多憤忿離開王宮。阿闍世心力交悴，惡疾纏身，遍生惡瘡。群醫束手無策。耆婆來訪開導阿闍世，惡疾只因心中懺悔而起，唯有拜訪世尊才能得救，阿闍為曾借兵提婆達謀害世尊而愧對世尊，不願前去求救，昏迷中見父王現身，阿闍世尊聽教誨，前往竹林精舍拜見世尊。

⑧月愛三眛：

阿闍世拖著痛苦身軀，三步一跪五步一叩到竹林精舍拜見世尊。世尊為拯救阿闍世，引月愛三眛為期療傷。月愛三眛是宛如月光祥和照耀阿闍世身上後，阿闍世身上惡瘡得以痊癒。經過世尊開釋，阿闍世真心懺悔心身得以救贖。提婆達多得知阿闍世王得救後，率領門下弟子直闖世尊清修竹林，不知悔改想殺害世尊，世尊無奈將其打入阿鼻地獄。提婆達多在阿鼻地獄中受火焰焚身之苦，憤恨向佛聲討不平，他的能力並不亞於世尊，為何生來處處比不過世尊。黑暗中世尊來到，告知提婆達多，汝雖處處加害於我，可知為何每試每敗，倒反而印證法的正確，這本是提婆達多生來宿命，世上若無提婆達多的「逆」就無法彰顯佛法的「正」。提婆達多了然頓悟，甘受此劫。佛法得以成正覺廣度眾生皆因提婆達多善知識之故。

⑨心燈不滅：

世尊在解救阿闍世及提婆達多後，功德圓滿進入涅槃，阿闍世為感懷佛陀聖恩，命大臣具備百斛麻油膏燃燈供佛，從宮門點至祇洹精舍，連續不斷，煞是美觀。但唯有難陀女所燃之油燈光明不絕，膏亦不盡，通夕不滅，直至天明。阿闍世王聽到這件事情後，問婆道：「我所做的功德這麼大，為什麼佛陀不為我授記？難陀女才點燃一燈，卻能蒙佛授記，這是什麼道理呢？」耆婆答道：「大王所作雖多，因心有分別，故功德即有大小，難陀女因能發願回向注心於佛，故得蒙佛授記，其心已和法施相應，法施無邊，故功德其大無比。」功德不在於大小，只在於吾人之用心是否專誠！阿闍世王確切了解其道理後，誠心禮佛以善法治國，並為佛教的大護法，完成推廣佛法使命。後來佛教之興，阿闍世王功不可沒！

序場

時間：白天

地點：皇宮內院

人物：頻婆娑羅王、韋提希夫人、內侍幾名

△舞台燈啟！

△頻婆娑羅王、韋提希夫人立於舞台上。韋提希夫人抱著剛出生的幼兒，不停哭泣，頻婆娑羅王臉色凝重望著韋提希夫人懷中幼兒。

韋提希夫人：皇上，不可啊～

頻婆娑羅王：難道汝忘了，智者臨死之前咒懺！

韋提希夫人：不過…伊是我懷胎十月所生，我不甘…

頻婆娑羅王：別再說了…這個囡仔，本來就不應該出世頻婆娑羅王接近韋提希夫人身邊，一把搶走她懷中嬰兒，頻婆娑羅王將嬰兒高高舉起，韋提希夫人跪倒在她腳下，淚流滿面！

韋提希夫人：皇上，我求汝，將囡仔給我！

△頻婆娑羅王狠狠將嬰兒高高舉起，重重摔下！

△韋提希夫人跪爬到嬰兒身邊，用顫抖手一探嬰兒鼻息！

韋提希夫人：吾兒啊~

△頻婆娑羅王大聲吩咐內侍！

頻婆娑羅王：傳令下去，今日之事，若有人洩漏半句，定斬不留！

內侍：遵命！

△舞台燈滅！

【合唱】：

命關劫厄最心驚。惡業牽纏果報成。
夙世輪迴緣熟日。暴風驟雨顯前情。
稱名一聲起一念，作者觀者隨現前。
因果報應難退轉，佛身色相顯光明。

第一場：氣霸山河
時間：白天
地點：皇宮廣場
人物：阿闍世、頻婆娑羅王、韋提希夫人、婇女—難陀、功德。搭拉等五位輔相、加力、妲蘿、羅依、莫漢、阿南搭、舞者、侍衛

【合唱】史詩朝代逝悠悠，興都星移二十秋
世代代無窮盡，唯見恆河日空流。

【合唱】摩竭陀國喜氣揚，娑羅王朝威名重
國慶集會爭崢嶸，士氣如虹劃長空

△舞台燈啟！皇宮外廣場，人聲鼎沸，為慶祝摩竭陀國國慶，特別舉辦武術比賽。
△音樂響起，廣場上數名宮廷舞孃跳著「卡搭克」舞蹈，舞者身上銅鈴伴隨著印度傳統音樂，悅耳鈴聲、樂曲、旋舞身姿令人心醉！一會舞畢，舞孃們退場。
△軍事輔相—搭拉上前與在場眾輔相共五位大臣互相道：納瑪斯特！
△三名武士羅依、莫漢、阿南搭上。

頻婆娑羅王唱：日月摩尼珠光燄，如來容顏超世倫
光明悉照遍諸國，深諦善念法海恩，
順天如意・天下太平；安居樂業・佛佑吾民。

韋提希夫人唱：十方來生心悅淨，幸佛信明我真證譬如恆沙諸佛界，布施調意忍精進十方世尊，智慧無礙；
常令此尊，知我心行。

頻婆娑羅王：今日是摩竭陀國建國百年國慶，興都主義時代，國運昌隆、民官一心、朝野和樂、無量壽佛！

韋提希夫人：佛佑吾國、倡發雅音、通達諸法、各發菩提。十方正士、志求淨土、諸功德本、還安養國、阿彌佗佛！

搭拉：稟報皇上，全國入選三名勇士，現已準備最後決戰，請皇上下令，比武即可開始。

頻婆娑羅王：殿前剎帝利傳令下去，摩竭陀國三年一次，比武大會開始。得勝者，可成為摩竭陀國第一剎帝利，國王賞賜明珠瑪瑙千托拉。

剎帝利：國王傳令，比武開始！

搭拉唱：**大風起兮黃沙湧，戰鼓頻催兮眾英雄**
八方四路集豪傑，擂台決戰展威風。

△莫漢與阿南搭比武。

莫漢唱：爭戰沙場逞英勇，必占鰲頭展雄風

阿南搭唱：莫以大言欺命運，全憑時勢造英雄

△莫漢勝，羅依入陣。

羅依唱：**爭戰沙場逞英勇，武藝超群人中鳳**
第一剎帝利封號，誓在必得崢頭嶸

△莫漢輸在羅依劍下，黯然退下。

搭拉：果然英雄出少年，就請殿前剎帝利傳令國王，羅依奪得魁首。

剎帝利：稟報，羅依奪得比武魁首。

頻婆娑羅王：真好，佛佑良民，就宣佈羅依為摩竭陀國第一剎帝利。
韋提希夫人：國王說的是，阿彌佗佛！
阿闍世：且慢！還有我欲挑戰～
△阿闍世隨從－加力一身勁裝，虎虎生風進場！逗得現場眾人大笑！
△幕後傳出阿闍世寬廣歌聲！

【阿闍世唱】

雄才絕世…誰人比，狂情傲態…千古稀
力拔山河、吞山川豪志，凌雲之志衝天飛，
良才造時機，群英鬥生死，敗者為寇萬世悲。
阿闍王子～正當時。
雄心壯志…日當空，才能絕世…真豪勇，
普天之下爭頭峰！
頻婆娑羅王：是吾兒善見。
韋提希夫人：阿闍世王子來囉！
加力：正是普天之下誰人能比，英勇出少年的阿闍世王子！

△阿闍世王上場入陣與羅依比武。阿闍世勝。
搭拉：果然是英雄出少年，阿闍世王子武藝超群，普通人怎會是汝的對手。快傳令給國王，此次比武是阿闍世王子奪魁。

剎帝利：阿闍世王子奪魁。
頻婆娑羅王：不愧是我頻婆娑羅王的後代，阿闍世汝堪稱是王舍城內第一勇士。
阿闍世：父皇，是汝調教的好。
韋提希夫人：兒啊看汝汗流浹背，功德快斟杯酒給阿闍世王子！
功德：是！

△羅依欲退場，一旁女子妲蘿拉住他。

妲蘿：我不服！
阿闍世：汝不服？
加力：小小一個女子也敢聳鬚！
妲蘿：小女子又如何？
　　恆河女神恩惠重，帕爾瓦蒂神威通
　吉祥天女掌財富，個個皆是女英雄。
阿闍世：說的妙，普天之下也沒人敢對我阿闍世王子出言不遜！
妲蘿：我並非一般女子，路見不平，怎能心服。
　兩場激戰比武後，伊體力耗盡汗水流，汝此時與他來決戰，勝之不武非真！
阿闍世：看汝這麼維護羅依，汝甲伊有何關係？
妲蘿：羅依是我的未婚夫？
加力：尪比輸，某出頭，天地真是顛倒，無汝是想怎樣？
妲蘿：我就是看不過恁用皇家勢力，強壓百姓。
阿闍世：憑我阿闍世王子，一身好武藝何用威權取勝。

妲蘿：狂妄，在我眼中，汝阿闍世王子只不過是一個無明之人。
阿闍世：無明之人？
加力：就是講汝阿闍世王子無用啦！
阿闍世：哼~~
妲蘿：因為貪、嗔、癡全聚集汝一身。
阿闍世：胡說，本王子一人之下，萬人之上，何須貪。
妲蘿：汝貴為王子卻與百姓名號，第一刹帝利勢必得，此念謂之為貪欲。
阿闍世：哼~~那嗔呢？
妲蘿：我為羅依打抱不平，三兩句話就惹汝暴躁心難定，行為正是嗔恚！
阿闍世：再來癡呢？
妲蘿：汝妄想人人皆服汝，尚不知人外有人天外有天。思想實在是為愚癡！
　三種毒素盡在汝身，說汝是無明之人。正貼近。
阿闍世：看汝是何方神聖，也敢在捨本王子體面。
　△阿闍世一把拉下妲蘿面紗。

【阿闍世唱】看此女~~紅唇描朱、新眉如月，美目艷卓、秀色華容。
　冷異絕俗，奇麗不常，窈窕女貌，偃蹇無禮~~使吾心動！

【妲蘿唱】：看此人~~直爽豪邁、驕縱放肆、英姿豪氣映容顏。
　一時陣~~望天猶見心盪漾，情意漫漫無處藏。

【阿闍世唱】再看伊〰眉宇嬌艷，兩頰生光，身形似彩霞繞繞，
卿雲縵縵。非雲非霧，如煙似霞。
天籟妙音，令人神往，相逢有如入夢中。
阿闍世虛度年華二十年，今日方得藍田美玉成！
【妲蘿唱】：只聽說〰阿闍世王子直爽豪邁、是一个勇猛善戰个真英雄。
卻對伊〰一見如故友，情絲意濃。無非是前世早熟悉，今生又重逢。
莫非伊正是啊〰我夢中彼个多情郎。

阿闍世：汝不服，就用貪、嗔、癡為題，題詩一首。
阿闍世：好。
妲蘿：何難之有，汝！聽來十起萬欲結孽緣，嗔生無明種惡因癡疑我執是非業，三毒能悟超自心
妲蘿：那就換我，出題考汝。
加力：敢跟我阿闍世王子挑戰，不知影阮阿闍世王子是任考不倒。
阿闍世：加力沒人教汝出力。惦惦！出題來。
妲蘿：不貪無嗔少愚癡，何來苦惱？
阿闍世：能給肯恕多慧悟，自有平安。
【妲蘿唱】彼个人，豪才氣。人个心，如鼓箸。
是驀然，是回首。似魂牽，似夢繫。

迦摩一箭貫心窩，相思迢遞隔重籬。
情路分為兩邊岔，情絲兩邊該歸誰？

阿闍世：汝沒話可講囉，可是輸地心服口服！
妲蘿：我⋯
加力：就是講？就憑汝一个小女子，也敢向咱尊貴阿闍世王子挑戰！
阿闍世：加力汝實在真加力！無人教汝講話．住口！
加力：是！
阿闍世：父皇，阿闍世今日贏得武術頭名，父皇該如何賞賜阿闍世呢？頻婆娑羅王：皇兒！汝愛什麼獎賞隨汝講！
阿闍世：哪按怎！我欲得這位妲蘿姑娘做我的王妃！
頻婆娑羅王：這⋯不知這位妲蘿姑娘是何家女兒！
△一旁搭拉輔相，忙朝頻婆娑羅王參跪下！
搭拉輔相：啟稟頻婆娑羅王！妲蘿是我女兒！
頻婆娑羅王：既然是輔相愛女，汝可願將愛女喜配予阿闍世王子為妃！
搭拉輔相：這本是咱家榮幸。
王輔相：止不過⋯妲蘿伊從小就訂親囉！婚期就在三天後！
阿闍世：訂親有什麼了不起！哼！我愛的物件！啥人敢跟我搶！妲蘿未婚夫嘛只是我手下敗將！羅依，汝出來！

△羅依上前。
阿闍世：就憑汝！怎配的起美麗个妲蘿！我愛汝即刻退婚！
頻婆娑羅王：阿闍世不得無理！
阿闍世：父皇汝竟然答應我要給我獎賞！我就是愛妲蘿成為我个王妃做為獎賞！君無戲言，怎能失信於我！
頻婆娑羅王：唉！既是為王答應个，善見汝自己做主就好！
阿闍世：怎樣！羅依汝願意退婚嗎？
羅依：我…願意！
阿闍世：哼！算汝識時務！
阿闍世：搭拉輔相，汝有聽到囉！
三天後~~輔相府婚禮照常行，改換我阿闍世王子來迎新娘！汝放心~~妲蘿嫁我汝勿會吃虧，毋免陪嫁送金銀反賜汝明珠瑪瑙千托拉，聘禮乎汝安享天年。
△面如土色搭拉輔相，頭如搗蒜般答應。
阿闍世：美啊！今日我不但贏得武士鰲頭，更擄獲佳人芳心！哇~~哈哈！
加力：就是呀！全天下誰能甲阿闍世相爭。
△阿闍世在狂妄笑聲中退場！
△韋提希夫人，看著阿闍世離去身影！悠悠嘆息！
韋提希夫人：我是不是太寵愛阿闍世囉！望佛佑我兒！
△舞台後方在頻婆娑羅王嘆息聲中滅去！

△前方羅依咬牙切齒大吼！
羅依：我恨啊～～阿闍世王子，奪妻之仇，我跟汝誓不兩立！

第二場：因緣果報
時間：白天
地點：郊外
人物：阿闍世、耆婆、加力、羅依、提婆達多、隨從數人

△舞台換景，呈現郊外景象！
【合唱】
大漠風動盪萬里，恆河日落歸雁啼
漫漫黃沙塵蔽日，駝鈴夢迴春已歸
△耆婆揹馬上場，後面跟隨著阿闍世，身後跟著幾名隨從！
【耆婆唱】：黃沙滾滾塵蔽天，王城隱隱風中現。
人生渺渺憑誰問，海天蒼蒼心無言。
【阿闍世唱】：黃沙滔滔如江潮，風聲颯颯貫雲霄
得意洋洋春風意，隨風步步登瓊樓

阿闍世：耆婆啊，自從汝皈依在世尊門下，人怎樣變得如此多愁善感
咧？

【耆婆唱】：身為孤兒本無依，感謝頻婆娑羅王韋跟提希夫人來養飼，
盡心栽培我二十年，給我佮眾太醫來學醫理。
生活原本無愁又得意。不過自從跟隨世尊門下四處訪
醫，才知影：天下之事未必能全盡如人意！

【阿闍世唱】：父皇視汝如親兒，咱兄弟和睦重情義。
王舍城內一神醫，何事未能盡人意。

【耆婆唱】：荏苒光陰似水流，此身如在夢中遊，
吾今參透人生味，歲月無限諸多休，
人生繁華如一夢，紅塵過眼皆成空。
生老病死誰能擋，世事難料本無常。

阿闍世：好囉！好囉！耆婆汝變得越來越像父皇，只知整日講那些佛理。

耆婆：阿闍世王子，汝現在高高在上，娶得嬌妻，又喜獲麟兒。有權
有勢。哪會當體會一般人个心情？要知影，
富貴生來皆由命，前世各人各修因。

有人施恩受持者，生生世世福祿深。
三世因果非小可，佛言真語莫看輕。
若人毀謗因果經，後世墮落失人身。
今生做官是何因，前世黃金裝佛身。
前世修來今世受，紫袍金帶佛前求。
今生長壽為何因，前世買物多放生。
今生短命是何因，前世宰殺眾生身。
聰明智慧為何因，前世誦經念佛人。
夫妻長守為何因，前世幢幡供佛前。

△一旁加力戲謔接唱。

【加力唱】那今生無妻為何因，前世偷姦人女妻
今生守寡為何因，前世輕賤丈夫身

△阿闍世推開加力。

【耆婆】前世修來今生受，今生積德後蔭人。
三世因果說不盡，蒼天不虧善心人。
頻婆娑羅王教化佛理，全是金科玉律，汝應當好好理解才是。

加力：唉~~一个講無夠，又來第二個。

耆婆：就像方才，
路過村莊逢人亡，雜色繒幡前後放
宗族親里悲哭啼。送他出城往西方。
死者盡也。風先火次。諸根壞敗。存亡異趣。室家離別。
無論在生時百般榮華富貴，富足享樂，都隨死亡而歸土。
遺留給生者个，只剩無限的哀傷、惆悵和面對死亡驚恐路途。
阿闍世：人生在世，生老病死，有如油盡而燈歇、身死屍體埋曠野，
是天生自然，人人難免。何必為此而傷景，又何必為此傷情。
耆婆：人生到死雖成空，卻也不能說就是空，
生如流星轉眼滅，唯有善心能不亡。
超出慾望、苦惱跟執著，不為生死所迷惘。
了解生不是最開始，死不是終點…而能超脫生死啊入涅槃。
阿闍世：好囉！好囉！好不容易在汝離開王城之前，與汝到郊外訪秋，還要聽汝這大佛理，實再是辜負本王
子一片心意，也對不起如此火舞黃沙美景。
△天空鴻鳥長鳴，似意有所指。耆婆心中一悸
耆婆：阿闍世王子，我明早就要綴世尊門下四處訪醫，快著一年，慢著三年，才會返來。在我無在宮中日子，
有幾句話要交代若有重事要裁定，理應三思而後行。
切莫急躁鑄成大錯，反悔莫及心肝凝。
剛強不受蠱邪侵，意志堅誠貫石金，

花言巧語君莫信，知人知面不知心。
阿闍世：汝放心，我阿闍世王子袂魯莽行事，作汝安心去吧！
耆婆：哪按呢。我著放心囉。時候無早，我愛擱收拾行囊，就先回宮囉！就此告別。
△耆婆揹馬下場。
△羅依假裝乞討者出場。
羅依：歹命乞丐無捨施，求恁來讚助啊~~贊助啊幾個錢
自從家後伊綴人走，日日傷心目屎流
好心的壯士啊，可憐我這個沒某沒猴的歹命人，分我幾個錢~~
△羅依靠近阿闍世身邊，取出預藏藥粉灑向阿闍世。
阿闍世：汝⋯
羅依：怎樣，阿闍世王子，還認得我嗎？我是羅依！
汝已經中了我的「百日醉」，是不是渾身無力。
阿闍世：原來是汝，可惡！
△旁邊隨從欲上前制服羅依，鈞被勇猛羅依打敗。
△加力衝上前，也被羅依藥粉灑中。
加力：哈⋯哈⋯這是什麼啊，我怎會笑不停
羅依：汝中了我的「百笑癲」，每日那笑過一百聲，就要送命。
加力：汝有夠夭壽，竟然用這麼毒的步數，要我笑死我就偏偏不笑，
乎汝凝死！哈⋯哈⋯

△加力忙摀住嘴。還是笑個不停！

羅依：不用這麼毒的步數，怎消我滿腹怒火。

△羅依向阿闍世逼近。

△提婆達多出場。

提婆達多：畜牲！休得無禮！

△提婆達多出場擊敗羅依，交於隨從。

阿闍世：感謝這位師父搭救。

提婆達多：那裡，那裡。只是舉手之勞！阿闍世王子汝中毒了，緊服下解藥，毒立刻能解。

△阿闍世服下解藥。

加力：哈…我呢？師父救命！我會笑死。哈…哈…

提婆達多：汝的毒，我無法改，只不過只要汝每天不要笑過一百聲，百日後自然會無事。

加力：哈…我苦…哈…要每天算笑聲囉…哈…加力汝真是加力囉！

△恢復意識的阿闍世走到羅依面前。

阿闍世：羅依！好大膽，敢刺殺我阿闍世王子！

羅依：阿闍世，一年前，汝靠著皇家勢力，搶走妲蘿，奪妻之恨，不共戴天，非汝死就我亡。

阿闍世：哪按呢！我就成全汝！

△阿闍世抽出寶劍殺了羅依。

阿闍世：多謝師父來援救，免遭賊手性命休，

隨我入宮領功業，保汝榮華樂安壽。

提婆達多：不用囉。出家人不貪饗賜。我今日會出現是為汝阿闍世王

子而來！汝果然無予我失望！
阿闍世：為我？此話怎說？
提婆達多：日後阿闍世王子自然會明瞭！
虎氣必騰上，龍身寧久藏？
風塵若已息，持心奉明王！
阿闍世：人生苦短，歲月無情；傾刻一聲鑼鼓竭，不知何處是仙景，
隨業流轉，沉溺生死。明人立世上，該知把握先機，及時行樂，才是合天理！
阿闍世：說的好，大師講个話，我愛聽，不像阮父王整日唸什麼
因果佛法，實在是使人……
加力：一粒頭二粒大！哈…哈…
提婆達多：貧僧真歡喜會當佮阿闍世王子結這段善緣！
阿闍世：師父一身好本領，由我引薦乎父皇，聘請汝為護國大師，絕對是無問題。
提婆達多：不過，我也有眾多跟隨弟子。
阿闍世：無要緊，
縱然汝門下有千軍萬馬，阿闍世王子敢自誇。
只要我父皇面前奏實情，定保恁皆成我國大護法。
提婆達多：如此一來，貧僧就恭敬不如從命囉！
△阿闍世取下腰間玉珮。
阿闍世：既如此。這是我隨身之物，送於大師作信物。伊可作宮中出
入憑證，歡迎師父隨時到宮中拜訪，尚不知師父名諱？

提婆達多：我名叫提婆達多！相信不用多久，咱就會相見！
阿闍世：隨時歡迎！
加力：哈…阿闍王子，時候不早了，要回宮了…哈…
△阿闍世不捨的和提婆達多道別！
△提婆達多答禮後一對銳利雙眼，深不可測！
△舞台燈滅！
【合唱】因果牽緣定義明，莫求惡事擾蒼生。
種善因，結善緣，成善果，自然受福報。
種孽因，結孽緣，成孽果，自然受惡報。

第三場：未生宿怨
時間：白天
地點：皇宮後宮
人物：阿闍世、提婆達多、頻婆娑羅王、韋提希夫人、妲蘿王妃、人、地、法三名輔相、中官（太監）幾名、婇女—功德、難陀

△舞台換景，呈皇宮後宮景象！
△阿闍世、頻婆娑羅王、韋提希夫人、妲蘿王妃、中官、功德、難陀并立於舞台。
阿闍世：父皇，事情經過就是這樣，那位本領超凡大師名叫提婆達多，

一身好本領。他所倡導佛理比父皇所尊崇世尊，還要順耳。

頻婆娑羅王：善見，不得對世尊無禮。汝聽父皇講世尊未成佛彼當時，悉達多太子是伊名字。

吾王見他博愛多聞、氣宇非凡、相貌莊嚴無人比，對伊來生敬意。執意將江山來讓伊，吾王退居輔相來共扶持。世尊伊人格清高無上來無意志，斷然拒絕吾皇个美意，只為伊一心望頓悟來明佛理。教化世人明是非。十數年後世尊成佛个當時，吾皇再跪求世尊受我个佈施，伊才肯入王舍城中來傳佛理，吾皇禮贈耆闍崛山中竹林精舍給您來安居。伊滿門弟子就有一千二百五十個比丘尼。

韋提希夫人：善見吾兒，汝可知世尊一步踏入咱王舍城池，咱全國的老百姓，夾道歡迎人不止，頂禮膜拜高聲讚美伊，掌聲雷動響半天，萬物 吉祥普天喜。蒼穹美妙的仙音與伎樂起，象馬眾鳥相和長鳴笛，虛空之中普降香雨妙花蕾。天地顯現種種神蹟，寶物出土滿珠璣，盲者重見光明來會親兒，聾者得聞聽佛理，啞巴亦能夠開言語，殘者會當得痊癒，貧人無端得寶誌。衣食無慮樂安居。這種種个瑞相各個皆令人驚歎不已。百姓感受世尊伊攏都有留意，伊時時面露佛相顯慈悲。

頻婆娑羅王：如今咱摩竭陀國會當全國富裕、兩岸和平、三陽開泰、四海昇平、五穀豐收、六波羅蜜、朝內有七賢八相、九門將才共扶植、全國能十家如意。全是佛祖伊來保庇！兒當感恩長銘記，切莫無禮心懷疑！

阿闍世：我已經答應提婆達多封為我國護法，話既出，豈能收。

頻婆娑羅王：善見，

汝所做之事太懵懂，外在行為是欠妥當，

若學者婆般穩重，定成英明睿智的君王。

韋提希夫人：夫王啊，既是佛家師父，我國向來以佛法治國，就留那

位提婆達多在我國為副護法國師。汝意見如何？

頻婆娑羅王：也只好如此，善見汝實在太任性囉。

功德：啟稟國王、皇后禮佛時辰到囉。

頻婆娑羅王：善見為王跟王后要前去禮佛，汝要好好深思。

△頻婆娑羅王、韋提希夫人、功德、難陀下場！妲蘿懷抱幼子在舞台上。

阿闍世：只不過是要封一位小小國師，需要聽這的多教訓嗎？

妲蘿：父王說得對，提婆達多只不過救汝性命，汝就輕易答應封伊為

國師，實在太懵懂！

阿闍世：難道汝夫君的命，不值換一個國師名號。

妲蘿：話不能這樣講。

阿闍世：汝可知？

今日行刺賊者伊是誰。汝無緣夫婿名羅衣。

妲蘿：我既為汝妻也生孩兒，為何汝不饒要伊死！

阿闍世：手執未來君王令，百戰雄獅理萬兵，

忤逆我心傷我命，我定斬不饒難容情。

妲蘿：阿闍世王子，汝現在已為人父，行事皆應替咱子多積功德！

阿闍世：我做事自有分寸。

△中官阿尼取信物來稟告，有貴客來訪！

阿闍世：有請！

△妲蘿無奈抱子退場。

△提婆達多跟著人、地、法三位輔相魚貫走入！

提婆達多：阿彌陀佛！阿闍世王子，咱又見面囉！

阿闍世：提婆達多，歡迎之至，為何三位輔相會與汝同行咧？

提婆達多：本師今日會入宮覲見王子，是為揭穿一个天大秘密！

阿闍世：秘密？

提婆達多：一个有關隱瞞汝阿闍世王子，被隱瞞二十年大秘密！

△前方舞台燈滅！

△舞台燈啟，一顆樹下盤坐一位老智者。

△舞台上兩位走到智者身旁，忽抽出彎刀刺向老智者。

剎帝利一：國王賜汝自盡，汝不肯，就由我們來送汝上路。

剎帝利二：汝不亡，帝尊怎能有後生。帝尊要汝三更死，豈能留汝過五更。別怨我，我只是奉帝尊旨意。

△智者被刺後，痛苦掙扎爬起，發出怒吼！

智者：頻婆娑羅王汝為著一己私人，竟然違背天理！我在這立下毒誓！來生我若轉世為頻婆娑羅王之子，必殺汝頻婆娑羅王，必害汝韋提希夫人，必誅滅汝摩竭陀國！

△後方舞台燈滅！

△前方舞台燈啟！

阿闍世：哪安呢？那個智者是不是真的轉世做頻婆娑羅王孩兒？

提婆達多：十個月後，韋提希夫人生下男嬰，頻婆娑羅王認定伊就是智者轉世，一出世就將嬰兒活活摔死！

阿闍世：後來呢？

提婆達多：嬰兒命不該絕，只是折斷了左手小指！

△阿闍世下意識舉起自己左掌，看著自己自小殘疾小指！

【阿闍世唱】：

（白）胡說！

父皇疼我猶如心中寶，秋臨寒露關愛多。
欲滅善見反掌易，豈留至今成災禍！

【提婆達多唱】：汝父王夜夜是難安枕，日日擔心留禍根。
處處提防汝如大敵，惶惶不安非關心！

阿闍世：汝講个是摩耶！汝講个全是妖言！我毋相信！

人輔相：阿闍世王子，汝愛相信，汝个出世秘密，早就在宮中流傳囉！

地輔相：是啊！宮中个中官、婇女背地裡攏咧議論阿闍世是妖魔轉世，要來滅摩竭陀國！

阿闍世：無可能？我毋信！
法輔相：頻婆娑羅王就是驚汝知道這个秘密，才會遲遲不肯將王位傳給汝！
阿闍世：這⋯
人輔相：頻婆娑羅王若無私心，為何要傳位乎汝，還要請示世尊，
　　這根本是推託藉口。在頻婆娑羅王心目中，義子耆婆比汝也有資格作摩竭陀國國王！
阿闍世：胡說！
　　我是頻婆娑羅王个親生。耆婆他只是一个孤兒，
　　身分地位皆下品，烏鴉怎能佮鳳凰比。
地輔相：阿闍世王子，汝宛如射在頻婆娑羅王心頭之箭，汝若為王，頻婆娑羅王怎能安寢？
法輔相：對啦！一旦頻婆娑羅王另立耆婆為王後，為驚汝篡位，說不定會先下手將汝除掉，以免留後患！
人輔相：在朝中，阮早就部署完畢，只等汝阿闍世王子，登高一呼，必追隨在阿闍世麾下，盡忠效勞！
地輔相：是啦！阿闍世王子，是汝要頻婆娑羅王讓位時候囉！
法輔相：阿闍世王子，緊下決定囉！

【阿闍世唱】：
　　達多言語扇怒憤，輔相話如淋油助火焚
　　咬牙切齒難吞忍，痛入心巢恨萬分。

△阿闍世瘋狂撲向前去，揪住提婆達多胸前衣服！

阿闍世：說！為什麼要跟我結緣待時機，
為什麼要對我講出身世个代誌！
又為什麼要助我來奪帝位！
汝的目的倒底是為什麼？

提婆達多：弱者等待時機，強者創造時機。
因循等待是人們最大的失志。
眼前能看到包括我自己，時時都在變。處處皆驚異。
歷經戎馬倥傯、刀光劍影，無數次的征戰殺伐，最終拿到
了權力。但今天一過，它就是永遠是過去。
掌握現在，放走機緣是沒了時。
機緣如過，汝後悔來已經遲。

提婆達多：人生在世不過百年夢，而且生命是無常。
阿闍世汝在我眼中，正是一位未來个明王。
汝取頻婆娑羅的命而登基稱王，
我則除掉沙門瞿曇（世尊的別名）而為新佛宗。
新王新佛，互相呼應，汝得到帝位，我達到目的，
有何比這雙贏更適當！

阿闍世：哼！原來汝的目的是為除掉世尊！

提婆達多：沒錯！世尊是我的天敵，汝能夠體會老是給人
踩在地下的感覺是啥嗎？不管是在家族裡，或是在修行的區域上，憑什麼我總是要輸，我長得
俊美，武功不凡，我跟世尊家世也相當，也有自己對事物的獨到見解。
為什麼大家同是王子，他卻佔盡便宜？
一樣是上師，憑什麼他就受到較多的尊重？我提出來的
『五法』、『新戒律』、佗一項跟世尊理念沒比並？
我恨！我不服！我毋認輸！
世尊伊奪走原屬於我个地位、聲望、權勢、唯有釋尊在世
上消失，我才能挈回失去个一切！
阿闍世王子，我心中恨火，並不比汝少。

阿闍世：好！我答應與汝合作！日後，我若登基為王，必封汝為國師。
來人啊！隨我來去找那個假仁假義的頻婆娑羅王算帳！

▷舞台燈滅！

【合唱】業報分明理不差。牽纏紛擾亂如麻。
眾生悟覺無尤怨。斷果了因苦海遐。
因果牽緣定分明。莫求惡事擾蒼生。

欲能解脫行仁善。永保安康福運臨。
歷世沈淪最可憐。業纏果報繼千年。
人生應是修功德。善慧圓明出苦坑。

第四場：五逆十惡
時間：白天
地點：皇宮後宮
人物：阿闍世、提婆達多、頻婆娑羅王、韋提希夫人、妲蘿王妃、人、地、法、月光、達拉五名輔相、中官若干、婇女—功德、難陀

△舞台燈啟！
△頻婆娑羅王、韋提希夫人、婇女—功德、難陀、中官立在後宮佛堂。
頻婆娑羅王：眾生如夢不繫愛，強求是苦千百哀；
人世親情應如是？三尺秋水因果來。
韋提希夫人：求之不得心如痴，害人喪命逆天理
非是上蒼不作美，心中所願命中除。

頻婆娑羅王：**一步差，步步錯，西窗驚起思前悟。**
錯殺智者惹災禍，十轉輪迴因果報。
韋提希夫人：**風飄飄，雨瀟瀟。人間親情誰能拋。**
心酸懊惱傷懷抱，簌簌珠淚點點流。

△頻婆娑羅王、韋提希夫人、功德、難陀、中官皆一個個跪於佛堂前。
頻婆娑羅王：往昔所造諸惡業，皆由無始貪嗔痴。
從身語意之所生，今對佛前求懺悔
罪從心起將心懺，心若滅時罪亦亡、
心滅罪亡兩俱空，是則名為真懺悔
悉以回向諸眾生，願令一切皆清靜。

△阿闍世與提婆達多、人、地、法三輔相衝進佛堂。
△阿闍世怒砸佛堂佛經、明燈。
阿闍世：心不明，點什麼燈；意不平，誦什麼經！
頻婆娑羅王：住手，善見汝怎可對佛祖無禮！
韋提希夫人：善見，不得無禮，快向佛祖賠禮。
阿闍世：哼！汝~~表面假仁假義假仁慈，心肝真邪真惡真自私。
韋提希夫人：善見，汝起肖，怎可用如此惡毒言語講父王。
阿闍世：我無肖，從來沒有如此清醒過，恁欺騙我二十年代誌，我
已知情！

頻婆娑羅王：這⋯⋯

提婆達多：紙怎能包住火，這就是因果。

阿闍世：怎樣，汝沒話可說了，

　　二十年前，汝為達一己之私，普提樹前將我除

　　蒼天有眼續我命，要汝了結歸陰司。

頻婆娑羅王：善見啊，父王是一時心糊塗，強改天命造殺戮，

　　自小對汝是百般好，重修善緣為彌補。

阿闍世：百般好！好笑！紅紅細細親生兒，重重墜地愛伊死。

　　說什麼緣來講什麼理，父子早就斷情義。

韋提希夫人：善見啊～前世今生緣縈深，碧落黃泉盡難尋，

　　父子天性難割捨，舐犢之愛早忘恨。

阿闍世：若是早已忘冤仇，不肯傳位是為何由，

　　處處提防步步慎，就驚善見不罷休。

頻婆娑羅王：為父一番婆心苦，愛子做事歸正途。

　　未傳王位因兒幼，堪虞無能來治國。

阿闍世：城府深思弄蹺蹊，花言巧語欲騙誰？

　　執意王位傳義子，當我善見三歲兒。

頻婆娑羅王：善見汝對父王多猜疑，我願退讓兒登基

　　選得良辰吉祥日，召告天下換新治。

阿闍世：不能再等，我要汝即刻下令！

頻婆娑羅王：這……與理不合。
提婆達多：是啊！頻婆娑羅王，滿朝百官，以及天地法三位輔相，攏決心要立阿闍世為新王，
汝就快下令，免得再生禍端。
阿闍世：我要汝下令就下令，汝還敢躊躇！是不是要我動手！
△阿闍世舉起隨身寶劍！
達拉：阿闍世王子，千萬不可，刀下留人！
△達拉輔相與月光輔相聞聲闖入佛堂。
阿闍世：汝敢阻止我。
達拉：父子之道是天性，孝悌之至通神明
奪權奪位違綱紀，逆倫弒父遭天譴。
阿闍世：講什麼逆倫遭天譴，說什麼父子是天性
前世奪命愧心田，今生想彌補也枉然。
韋提希夫人：先前做錯今承受，誠心懺悔佛心修。
解冤釋結謙寬恕，再續情緣無所求。
阿闍世：四面受敵心生憂，八方處境面帶愁。
為保性命能長久，當然汝嘛無所求。
韋提希夫人：善見，汝誤會母后囉……
阿闍世：廢話少說，達拉、月光汝皆是我國老臣，我要恁在此見證，
頻婆娑羅王年事已高，即刻退位，立我阿闍世為新王。
達拉：這……

月光：這⋯⋯

頻婆娑羅王：別再說了，我願退位。

韋提希夫人：夫王啊～～

頻婆娑羅王：原罪是我引起，一切罪過該由我承擔！

達拉：國王，臣也願告老返鄉，不再料理國事囉！

月光：我也是老囉，無能在為朝廷效勞，臣也要告退！

提婆達多：新王才要上位，汝兩人就要引退，朝中百官會如何感想？

　豈不陷新王於不利！

人輔相：就是講嘛。知的人講汝是告老，不知的會講伝是不願輔助新主。

地輔相：難道汝兩人有二心，另有打算！

達拉：汝⋯我絕無此意！

月光：無中生有，百口難辯！

阿闍世：不信服我者，殺！

頻婆娑羅王：慢！善見，一切錯在我，別再造殺孽！我要這老命保證，

　伝是我國元老，兩人絕無異心。

韋提希夫人：達拉是王妃父親，殺了伊，汝要如何面對妲蘿王妃！

阿闍世：好⋯我就暫且留伝狗命，日後再犯，定斬不饒！

頻婆娑羅王：我在此宣布，傳位阿闍世王子登基為王。

　△眾人皆對阿闍世參拜。歡呼。

頻婆娑羅王：新王誕生了，萬壽無疆！

人輔相：恭賀新王！人民之福！

地輔相：恭賀新王！大地歡騰！

法輔相：恭賀新王！君權在握！

阿闍世：吾阿闍世王下令，立提婆達多為國師。

提婆達多：感謝阿闍世王。

阿闍世：立即停止對世尊一切供養！

△眾人異論。

阿闍世：全宮禁止參拜世尊佛搭，違者斬！

頻婆娑羅王：善見不可啊~

阿闍世：汝自身都難保，還想要保他人。

提婆達多：以本國師看來，頻婆娑羅是想藉世尊力量，來對付新王！

阿闍世：汝敢！我不會讓汝有機會！來人！將頻婆娑羅關入天牢！

△後宮中官立刻跪下！

中官：大王，頻婆娑羅王對我恩重如山，不能從命！

阿闍世：敢違抗王命，殺！

△阿闍世拔劍殺了中官！

提婆達多：大王明確，立此威信日後誰敢不服！

阿闍世：天上天下，唯我獨尊！我命即天命，我道即天道！
神擋我殺神，佛擋我滅佛。誰敢再抗命，定斬不容情！

△頻婆娑羅王被押起！

韋提希夫人：善見，伊是汝的親人啊！

阿闍世：二十年前，伊有認定我這個親人嗎？押下！
傳令下去，沒我允許，不准送食物與水給伊食用，
我要讓他體會生不如死的痛苦，才能消我滿腔恨火！

韋提希夫人：善見啊〰

阿闍世：住口！不要再叫我善見，我是阿闍世新王。
哈啊！哈〰哈〰哈〰

韋提希夫人：天啊〰

△舞台燈投射在提婆達多身上。

提婆達多：沙門瞿曇汝有看到嗎？汝輸囉！阿闍世王現在是站我這邊，所有資源歸我所有，我將成為新佛，
沙門瞿曇汝無法再坐穩世尊地位。該傳位給我才對！

△空中傳來世尊聲音。

世尊：提婆達多汝太猖狂，舍利佛與目連皆具有大智慧與神通，我尚且不敢將位置傳之，何況是像汝這樣
為一己之私，被世人唾棄的笨人，絕難如願矣！

提婆達多：汝膽敢看不起我，好，我會再向阿闍世王調兵遣將，來將
汝打敗，我不會認輸！我不會認輸！

世尊：業障、眾生業障！

△舞台燈滅！

【合唱】夙世福緣亦種深。為何今日苦難禁。
需知因業從斯起。磨練斷除禍不侵。
苦海無邊為啥來，只因六慾掃無開，
不知真理良心昧，生死輪迴永徘徊。

第五場：囹圄佛心
時間：黑夜
地點：監牢
人物：阿闍世、頻婆娑羅王、韋提希夫人、妲蘿王妃、月光、達拉、目連、阿難、監牢守衛若干、婇女－功德、難陀

△舞台燈啟！
△頻婆娑羅王坐在監獄後方。
頻婆娑羅王：身陷監牢思前錯，養子不教父之過。
百般寵倖心性誤，紅塵濁流失正途。
△韋提希夫人出現前方。
韋提希夫人：人在後宮思夫王，恨無雙翼離樊籠。
天倫夢碎已成空，宿怨難解該何往？
頻婆娑羅王：（韋提希夫人：）

人世苦～～（人世苦～～）
富貴榮華轉眼破，（功名利祿全歸土。）
六道轉世輪迴苦，（生老病死誰人無。）
人世苦～～（人世苦～～）
天倫無價人間寶，（強求不得又如何。）
父子失和起干戈，（萬般彌補也徒勞。）
人世苦～～（人世苦～～）
人生茫茫尋無路，（魂魄依依誰偎靠。）
反本歸真苦海渡，（心平修道歸正途！）
人世苦～～（我也苦～～）
無明貪嗔皆永無，（內心清淨絕塵勞。）
精進定慧六波羅（精進定慧六波羅），
【合】虔心念佛尚快樂，（虔心念佛尚快樂！）

△頻婆娑羅王、韋提希夫人跪在地上，遙向耆闍崛山為佛作禮。

△前方舞台燈滅。韋提希夫人下場。

△阿闍世怒沖沖，提婆達多、隨從拖著功德跟難陀入場！

阿闍世：嚴禁參拜世尊佛塔是我三令五申，功德汝敢供佛燃佛燈！

功德：佛塔是先王伊恭造，用以供養眾佛陀。

七月十五是諸佛歡喜日，燃燈供養有何過？
阿闍世：本王命令汝全刎會記，功德汝敢違聖旨？
功德：功德不敢來刎會記，只為念佛共修遵佛理。
您對國家的治化，不如先王伊所為。
阿闍世：大膽，敢忤逆我！殺！
頻婆娑羅王：善見，不可！
阿闍世：殺！
△隨從殺了功德！
頻婆娑羅王：天啊！罪孽！
阿闍世：汝也會不甘，這都是汝造成的！
△阿闍世再逼近難陀！
阿闍世：難陀講！什麼人命令予汝靠，敢送食物入監牢。
難陀：**皇后身塗麥摻蜜，瓔珞盛漿持上王。**
難陀不忍內心苦，自願奉食來代勞。
阿闍世：好一個自願，這樣我就送汝一起去和功德作伴！
△韋提希夫人、妲蘿王妃、月光、達拉輔相上場！
妲蘿：住手！阿闍世王汝太超過囉！
阿闍世：我過分，恁個個不從我的旨意，定斬不饒！
妲蘿：**功德、難陀攏是母后隨身婇女，就算腳步失差池，**
不看僧面嘛該看佛面，何必要恁來歸陰司！

阿闍世：個個離經叛道，不從王命惹災禍，
輕饒如何立威信，任何人也難討保！
韋提希夫人：善見啊 不是阿闍新王啊~~
難陀自幼入宮廷，伺候母后數十年，
求汝留下伊性命，母后願代伊受刑。
阿闍世：休用母儀來強理，今日不比彼當時。
阿闍世王皇命執，弒母何畏免猜疑。
△阿闍世舉刀舉向韋提希夫人。
月光：新王啊三思，毗陀論經有記載，
自古為王奪位多，從未殺母成無道，
天理不容因果報，眾神離棄難脫逃！
達拉：殺父弒母無邊罪，天譴降臨如焰火，
種種佈施修功過，寸心不及三春暉。
提婆達多：是啦，新王，我國才換新政，正是顯赫威名之時，現時若殺了國王皇后，恐有損摩竭陀國聲望。
也會引來鄰國議論。
阿闍世：好，我就不殺母后與難陀，來人阿將難陀身分降為最下賤的阿丘得，即刻逐她出宮外！
△隨從押難陀下場！
韋提希夫人：毋通，阿闍世新王，將難陀降為阿丘得，是比奴隸也不如个地位，母后求汝收回成命。

阿闍世：別跟我講價，汝無資格！來人啊，將皇后監禁在後宮，沒我下令，誰也不准放她出來！

妲蘿：阿闍世王，汝聽我說⋯

阿闍世：住口！我已經赦免恁死罪，別逼我改變！全退下去！

△韋提希夫人、妲蘿、月光、達拉下場！

△阿闍世回頭怒視頻婆娑羅王。

阿闍世：是汝！一切罪源皆是汝造成！

頻婆娑羅王：我⋯早就承認我錯了。

阿闍世：不夠，一聲錯！難消我滿腹恨火！

△阿闍世用劍刺傷頻婆娑羅王。

阿闍世：汝現在知道痛是什麼滋味，這就是我當年所受痛苦。

頻婆娑羅王：我⋯

提婆達多：新王啊，看來滿朝官員中有不少也是維護先王，為防先王逃脫，不如⋯

阿闍世：好主意，來人啊！將頻婆娑羅兩腳腳筋挑斷！讓他有路也難逃！並將天窗封起，讓他不見天日。無法在參拜耆闍崛山。

頻婆娑羅王：善見，不可犯了五逆十惡大罪！

阿闍世：我命即是天命，何怕五逆十惡大罪！我不會像汝做一個軟腳國王，我要即刻出兵攻打拘薩羅國。哈⋯哈⋯哈⋯

頻婆娑羅王：罪孽！

△舞台燈滅去！眾人退場。

△韋提希夫人上場跪倒舞台前方。

韋提希夫人：如來世尊，我今愁憂，世尊威重，無由得見，願世尊與我相見，解我迷惑。

△背後佛光乍現，在虛空中，普雨天華世尊佛影出現。身紫金色，坐百寶蓮華。目連侍左，阿難侍右

△韋提希夫人扯斷身上瓔珞，舉身投地，號泣向佛。

韋提希夫人：世尊！我宿何罪，生此惡子？世尊！復有何等因緣，與提婆達多共為眷屬？唯願世尊，為我廣說無憂惱處，我當往生，不樂閻浮提濁惡世也。此濁惡世，地獄餓鬼畜生盈滿，多不善聚。願我未來不聞惡聲，不見惡人，今向世尊，五體投地，求哀懺悔，唯願佛力教我，觀於清淨業處。

△世尊放眉間光，其光金色，遍照十方無量世界，還住佛頂，化為金臺，如須彌山；十方諸佛淨妙國土，皆於中現。或有國土，七寶合成；復有國土，純是蓮華；復有國土，如自在天宮；復有國土，如玻璃鏡；十方國土，皆於中現。有如是等無量諸佛國土，嚴顯可觀。

韋提希夫人：世尊！是諸佛土，雖復清淨，皆有光明；我今樂生極樂世界，阿彌陀佛所，唯願世尊教我思惟，教我正受。

△世尊即便微笑，有五色光，從佛口出，一一光照頻婆娑羅王頭頂。

世尊：汝今知不？阿彌陀佛，去此不遠，汝當繫念，諦觀彼國淨業成

者。我今為汝廣說眾譬，亦令未來世一切凡夫，欲修淨業者，得生西方極樂國土。欲生彼國者，當修三福：一者、孝養父母，奉侍師長，慈心不殺，修十善業；二者、受持三歸，具足眾戒，不犯威儀；三者、發菩提心，深信因果，讀誦大乘，勸進行者。如此三事，名為淨業。此三種業，乃是過去、未來、現在、三世諸佛，淨業正因。

韋提希夫人：世尊！如我今者，以佛力故，見彼國土；若佛滅後，諸眾生等，濁惡不善，五苦所逼，云何當見阿彌陀佛極樂世界？

世尊：汝及眾生，應當專心繫念一處，想於西方。云何作想？凡作想者，一切眾生，自非生盲，有目之徒，皆見日沒，當起想念。正坐西向，諦觀於日欲沒之處，令心堅住，專想不移，見日欲沒，狀如懸鼓。既見日已，閉目開目，皆令明了。

△韋提希夫人端坐面向西方，閉目。

△背景響起無量壽佛經文。

韋提希夫人：感謝世尊開釋，引我觀視淨土，我不再迷惑、怨懟囉！

△後方傳來：先王駕崩聲音！韋提希夫人一聽，昏厥在舞台上！

△舞台燈滅！

第六場：貧女獻佛

時間：白天

地點：城外廣場

人物：阿闍世王、妲蘿王妃、加力、達拉、難陀、烏陀耶、村民：吉蘇、賈爾、米妠、吉雅、油商、阿南。隨從

【合唱】澤國江山入戰圖，狼煙延綿長征路。
可憐白骨攢孤塚，盡為君王功勛誤！
野哭幾家聞戰苦，哀鴻遍野傳碧波，
功高蓋世盡歸塵，臥龍躍馬終黃土！

△加力出場，城外廣場數名村民。

加力：人說伴君如伴虎，哪無細膩就命反黑。
為了三餐來暫度，此生願做九尾狐！
穩步就像車下坡，謹慎猶如犁拖土。
宮門可比是非窩，誰識黑白修行路！

加力：那講到現在的摩竭陀國，天就黑一邊，自從阿闍世新王登基以來，征戰連連，所有的黎庶攏叫苦。阿闍世王剛滅了拘薩羅國，又要繼續攻打附近的加爾各答、瓦拉那西、那爛陀、阿格拉。阿闍按呢落去，黎庶哪有安定日子通過。唉~~今日妲蘿皇后要阿闍世王陪她，跟小王子微服到郊外訪秋，

眈有什麼當看，全是一些殘破家園。

△阿闍世王攙妲蘿皇后及烏陀耶小王子、達拉上場，身邊跟著幾名隨從。

妲蘿：**恆河春草海水青，三年征戰染血腥。**
紅顏皓色逐春去，春去春來那得知？
民歌聲酸辭且苦，不忍聽終淚如雨，
千堆戰骨何功勞，望君聞道能悔悟！

阿闍世：才剛征戰歸來，為何毋予我在宮中休息。偏要即刻全家到城外訪秋！真不懂汝心內是咧想啥物？

妲蘿：阿闍世王汝征戰連連，從未好好陪過烏陀耶，今日罕得一家團圓來城外行踏。汝還有什埋怨？

加力：是啦！阿闍世王如不多陪陪小王子，恐怕伊會不認得汝這個老爸！

阿闍世：哼~~

加力：算我沒說。

△老婦米納背小孫子上場。手裡哪著一袋麵粉。

吉雅：米納怎地那麼久沒看汝，最近好嗎？

米納：那有通好，家裡沒麵粉通做餅，囡仔餓三天沒通吃，佳在店頭家賒我一袋麵粉，要趕緊回家。

吉雅：可憐喔！我這還有半塊餅緊乎囡仔止飢！米納汝自年輕就守寡，好不容易兒子長大成人，也成家了，卻死在戰場，留一個幼孫乎汝拖磨，真是罪過！

米納：阿彌陀佛！生死皆定數，平時多行善，積德留子孫，忠良出孝子！

賈爾：行什麼善，積什麼德，子生再多也不夠死！

吉雅：賈爾，話別亂講！

賈爾：我才不怕死，這條老命有什麼好拖？最好死後下地獄向閻王告狀，為什麼咱摩竭陀國會出阿闍世王這種暴君，整天只知打戰，全無顧黎庶生活！

吉雅：就是講！頻婆娑羅王這麼好的仁君，怎會生出阿闍世王這種後代！真是無聲沒勢！

阿闍世：可惡！敢這樣說我阿闍世王！

妲蘿：阿闍世王，別在烏陀耶面前動怒，會嚇著烏陀耶！

△老吉蘇敢打幼兒上場！

吉蘇：拍死汝，還敢應喙應舌，還跑！

賈爾：吉蘇，是怎樣氣成這樣，別打啦，四個兒子只剩這個小的，要打死了就沒後嗣！

吉蘇：我歹命！三個兒子都死在他鄉外里，剩這個孩不學好，敢去偷摘別人水果，真是不受教！

小孩：人家肚子餓，家裡有找無飯可吃，下次不敢了！

吉蘇：還有下次！

△吉蘇追趕兒子差點撞到加力。

加力：老東西，兒子做錯事，用講的就好，何必動手動腳！

吉蘇：兒子我生的，就有責任教好他。做錯事就是要打。小時候不好好教他做人道理，長大後定性後就無法可治囉！就像阿闍世王，要是在他小時候，頻婆娑羅王哪是好好教他為王明道，今天怎會出這個只知相戰暴君，咱哪要過這種苦日子！

加力：也是有理！

賈爾：我若是頻婆娑羅王，在阿闍世王一出生，就該把他活活摔死，免留禍害！

阿闍世：看來，立闍較濟个功勛，還是無法改變黎庶對我的偏見！

達拉：黎庶日求三餐溫飽，夜求一暝安寢，闍較濟个功勛對伝來講都是身外之物。

△貧女難陀抱月琴上場。

難陀：有量啊，阿伯啊，來疼痛，疼痛著阮啊，歹命的人嘿，
有心啊，阿嬸啊，來贊助，助贊著阮啊，昧討賺的人嘿，
恆河水，長悠悠，來無盡，去無休。曲曲折折向東流，山山嶺嶺難阻留。問伊奔騰何時歇，不到大海不回頭。
恆河水，斷又續，在山清，出山濁。曲曲折折難回頭，嗚嗚唉唉日夜哭。問伊傷心何其多，悔恨當初出谷口。
一年春去一年秋，三日無吃三頓愁。
四時煩惱四處走，萬事無常萬事休。
命裡有時終須有，命裡無時莫強求。
富貴散赤天注定，知足常樂就無憂。
有量阿頭家淡薄來分阮，呼汝來生子甲傳孫。
好心好善啊女裙釵幾分銅錢來分阮，呼伝發財年年春喔！

妲蘿：汝是難陀！

難陀：妲蘿皇后，請原諒我現在是身份最低賤的阿丘得，不能向汝行禮！

妲蘿：都是咱害汝變成這樣。

難陀：過去種種，難陀已經放下了，如果皇后方便，是不是能施捨我幾個銅錢，好完成我的心願。

△烏陀耶在難陀碗裡放下銅錢。

難陀：納瑪斯特！多謝小王子施捨，難陀會在佛祖面前祈求汝平安長大。

△難陀走向油商，取碗中銅錢向油商買油。

油商：看汝餓的瘦枝落葉，面肉青黃，為什麼不用這要的銅錢買食物充飢。買油要做什麼？

難陀：我聽說生值佛世，是百劫一遇的難事，現在，我幸能恭逢佛世，但卻沒錢布施，雖然我很貧窮，也想能點燃一小燈供養佛陀，以此功德，令我來世得智慧照，滅除一切眾生垢闇。請汝賣給我一些油膏，完成我的心願！

油商：難得汝有這份心意，原本一個銅錢，只能買二托拉油膏，就多給汝一托拉油膏，總共三托拉油膏，汝拿好。

△難陀感恩拿著油膏離去。

阿闍世：為什麼，難陀伊能忘卻前塵，見我宛如是路人。
我害伊變成下等阿丘得，她連半點也沒怨恨。
伊用僅有銅錢燃佛燈，難道供佛真能洗滌人心。
父王過身以後我夜夜是難安枕，暝暝心煩到天明！
難陀伊輕輕放下，獲重生，我卻重重提起來傷神！

△烏陀耶不小心劃傷手指，疼痛大哭，阿闍世抱起他，用嘴吮出髒血吐掉，達拉見狀痛哭！

達拉：王吮小王子的手指，引阮想起昔當年，想當時新王正年幼，
手染惡疾哭又啼，大夫束手無法醫，先王夜夜抱汝到五更，
親喙為汝吮膿血，就怕毒入心槽性命除。腌臢血恐新王懼，
膿血入腹無延遲。父子結緣是天意，汝手抱孩兒當知義！

新王啊～　以怨報怨是怨難止，以德報怨怨自去！

阿闍世：輔相言語如針撼，泣血搥膺滿心悲。羔羊尚有跪乳之恩，
我比烏鴉還不知義。吮膿父恩大如天，因我喪命歸陰司。
慈祥母后被監禁，有何面目再盡孝悌！
悔啊悔～悔不止，錯啊錯～錯難除！
怨啊怨～怨何用，恨啊恨～恨已遲！

△流浪漢阿南衣衫襤褸，經過阿闍世身邊，不小心撞到阿闍世。

阿闍世：怎麼那麼臭！

阿南：汝講我臭，我早上才在恆河洗過身軀，怎麼可能臭？

加力：不對啊！這臭味好像是從阿闍王身上…算我無講！

妲蘿：阿闍世王汝的臉，怎麼這麼紅！手好燙！

阿闍世：我…

△阿闍世暈厥在舞台上！

【合唱】恕己一過萬過生，從人一善萬善起。
能納善才能改過，能施捨才能惜福。
一念之嗔千般惡，一念之慈萬物善。
一念之差一生毀，一念之善罪業除。

第七場：因懺成疾
時間：黑夜
地點：寢宮
人物：阿闍世王、妲蘿王妃、加力、提婆達多、弟子若干名、韋提希夫人、耆婆、功德、中官、黎庶幾名、夜叉、羅剎鬼若干名。

△阿闍世王立於寢宮。

阿闍世：全身〰疼痛〰步啊步難行！烈火焚身〰欲斷生。六神無主心不寧，身如針刺搐不停！蒼天啊〰莫非罪業深重遭報應，哎喲喂〰叫天不應問地不靈！

△加力扶起阿闍世。加力強忍住阿闍世身上惡臭。

加力：阿闍世王啊，汝怎麼啦？

阿闍世：渾身有如火燒一般，眾太醫會診結果是如何？我到底得了什麼怪病？

加力：太醫討論半天，攏無結論。不敢貿然下藥。只是建議要請六師六道等具有神通力高僧來為汝看病。

阿闍世：全是一些酒囊飯袋，對我病情一點都沒幫助！

加力：阿闍世王啊，汝要保重，摩竭陀國還要靠汝來主持。
阿闍世：加力，汝快傳本王旨意，放母后出寢宮，並恭請母后來跟我相見。
加力：好，我立刻去。阿闍世王汝總算想通了。
阿闍世：快去，我怕時間不多了。
△加力退場，提婆達多帶領弟子幾人入場。
提婆達多：阿闍世王，多日不見，特來探訪。另有事要請求阿闍世王，
再借我更饒永善戰善戰兵士，好一舉殲滅世尊。
阿闍世：汝…汝…汝…，千錯萬錯攏是汝个錯，本王信汝太糊塗，無端出兵造殺戮、塗炭生靈悔當初！
提婆達多：**汝忘恩負義非明主，無我汝怎能成大事。**
非我運籌帷幄來佈計，如今汝還是一個小皇子。
阿闍世：**我恨無明縛心失正道，嗔怒恚心比山高，**
顛倒邪見像瀑布，愚癡執著如霜落。
如今後悔已造錯，痛改前非已大悟。
即刻逐汝出宮止供養，免聽讒言受蠱惑。
提婆達多：阿闍世王，汝要逐我出宮！
阿闍世：對！立刻！
提婆達多：哼！就算不靠汝的力量，我也能打敗世尊，阿闍世王汝會後悔汝今日所作決定！
阿闍世：走！
△提婆達多與弟子離開後宮。阿闍世攤坐地上。煙霧四起。

△夜叉、羅刹鬼帶著鐵鍊登場。

夜叉：阿闍世王，要捉汝下無間地獄。

阿闍世：啊～～我不要～～

羅刹鬼：由不得汝～～汝犯了五逆十惡大罪～～罪無可赦～～惡業之果報，
招感餓鬼、畜生、地獄三惡道報，由不得汝不從！

阿闍世：我已經知錯了，我要懺悔，我不要下地獄！

夜叉：太慢了～～

阿闍世：我求汝，放過我～～

羅刹鬼：放過汝～～那些慘死在汝刀下的亡魂，汝當初未何不放過伊～～

阿闍世：我～～

△功德與中官與黎庶亡魂上場。

功德：**功德無辜因汝死，心比鐵石還要硬。**
今日奉命來活捉，要汝賠命赴陰司！

中官：**一生奉公守禮明，橫遭無道來喪命。**
冤有頭來債有主，要汝還命了殘生！

眾黎庶：**只為君王貪功勛，連累眾生成亡魂。**
今日落入黑暗道，喫骨飲血嘛難消恨！

阿闍世：不～～放過我～～我錯了！

△眾鬼圍繞阿闍世，捉他、鞭打他、咬的他哀叫！

△舞台上出現頻婆娑羅王身影，眾鬼退下。頻婆娑羅王身影也消失。

阿闍世：天地一片黑茫茫，父皇英魂在何方？
求汝現身來重逢，聽我對汝訴情衷！
自幼溺愛備受寵，善見年少性倉狂，
誤信讒言強逼宮，害得父皇一命亡！
興兵征戰展威風，枉顧生靈罪難當。
萬念皆錯心如網，困煞流螢無處往？
父皇啊～父子情深是天性，恨之欲死愛欲生，
恨其死又愛其生，迷惑善念逆天行！

△舞台出現身影，阿闍世王向前一抱。舞臺燈亮！

阿闍世：耆婆，是汝，汝回來囉！

耆婆：是我回來囉，阿闍世王，汝為何不聽我臨行囑咐，犯下如此大錯！

阿闍世：我知錯囉！
皇兄啊～父皇號名阿闍世王子，未生宿怨早已成定詞，
會立提婆達多為國師，只因善見自幼不認輸，
父皇誇汝有王者謀略事，引我妒恨，怪父皇太自私。
恐驚王位淪落皇兄手，聽從讒言要將父皇除！
一己貪嗔癡，忤逆來殺父，弒母錯認邪為師。
屈殺中宫與婇女，出佛身血、破和合僧壞心思。

犯下五逆十惡罪孽，縱使萬死也不能辭。
如今毒瘡滿身血淋漓、惡臭撲鼻生欲死。
六師、六道、耆婆也無法醫，我有心懺悔也已經遲~~

嗜婆：大王所犯的五逆十惡罪疾，難容於天地之道理，內心早已刻畫了罪惡深淵，自責羞慚愧疚并交集。惡瘤之病是因心中　慚愧起，耆婆雖良醫也無法將心治。　罪莫大於不知己過，過莫大於言人之非，錯莫大於逞己之慾。罪從心起將心懺，心若滅時罪亦亡；心亡罪滅兩俱空，真心懺悔罪必亡。一念善心會破惡業，好比明玉入濁水中，濁水澄清　變明通；也似雲消霧散後，皎潔明月顯光芒。誠心懺悔自造的惡業，罪消後必能恢復正常。

大王啊~~耆婆為汝指明路，前往耆闍崛山中拜佛陀。
世尊是無上醫王，定有良方為王來解勞！

阿闍世：我三番兩次助提婆達多兵力，消滅世尊，我實在無面去求伊！

耆婆：世尊宛如無邊大海，能容納百川眾流。世尊慈愛無量，惠施給一切眾生。世尊不會計較王過去所犯錯誤，請王不要再猶疑，錯失良機！

阿闍世：我⋯

△加力帶韋提希夫人、妲蘿入場！

韋提希夫人：善見啊！汝怎樣會變成這樣！

阿闍世：母后，善見知錯了！善見現在滿身毒瘡，正是報應，母后不要接近，免得沾汙了母后聖潔身軀！

韋提希夫人：**看汝滿身血淋淋，宛如萬箭穿我心。**
慈母不嫌孽子惡，親情如故忘仇恨！

阿闍世：母后⋯孩兒真心要懺悔，只是愧對父王，無法彌補。

樹欲靜而風不止，子欲養而親不待，

萬金空奠思親酒，一滴何曾到九泉。

我唯有一死，到陰司地府向父皇賠罪！

韋提希夫人：善見，不可如此，先王在臨終之前已經原諒汝囉。先王是帶著寬恕的心，登入涅槃！

阿闍世：真的？父王伊已經原諒我的過錯。

韋提希夫人：是啊！所以汝要聽耆婆的話，前去拜見世尊。求他助汝！

姐蘿：阿闍世王，汝既然要懺悔，就應該從自身做起，放下王室尊嚴，誠心向世尊求諒解。

阿闍世：好，我要前往耆闍崛山，求見世尊！

加力：那我即刻去攢王的同伽跟獵轎。

阿闍世：不用囉！為表誠心，我要三步一跪五步一拜，拜上耆闍崛山！

求世尊原諒！

△舞台燈滅！

【合唱】**眾生無邊誓愿渡，煩惱無盡誓愿斷，**

法門無量誓愿學，佛道無上誓愿成！

第八場：月愛三昧

時間：黑夜

地點：寢宮

人物：阿闍世王、妲蘿王妃、加力、提婆達多、目連、阿難、韋提希夫人、耆婆、烏陀耶、達拉、月光、人、地、法輔相佛門弟子等。

△阿闍世王、耆婆、韋提希夫人、妲蘿、達拉、月光、烏陀耶、隨從等一群人上場。

【合唱】三步一跪五步拜，誠心懺悔叩金階。
法光融盡千山雪，靈露潤澤萬花開。

△阿闍世王艱辛來到耆闍崛山，佛陀此刻端身正坐在獅子座的上面，四週環繞著弟子，燈火明亮，香煙繚繞，佛陀和弟子們都默默的在坐禪。

△阿闍世王洗足入堂，耆婆帶著他跪在佛陀的座前。隨行眾人跪於後方。

阿闍世：佛陀！請汝明察我的心！

世尊：阿闍世王！汝來得很好，我已等待好久。

阿闍世：慈悲的世尊！我受當不起的，像我這樣極惡無道的人，怎堪世尊如此慈悲對待。世尊的大悲，普及一切，我直到今天才真正明瞭。世尊是我們眾生的慈父。我犯下大錯，後悔殺害 我無辜的父親，現在身染惡疾，真心想向世尊懺悔，唯願佛陀慈悲救濟！

世尊：世界上有兩種人可以得到快樂和幸福的結果，一是修善不造罪的人，一是造罪知道懺悔的人。現在大王悔過的機緣成熟，過失，世間上的人誰能不犯呢？法以心傳心，當令自悟。我心自有佛，自佛是真佛。人人皆有佛性，若逢善緣，能有機會反省，而生慚愧，能懸崖勒馬，不再執迷。知過必改，就是一個善人。法門是廣大無邊的，汝要記得時時懺悔自己所犯過錯。勿愛閣重蹈覆轍！懺者，終身不作，悔者，知於前非惡業，恆不離心！大王！罪業是沒有本體，是空幻的，把心意如果能忘去時，罪業也可以消滅了。瞭解心和罪本是空幻不實，這就是真實的懺悔。

△世尊身上發出萬丈佛光，再照耀在阿闍世王身上。

世尊：阿闍世王，為治汝的惡疾，我現引汝入月愛三昧。

△阿闍世王與眾人虔誠閉眼禱告！

【合唱】月愛三昧覺彌天，佛道恩澤佈大千。
般若禪林如來窽，池映蓮花性空先！
月光三昧般若懺，無染自是離垢禪，
菩提薩埵慈悲心，映光如來妙法行！
一點淨圓明．性海澄清．隨處映禪心。
不動曆周天．照徹無邊．慈悲滿福田。
心即是月，月即是心，塵翳無染，妄想不生，
令眾生身心清淨，堅固不退菩提心！

△阿闍世王經過月愛三昧照耀後得以痊癒。

韋提希夫人：善見，汝身上毒瘡不見了，阿彌陀佛！

姐蘿：阿闍世王，汝痊癒囉！真是神蹟，阿彌陀佛！

△眾人齊聲謝佛、唸佛！

阿闍世：慈悲的世尊啊，我向汝立誓，要全力救濟眾生以彌補自己的罪。並奉上性命保護世尊佛法興隆！

請引導我如何成為明君？

世尊：汝以後要以法治民，不要行非法之事；要以德化民，不要暴戾。

多行仁政，善名美德就可以遠播四方，定受到眾人尊敬，想不服從的也能夠服膺。過去的事已經沒有什麼計較的必要，從現在起如何自新，才真正的要緊。汝行善安心，當即就能快樂，進一步更要在我的法門中學無為的法，證無為的果，汝就可以解脫得度。

阿闍世：感謝世尊開釋！我一定遵照佛法而行！阿彌陀佛！

世尊：眾生可以先退下，我還有餘事未了。

△阿闍世王等感恩離去！

△提婆達多帶著人地法三位輔相入場！

提婆達多：沙門瞿曇汝出來，別以為沒有阿闍世王幫助，我就無法除掉汝！

△目連、阿難將他攔下！

目連：佛門淨地，豈容汝無禮！

提婆達多：別阻擋我的路，我雙手抹上巨毒，如不怕死的就過來，來啊！來啊！

人輔相：什麼世尊，我看也只是虛張聲勢，看到咱偉大國師還不是躲在背後不敢出面！

阿難：惡心毒口招殃咎，莫在僧中結孽緣。

亂造口業謗三寶，盲聾瘖瘂到面前！

△人輔相變得又聾又啞！

地輔相：汝是用什麼邪術，我才不怕汝，我才不信佛法有多神通，只是迷惑眾人小把戲！

目連：高慢和執著自我，看不見身邊明師與善良知識，橫生意業，無疑與盲眼一般！

△地輔相眼睛瞎掉。

地輔相：我怎會看不見，救我！救我！

△法輔相見壯，偷舉起寶劍要刺殺目連與阿難！

阿難：業報顯成苦不禁。有災有厄禍來臨。

何需動刀心怨恨，惡盈滿貫傷自身！

△法輔相一手一腳殘廢。三人狼狽逃命。

提婆達多：還有我，別想收服我！

△提婆達多衝向目連與阿難，兩人避開，提婆達多雙手反刺向自己，身中巨毒。

提婆達多：我…我不要死亡。我不要下地獄！世尊我錯了！原諒我！

△提婆達多陷入黑暗中！

△舞台上聚光照在提婆達多身上！

提婆達多：我墮入阿鼻地獄，為什麼、為什麼！我不要，但不要又能

如何？昔日種種重下惡因，今日該嘗累累苦果！我錯了，

我真的知錯了！

△空中傳來世尊聲音！

世尊：提婆達多汝真的知錯了！

提婆達多：世尊，禍福無門唯人自召，善惡之報，如影隨形。我做惡多端，自當受入地獄苦刑，我無怨懟！

世尊：汝慫恿阿闍世王借兵於汝，三番兩次加害於我，卻屢試屢敗。佛法無邊，回頭是岸。汝可知，若無汝的存在，我如何能彰顯佛法力量？

提婆達多：這⋯⋯此話怎說！

世尊：無汝惡心，怎能體會出善念可貴。好比無黑暗降臨，眾生怎知光明澄淨！正因為有汝逆助，我才能成正佛！

提婆達多：如此說，我所做的惡事，對佛法而言都是必須，所以我才會跟世尊生再同一時代，處處與汝做對。

世尊：汝總算了解，佛法真諦！等汝受完地獄劫難後，必能功德圓滿，就地成佛！

提婆達多：世尊！我甘受地獄磨難，從此發善心、做善事、皆善因、成善果！阿彌陀佛！無量壽佛！

【合唱】一水貫五湖四海，一月照萬國九州；
一雨潤三春草木，一雷醒大力群迷；
一言斷千古猶豫，一理通千差萬別；
一心含十方虛空，一善令萬眾受益！

△舞台燈滅！

終場：心燈不滅

時間：白天

地點：佛殿

人物：阿闍世王、妲蘿王妃、加力、等所有演員。

△阿闍世王、韋提希夫人、妲蘿王妃、加力、提婆達多、耆婆、達拉、月光、隨從等依序上場，每人手裡各拿一盞燈，放在佛殿上！

阿闍世：我所做的功德這麼大，為什麼佛陀不為我授記？難陀女才點燃一燈，卻能蒙佛授記，這是什麼道理呢？

主持：大王所作雖多，因心有分別，故功德即有大小，難陀女因能發願回向注心於佛，故得蒙佛授記，其心已和法施相應，法施無邊，故功德其大無比。

阿闍世：原來如此，這燈不滅乃是難陀女發大心布施的緣故。發大道心的人，至誠的供養，這福力是無可比擬的；如未發道心，反而輕心，即使廣博布施，那力量退是很微薄的。由此可以悟知修省的大道理。

主持：無盡燈者，如一燈燃百燈，冥看皆明，明終不盡。夫一菩薩，開導百千眾生，於其道意義不滅盡！

△舞台燈滅，為有桌上心燈通明！

△貧女難陀以能誠心之故，因燃一燈的功德，蒙佛授記，當來作佛。

由此可知，功德不在於大小，只在於吾人之用心是否專誠！

△阿闍世在世尊梵涅槃後，幫助佛家弟子舉行第一回經典結集。

打下了後世佛法流佈的基礎。

△阿闍世王的故事，不只是，單純的印度傳說或神話，面對紅塵濁流，科學、經濟至上思想，阿闍世王迷惘的心出現在現代社會各個角度。希望透過阿闍世王戲劇化的反思，提示了現代人不分宗教族群，都必須面對心的問題。一切從善心做起。願透過阿闍事故事為人們心裡點燃一盞永不滅熄的心燈！

△劇終！

△演員謝幕！

瘖貪軁雞籠【劇本3】

前言：

【瘖貪軁雞籠】獲2015年教育部文藝創作獎，傳統劇本獎特優殊榮。

【瘖貪軁雞籠】劇本，是我創作歷程中，難得輕鬆寫作劇作，

在貪婪社會裡，一時短利往往會令人迷失原有方向，我藉著來自南北各方地，原本風馬牛不相及十八位各方人士，巧遇一宗意外命案，為了搶奪一個埋在遠方寶藏，引起八方人士論戰，為奪寶，各出奇招，互相陷害，險象環生，令人咋舌。埋在各人內心貪婪、自私、薄情、寡義，全在奪寶過程中表露無遺，末了才覺悟【瘖貪軁雞籠】是千古不變的道理，大夥白忙一場，但後悔卻已太遲。

創作期間，劇中人物跟我的生活都融成一體，老友般孰悉，寫到結局停筆時，還真的捨不得與他們告別。

劇情簡介：

人心不足一字貪，百般計較了憨工
落土早定好額散，瘖貪袂著軁雞籠

清朝道光年間，台灣湧入大批唐山客，進入開墾，卻由於風俗民情不同，引發各族群衝突。本劇是以一群原不相干人員，因在艋舺途中巧遇一椿馬車翻覆意外，受難者臨死前告知在場人員，有一筆價連城的寶藏藏在瑯嶠（今屏東恆春），要大夥齊心將寶藏挖出以完成其遺願。沒想到，在場人分贓不均，眾說紛

紜後，無能取得共識。末了如八仙過海般，各顯本領自行抵達目的地尋寶。一路上鬧出不少令人拍案叫絕的笑話。待各路人馬費盡千辛萬苦抵達瑯嶠後，才知所謂的寶藏原來只是……？！

劇中人物：

①尤事興：潛逃大盜，五十幾歲，身懷鉅富寶藏，在艋舺附近山區所乘馬車翻覆，臨死遺言相告，有大筆金銀藏在瑯嶠，要得知路人齊心尋寶。沒料到造就了路人們一番尋寶奇遇記。

②林紹興：福建人，單身來到台灣，入贅鹿港趙家管理造家米舖，在丈母娘淫威之下，不敢造次，只能仰賴丈母娘鼻息過活。沒想到在攜家帶眷至艋舺賣米途中，卻巧遇尤事興車禍，在貪念及想在丈母娘前一展雄威，不惜拋妻棄家加入尋寶行列。

③艾　龍：三張犂佃戶，因予弟弟艾虎到艋舺採買農具，回家時碰到尤事興車禍，為想成為有錢人，加入尋寶大軍。

④艾　虎：原本是老實佃農，膽小怕事，凡事以兄長意見為主，不得已加入尋寶成員。

⑤吳　勇：艋舺當地苦力，當日為擔送鹽巴至桃仔園，碰到尤事興車 禍，貪念起意，也想獲得巨額的寶藏，加入尋寶大軍成員。

⑥莫　漢：原住民青年，跟鎮長女兒相戀，身分懸殊，招鎮長反對，為堅貞愛情，修成苦果，與愛人浪跡天涯，不料半途巧遇猶事興車禍，為讓東家刮目相看，不惜加入尋寶大軍行列，但是否能如願……？

⑦陳麗珍：嬌生慣養千金女，為愛情不惜遠走他鄉，莫漢不聽她的規勸執意尋寶，來改變身份地位，她無奈只能默默跟隨。

⑧黃有信：職業是信差，長往返台灣各地送信，藉著孰悉路途優勢，原以為自己必能捷足先登藏寶處，誰料到……？

⑨閻　氏：林紹興丈母娘，面惡嘴賤，盛氣凌人，林紹興在她羽翼下，只能忍辱度日，沒想到一樁巧遇車禍改變了三人命運。

⑩玉　梅：林紹興的妻子，溫婉儒雅，長期夾在母親與丈夫之間，難以自處，她是尋寶一群人中最早感知，天上掉下富貴非善事之人。

⑪李　豹：閻氏獨子，火爆個性，動不動拳頭相向，唯侍母至孝，半途加入尋寶行列。

⑫張有財：中壢酒店老闆，因艾虎、艾龍投宿，聽到寶藏消息，貪念起將兩人反鎖在酒樓中，與妻子兩人加入尋寶行列。

⑬馬氏：酒樓老闆娘，平日愛財如命，有這天大發財好機會豈能不參。

⑭張三：賣貨郎，在路途中因解救黃有信，有信感恩邀他加入尋寶行列。

⑮李四：路人，解救了被丟棄在路邊的黃有信後，最後也加入尋 寶行列。

⑯賈正義：唐山派來的老捕快，原本為稽查脫逃的尤事興，沒想到卻碰到浩浩蕩蕩尋寶大隊，面對這一切荒唐的事蹟，他該如何以對？

⑰王五：六十餘歲，打猴豪華客棧主人，陰錯陽差下，尋寶一群人全在他的飯店會集，大夥在他的豪華客棧中打成一團，後由最年長的他出面協調，尋寶中人才能心平氣和的達成共同尋寶共識。

⑱王幼秀：王五小女兒，花癡個性，對李豹一見鍾情，她的一廂情願，自我感覺良好的個性，鬧了不少笑話！

場次簡介：

一、山水巧相逢：清末時期，艋舺商城聚集了十方人士，不料在市集 散後，一群人或打道回府或遠赴他鄉，或另有所 圖，齊行在往南山區路上，卻碰到尤事興所駕馬車翻覆意外，眾人七手八腳把尤事興救起，但尤事興已回天乏術，臨死前告知眾人有一筆價值連城的寶藏埋在南邊瑯嶠。面對這突來寶藏，眾人面面相覷，不知如何應對。

二、十喙九尻川：對這天上掉下來的財富，眾人心中各有盤算，有人想出想出數種平分寶藏方法，均無法讓全體信服，末了破局，如八仙過海般各顯本事，先到先贏。

三、羊仔見青好：一路上，黃有信仗著熟悉路途優勢，快馬加鞭，先跑先贏，不料，事與願違，馬兒不聽使喚，又將他踹下馬，引得後來趕上的艾虎兄弟哈哈大笑。愛財的眾人為搶得先走先贏，鬧了不少荒唐笑話。私奔小情侶，莫漢跟林麗珍，原本無意淌這趟混水，但 為躲避林家派出家丁追捕，不得已也走上尋寶之路。

四、近溪坐無船：林紹興帶著一路喋喋不休，亂出主意的閻氏，讓他受盡窩囊氣，忍無可忍下不顧夫妻情分，將閻氏及妻子玉梅遺棄在路旁。閻氏指天罵地詛咒女婿不得好死，幸虧遇到兒子李豹，李豹一聽母親控訴，火冒三丈起身追趕林紹興，找他算總帳。隨後而來的吳勇，卻當了替死鬼，不但得帶領閻氏前往目的地，還得一路忍受閻氏閒氣。玉梅子無奈也只能默默跟在身後。

五、相搶食無份：艾虎、艾龍兩兄弟投宿在"有春旅店"，因無意中透露寶藏事機，引起酒店老闆張有財、馬氏覬覦。兩人將兩兄弟灌醉，反鎖在旅店後，即刻南下尋寶，沒料到艾虎兩兄弟清醒後，為求脫身，竟將旅店給燒了。一行人跌跌撞撞來到台南府城，為阻礙別人行程，無不機關算盡，得不償失。

六、相分食有賰：在抵達打阿猴豪華客棧後，眾人狹路相逢，紛紛爭相指責彼此不是，上演全本鐵公雞。尋寶大軍一路折騰，人數卻有增無減，竟擴增了一倍，令大夥啼笑皆非。末了一群人在客棧主人王武說服下就地言和，平心靜氣的共商討尋寶大計，一路上所受教訓，讓大夥願和解，同心協力尋寶共享財富。

七、填海了憨工：在眾人齊心之下，果然順利來到藏寶處瑯嶠，果然在老榕樹下挖到一只大木箱，在還來不及打開木箱之時，同行中賈正意突然表明自身捕快身分，要一行人束手就擒。眾人無奈只得將寶藏拱手相讓，賈正義得意洋洋將木箱捧在手中，要一行人自行到公堂認罪，他隨後而行，但在眾人走沒多遠後，發現賈正意竟往返方向脫逃，大夥隨後追趕死不甘休，末了一群人全在一座危橋上搶成一團，眾人在爭奪中木箱被撬開了，箱中竟然…？末了，木箱在眾人爭奪下掉入河中，眾人氣不過大打出手，竟將危橋震垮，一行人除了在橋邊觀戰的女眷，全落入河中。

八、瘸貪貗雞籠：幸虧河水不深，眾人雖獲救但也全負傷累累，大夥有氣無力在醫館中，相互埋怨，原本好端端的寶藏，轉化為雲煙，而賈正義更是眾矢之的。隨後而來的官差押解已被收押的女眷前來問話，閻氏一見到眾罪魁禍首，忍不住破口大罵，激情之下，竟跌個狗吃屎，目睹此滑稽景象，病懨懨的眾人可出了一口怨氣，無不哈哈大笑，在眾人笑中帶淚的呼聲中結束了這一場荒腔走板的鬧劇。

第一場　山水巧相逢
時間：白天
場景：熱鬧艋舺街道、山間小路
人物：尤事興、林紹興、玉梅、閻氏、艾虎、艾龍、吳勇、黃有信、莫漢、陳麗珍、賈正義、路人若干、攤販若干

△舞台燈啟！
△場景呈現熱鬧艋舺街道，小販賣力叫賣，顧客川流不息。

幕後合唱：

一年一擺籃仔筐會，各路人馬集合齊
八方仕商來作夥，三色人講五色話

△米商林紹興帶著丈母娘閻氏，與嬌小溫馴妻子玉梅來艋舺交完米 後，原本想立刻打道回鹿港，不料閻氏見到艋舺樂鬧景象，滿街攤 販豈可放過，立刻拉著玉梅，一攤一攤採購，殺價殺個片甲不留。

閻氏唱：

大街小巷鬧猜猜，五花十色齊擺來
予我看了心花開，物件無買怎會使

△閻氏眼裡看、心裡想、左手拿、右手取，但一聽價格不滿意，閻氏見無法殺價，便惡狠狠的把物品扔回給小販，連累跟在她身後的女 兒玉梅，一直不停向小販陪不是。

△一旁女婿林紹興，只能裝作沒看見，頭低低的假裝看攤上物品。

林紹興唱：

阿娘刁蠻又任性，可比古早武則天
吵家抐宅難安寧，忍耐鬱卒怪自命

玉梅唱：

娘親翁婿定失和，各有主張起風波
至親兩爿難相好，求全只能作石磨

△閻氏跟攤販吵夠了，好不容易拿起購買物品，一轉身看到呆立在一旁的林紹興，無名火又起。把手裡的東西往懷裡一扔。

閻氏：無啊，你遐爾大箍是好看頭是否？才無看著我咧佮人輸贏，猶袂曉出面替我鬪讚聲。

△林紹興不以為意的撇撇嘴。

林紹興：阿娘啊～汝喔，喙唇一粒珠，相諍毋捌輸。嘴舌較刺可拆厝，哪著我遮个閒人來管閒事。

閻氏：汝咧講啥？恁祖嬤白白米，飼汝遮隻盹龜雞。當初時，那毋是恁祖嬤看汝孤身一个羅漢腳，無處通安身，我才好心佮汝相照應，無汝那有通汝入厝兼添丁。今仔日汝猶敢佮我應喙應舌，那無我，汝十身都無夠死。

△林紹興最不喜歡閻氏動不動，就把可憐他招為女婿的事蹟再三重複提起，但這又是他不能磨滅的現實。

△一旁梅子，忙出面打圓場。

玉梅：阿娘，時候無早啦，汝物件嘛買好啦，愛趕緊趕轉來鹿港。

△林紹興也不想再跟閻氏鬥下去，忙附和。

林紹興：是啦，要趕緊來去轉，免得入門天黃昏。

△閻氏這才心不甘情不願的，由梅子攙扶著離開市集。

△艾龍、艾虎兩兄弟扛著鋤頭上場。

艾龍唱：

一年一擺籃仔筐會，辛苦規年有代價
價錢袂歹真好勢，喙笑目笑心開花

△艾虎嘴裡咬著塊大燒餅。

艾虎唱：

籃仔筐會真好勢，物件滿滿窒倒街
食甲規喙油洗洗，腹肚飽飽通轉回

△艾龍看著艾虎慢吞吞的動作，忙催促他步伐加快。

艾龍：艾虎啊，汝嘛行卡緊唉～日頭袂落山囉！

艾虎：大个，罕得一遍籃仔筐會，那著趕緊轉回家，會鬪鬧熱才袂後悔。

艾龍：好不容易有遮爾好時機，番薯價數大發市，趁早轉回去種番薯，年後通好閣趁大錢。

△艾虎只好心不甘情不願的隨艾龍回家。

△一身華服尤事興，走在路上，眼尖看到迎面而來的捕快賈正義，慌忙別過頭，假裝挑選攤上物品，待賈正義錯身而過後，急忙下場。

△信差黃有信收了郵件正欲離去，恰巧跟迎面而來擔著鹽巴苦力吳勇撞在一起，幸虧沒打鹽擔。

△黃友信立刻向前與吳勇陪罪寒喧。

黃有信：吳兄，歹勢啦，差一點就害汝摔倒擔。
吳勇：無要緊，毋要緊。
黃有信：吳兄，汝今仔日擔遮爾大擔的鹽是欲送去佗位？
吳勇：就欲擔來去大姑崁（現大溪）。有信啊，看汝手挈遮爾濟張批，
毋就愛閣出遠途囉。
黃有信：就是啊，一逝路會走到台南府城，我看會五六天才會通轉來。
吳勇：咱攏是靠遮雙腳咧趁食。
黃有信：對是啊，不閣遮道為欲趕時間，我佮人租一隻馬，騎馬來去，
按呢卡緊。
吳勇：騎馬！按呢卡有風哦。
黃有信：那有，嘛是愛透早走到盈暗暝，才有一碗泔糜仔通止飢。
△黃有信跟吳勇笑著離去。
△原住民青年莫漢跟千金小姐陳麗珍兩人上場，一路上躲躲藏藏就怕被人認出。
莫漢唱：
員外看輕我身分，毋允女兒來配婚
為愛無顧人議論，雙人相悉逃家門。
陳麗珍唱：
離家出走是無奈，雙親難容女翁婿
掩掩揜揜驚人知，小心為重路徘徊

△陳麗珍心疼莫魯道一路奔波大汗淋漓，忙拿起手帕為他拭汗。
△莫漢也心疼陳麗珍一雙小腳，為趕路磨破了腳皮。
莫漢：麗珍小姐，汝看汝个腳攏破皮囉。真疼呼？
陳麗珍：無要緊啦，阿漢兄，咱才離開板橋無賴遠，無通歇睏，愛緊來走。
莫漢：毋過，汝个腳攏已經按呢？
△莫漢不忍陳麗珍一雙小腳再受折騰。
莫漢：麗珍小姐，無我揹汝啊。
陳麗珍：這⋯敢好？
△莫漢不容陳麗珍再遲疑，蹲下身子。陳麗珍只得從命。
△莫漢雖是重擔加身，卻是甜蜜負擔，小倆口甜滋滋上路。
△舞台燈滅！
△舞台燈啟！
合唱：

巫山雲雨十二峰，山水千里巧相逢
災福無門人難擋，善惡到頭報應終

△在山郊小路上，行人三兩經過。
△閻氏因受不了馬車顛簸，拉著玉梅下車透透氣。
△但此舉又引起林紹興不悅。

林紹興：阿娘，汝按呢三行四歇睏，何時才會當回家門。

閻氏：山路坎坎坷坷，人坐咧馬內，規身軀骨頭是震卡全徙位，攏嘛愛怪汝，叫汝坐轎就毋愛，害汝祖嬤坐車來叫悲哀。

林紹興：攏怪我，啊無人叫汝來，汝那踮厝我嘛卡自在，免得一路聽汝个落下頦。

△隨後艾龍、艾虎走來在路旁歇歇腳。隨後吳勇，汗淋漓也放下重擔在一旁休息，脫下斗笠不停煽風。

△忽然後方傳來一陣犀利馬叫聲。跟人的慘叫聲。

△閻氏回頭一看，指著後方大叫。

閻氏：恁大伙看，後壁彼台馬車，塌落山溝啊。

△吳勇放下斗笠。

吳勇：緊來去看袂。

△艾龍也起身，拉著弟弟。

艾龍：艾虎，緊來去救人。

△林紹興也跟著跑過去。

△隨後來的莫漢跟陳麗珍，看到此情景，莫漢忙跟進，前去幫忙。

△現場只留下三位女眷，面面相覷。

△一會兒，吳勇、艾虎、艾龍、莫漢四人抬著受重傷的尤事興上場。林紹興跟在後頭。

△大夥七手八腳把尤事興放在地上，尤事興昏迷不醒。

△林紹興忙向前，重按尤事興胸部，但仍無反應。

△黃有信，才抵達現場，看此情況，忙幫忙出主意。

黃有信：我看，這个人，傷得真重，愛緊過氣予伊，看會精神袂？

△在場眾人，互相對望，誰也不想跟一個陌生人作人工呼吸。

△閣氏看著眾人都不出聲，親自出馬。推開圍觀眾人。

閣氏：啊無，我來犧牲啦～

△就在閣氏噘起嘴，欲對尤事興作人工呼吸時，尤事興突然醒了。

尤事興：遮是佗位？我那會佇遮？

林紹興：真佳哉，汝醒來啊，拄才汝个馬車反落下山溝，是阮逐家，爬落去山溝，佮汝救起來个。

△眾人皆不停點頭。

△尤事興激動舉起雙手。

△林紹興跟吳勇忙將他的手握住。

林紹興：老兄，袂激動，咱緊送汝來去醫館。

尤事興：免啦，我知我無救囉？感謝汝逐家拚性命救我，我有一件代誌欲交代。

吳勇：老大哥，先勿愛講遮，保重身體才要緊。

尤事興唱：毋講就袂赴囉～恁聽我講來，我姓尤名事興

　　我本是唐山个賊王，殺人搶劫是罪難容

△眾人一聽尤事興是賊王，皆嚇了一跳，吳勇、林紹興更是趕忙放開他的雙手。

尤事興唱：

　　惡貫滿盈必災殃，想欲收跤洗手來做正當

　　身纏萬金渡海浪，鋪橋造路來補過往

　　誰知報應無法擋，蒼天愛我來一命亡

△眾人一聽尤事興衷心懺悔，不由得也同情起他來。

林紹興唱：唉〻人之將死其言也善。

黃有信唱：鳥之將亡其鳴也哀。

尤事興：我欲懺悔，我猶閣足濟好代誌猶袂作。

△吳勇看不下去了，忙拉著尤事興的手。

吳勇：老兄，袂閣講啦，咱緊送你來去醫館。

△尤事興氣息奄奄，握住吳勇的手。

△一旁林紹興見狀，也再握住尤事興的手，想給他點慰籍。

△尤事興垂下兩行清淚。

尤事興：感謝恁，佇我欲死進前陪佇我個身邊，無予我孤孤單單來離開。我決定欲將我所有个財彩攏送予恁，遐个財物攏藏佇咧瑯嶠城外，圳溝邊、柴橋跤、大樹下，恁去將伊挖出來，用遐个錢，恁替我加作寡善事，好彌補我个過錯……

△尤事興交代遺言後，垂頭斷氣。

△在場九人，面面厮覷，不知如何以對。

△舞台燈滅。

第二場　十喙九尻川

時間：白天

地點：山間小路

人物：林紹興、玉梅、閻氏、艾虎、艾龍、吳勇、黃有信、莫漢、陳麗珍、家丁幾名

△舞台燈啟！

合唱：

臨終進前个遺言，引得眾人心半懸
是真是假難分辨，想挈又驚化雲煙

△眾人草草用草蓆先將尤事興屍體蓋住。

△現場九人，分成幾個小組，個個臉色凝重，不發一語。

△米商林紹興，先打破沉默發言。

林紹興：以我看，遮个自稱是唐山賊王个，講个話毋知是真也是假，
咱逐家甘欲相信。伊真正有遐濟錢欲分予咱。

黃有信：毋過⋯伊欲死進前敢有需要騙咱？好歹咱嘛救過伊。

△閻氏不以為然加入討論。

閻氏：人講畫虎畫皮是難畫骨，知人知面是不知心。啥知伊个心咧想啥？無得確：伊看恁一群傝頭傝面，
　　就按呢畫一塊大餅，通好騙恁遮侗戇。
△玉梅怕母親牙尖齒利又得罪人，忙把母親拉到一旁。
玉梅：阿娘，無咱个代誌，勿愛管啦！
閻氏：啥物無咱个代誌，萬一彼个賊王講个是真个，按呢？
　　彼份錢是咱在場个人人有份，那會當勿愛管！
△閻氏一番話，點醒在場所有的人，萬一是真的，那可是天掉下來一筆意外之財。
△林紹興仗著自己虛長幾歲，出面協調。
林紹興唱：
　　山水相逢信有緣，剖腹相見勿愛分貴賤
　　同心協力無二言，瑯嶠尋寶意志堅
△眾人聽了，不斷點頭，頗有同感。
△艾龍卻有意見，舉起雙手表達意見。
艾龍唱：
　　竟然逐家坦誠來相見，話踏進前愛講明
　　金錢怎分能公正，長短要撨予伊平大𣁳
△大伙一聽也有道理。吳勇也提出疑問。
吳勇：那是真正有遮份財寶，是欲按怎分？

黃有信：當然是二一添作五，照人數平分。

△艾龍一聽平分，立刻跳起來大表反對。看著黃有信的裝扮，認出他是艋舺地區信差。

艾龍：平分，愛講笑，汝遮个挈批个，頭拄仔咱逐家是按呢大粒汗，細粒汗，千辛萬苦才將人對山溝扛起來。汝只不過是出一隻喙，憑啥物愛分汝一份。

△黃有信立刻為自己辯解。

黃有信：遮就是恁毋捌道理！那毋是我出主意，愛佮賊王來過氣，伊那通閣有留氣息，交代遺言佮金錢。

△苦力吳勇也覺得無理。

吳勇：救人、安慰賊王我攏有份，為啥物愛佮恁作伙分。

△閻氏看不下去，也立刻跳入加戰。

閻氏唱：（白）無啊！擔恁遮穿兩腳褲个，不如我遮个穿一領裙个。

要知影那毋是我～

發現馬車爬落山谷底，恁逐家那有通拄遮分家伙。

欲分嘛是我愛得尚濟，啥人敢佮恁祖嬤論長短。

△一行男人，被閻氏兇悍氣勢攝住，半天也說不出話來。

△玉梅見母親又跟人爭長短，忙拉她衣袖。

玉梅：娘，遮遐人毋知是虎龍猶豹彪，汝著毋通來出長手。

閻氏：驚啥！我是有理罵遍天下，那無理我啥物攏毋驚！

△黃有信見住眾人默不吭聲，下了決定。

黃有信：無咱就照人數、發現、扛人、安慰來照面分。

△林紹興忙跳出請益。

林紹興唱：我先自我介紹表心意，林紹興鹿港佇咧作生理
拄才喻聲是我个丈姆伊人霸氣，爿仔是我牽手叫玉梅。
那欲算數我尚會，數目閣大嘛無問題。

黃有信唱：
姓黃，有信是我名字，艋舺城內送批四界去

吳　勇唱：
吳勇天生歹命作捆工，透早擔貨到盈暗

艾　龍唱：
阮兄弟名叫艾龍佮艾虎，三張犁種田日子來罔度

△莫漢見大家都表明身分，也拉著林麗珍表明身分。

莫漢唱：
莫魯道是山頂个好漢，板橋陳家作長工
只為小姐無棄嫌，兩人相𤆬離家園

△陳麗珍一聽莫漢道出兩人身分，急的跳腳。忙制止莫魯道再說下去。

陳麗珍：汝那會攏講講出來。

△閣氏一聽，陳麗珍是陳家小姐，驚呼連連。

閣氏：汝就是板橋陳家千金大小姐，莫怪生就遮爾啊尖跤幼秀。
無要緊相逢就是有緣份，我老身佮汝追求如意个郎君。

△溫文的玉梅也忍不住為這兩位年輕人讚美。

玉梅：是啦，陳小姐汝實在好勇氣，敢為愛情來捨地位。

△陳麗珍一聽嬌羞滿面，緊握著莫漢的手。

△在大家都表明身分後，林紹興發表分錢方法。

林紹興唱：（白）依我看來，錢愛按呢分，才會公平

現場攏總有九个～落去救人是五个，

丈姆發現狀況算一个，臨死安慰賊王是阮兩个

有信主意來搶救，有功有勞愛有賞

狀況攏總十八樣，財寶平配入咱个手

△黃有信聽完，掐指算了算後，大叫出聲。

黃有信：汝遮个奸商，講啥物公平，我算算个，我才分二份，恁一家口獨得六份。佔三分之一。按呢那會合？

艾　龍：就是講毋，咱兩兄弟出生入死扛人起來，汝只是綴佇咧後壁看，憑啥物愛閣加分一份。

林紹興：阿伊人就干焦有兩肢手兩肢跤，都攏予恁佔去，伊那閣有第五肢，我毋就有通扌冒！

△吳勇見狀，想打圓場。

吳　勇：有信弟，勿愛閣冤啦，以和為貴。

△黃有信一聽更火上加油。

黃有信：汝當然嘛叫我勿愛冤啦，汝比我加分一份工。我仙算就是了憨工。

閻　氏：唉喲！汝按呢空喙薄舌，單出一個主意，加分一份閣無滿意，是毋是規碗攏予汝。

艾　龍：就是講，出力个人尚大，我兩個兄弟那會當放外外。

△就這樣，你一言我一語，除了莫漢、陳麗珍、玉梅三人作壁上觀，其餘人全加入戰局，怎麼分都有人覺得不公平。

△林紹興火冒三丈，大喊。

林紹興唱：

百般分配眾人嫌，予我凝甲大氣喘
有理難通袂完全，規氣閃邊各自散
哼！攏免分啊，逐家各憑本事，先搶先贏。
看啥先到瑯嶠。

△林紹興說完，忙拉著玉梅跟閻氏離開。

△黃有信立刻跟進。

黃有信唱：

代步只有我有馬，路草熟識贏頭回
恁兩跤無翅嘛難飛，看啥落穗較衰尾

△黃有信話一撂完，立刻淌馬離去。

△艾龍見狀也拉起弟弟的手。把隨身厚重鋤頭一丟。

艾　龍：哼！囂俳無落魄的久，咱兩个人四腳嘛袂走輸予畜牲个四腳。走～

△吳勇看著大家不顧情誼，各自離去，想跟進，又丟不下身邊擔子。

　　左右為難，末了終於下了決定。

吳勇唱：

担擔哲重無彩工，袂當變作好額人
財富萬金有所望，愛拼才會過好冬

　　△吳勇把擔仔丟在路旁，只能著扁擔上路。

　　△現場只留下莫漢跟陳麗珍，兩人無奈看著眾人敵去身影。

陳麗珍：阿漢兄，無咱个代誌，袂管啦！咱猶是照計畫轉來去汝个故鄉，安居樂業。

莫漢：嘛是對，今馬時候嘛無早，緊來去。

　　△忽然之間，路上出現幾位壯漢，帶頭的一看到麗珍面露喜色。

劉管家：小姐，阮總算揣著汝啊～

　　△陳麗珍一見，大驚失色。

陳麗珍：劉管家～

　　△劉管家一見機不可失，忙叫人將兩人團團圍住。

劉管家：逐家趕緊將人掠轉去！

　　△莫漢忙拿起地上的鋤頭，讓陳麗珍躲在她的身後。

莫漢：啥人敢欲掠阮，我就佮伊拼！

　　△眾家丁見莫魯道兇狠模樣，有點遲疑。

劉管家唱：

千金乞丐袂四配，閹雞也敢趁鳳飛
地位身份差相濟，那毋回頭愛後悔

△劉管家催促眾家丁。

劉管家：恁逐家，袂閣躊躇啊，老爺有講過，掠著小姐，重重有賞。

△家丁一聽有賞銀，便群起抓人。

△莫漢是個練家子，身手不凡，打退了不少家丁。

莫漢唱：

為保佳人拼性命，打出重圍離險境

陳麗珍唱：

若是被擒回門庭，升天無門叫地難應

△在莫漢拼命抵抗下，家丁紛紛掛彩。莫魯道與陳麗貞得以脫逃。

△眾人皆離開現場，只剩下尤事興孤伶伶屍體躺在地上，冷冷看著貪婪眾生相。

△舞台燈滅！

第三場　羊仔見青好

時間：白天

地點：山間小路

人物：艾虎、艾龍、吳勇、張三、黃有信、莫魯道、陳麗珍

△黃有信淌馬上場。

合唱：

眾議成林各為王，匆匆趕路疾如風
殊途同歸瑯嶠往，八仙過海展神通

△【作功】黃有信催鞭打馬，不料馬匹大發脾氣，不肯前進，並將黃有信踹下馬，一去不回。

△黃有信狼狽從地上爬起，拐傷了腳。

黃有信：汝遮隻垃圾馬、破病馬、漏屎馬，竟然敢將我摼落來，那予我掠著，我一定佮汝剝皮袋粗糠！

△黃有信疼痛難當，正不知如何是好時，後方走來了艾龍、艾虎。

△黃有信尷尬的笑笑，只好涎著臉向兩人求救。

黃有信：原來是艾龍兄仔兩个，鬥相共个，我跤去予拐著，佮我扶一下。

艾　龍：是汝喔送批个！阿汝个馬咧～

黃有信：彼隻垃圾馬，佮我踢落馬跤，毋知走去佗位？

艾　龍：原來是按呢哦～

△艾龍向艾虎使各眼色，兩人向前扶起狼狽黃有信。

△艾龍、艾虎兩人伸出手，扶起黃有信，代黃有信起身後，又重重將　他摔下。

　黃有信跌坐在地上疼的直吸氣。哀叫聲不斷！

黃有信：恁袂好啦，遮夭壽，買命个～疼死我

艾虎唱：（白）閣敢講！拄才汝毋是佮阮聳鬚講單汝有馬，會當走尚緊，今馬咧～

倒佇咧塗跤叫救命，腳傷半步嘛袂行

講阮衰尾汝獨贏，如今落魄閣再齆聲

艾龍唱：這叫做囂俳無落魄个久。報應啦！愛阮救汝，免痟想啦～哼！

日頭赤焰焰，緊拼才會贏。來走！

△艾龍、艾虎兩兄弟罵完後，丟下受傷黃有信，頭也不回的走了。

△黃有信又疼又氣，又無計可施。

△賣雜貨張三搖著波浪鼓，身背貨櫃上場。

張三唱：

買賣什貨渡時機，三頓泔糜來止飢
規工趁無規仙錢，啥物時候會出頭天

△張三看到呆立在一旁的黃有信，上前詢問。

張　三：啊汝遮位老兄是按怎？那會坐遮咧喊疼！

黃有信：啊就無注意跋落馬，毋才會變甲遮連回！

兄弟汝那佮我鬥相共，我就報汝一个趁錢个好空！

張　三：有啥好空鬥相報，講來聽看通參考。

△黃有信附耳在張三耳邊細說，張三聽了直點頭。

張　三：好，我佮汝合作，我插汝來去玴嶠。

△張三面露詭異微笑。

張　三：啊，我先來去方便一下，汝等我，我隨轉來。

△張三離去後，黃有信等了許久，仍不見張三回來蹤影。

黃有信：阿遮個人，放一个尿，是放甲唐山去是否？

△黃有信感覺不對，拍了下大腿，因為拍到了痛腳，大聲呼痛！

黃有信：哎喲！我哪會遐憨！彼个人一知影有寶藏通掘，一定是先找寶藏去，那會管我个生死。

△想到這，黃有信先是懊悔後又露出欣慰微笑。

黃有信唱：

猶就實在真佳哉，我事先知影通安排，
沒講正確个所在，汝行憨工就知禾黑

△黃有信邊喊疼又邊笑張三無知，一拐一拐下場。
△莫漢跟陳麗珍手牽手上場，跑太急了，還不斷大口喘氣。

莫　漢：阮已經走真遠阿～應該汝兜个人逐袂著啊～

△陳麗珍緊靠莫漢身邊，不停發著抖。

陳麗珍：阿漢兄，我足驚个，那是予個掠轉去，我絕對活袂落去。
莫　漢：小姐，汝放心，我就算拚這條命，嘛欲保護汝。
陳麗珍：我看，咱暫時袂當轉去汝个故鄉，我驚阿爹會派人去遮掠咱！

△莫漢想了想，也覺得陳麗珍想法是對的。忽然有各念頭跑過。

莫　漢：小姐，不如咱也來去瑯嶠！
陳麗珍：瑯嶠？阿漢兄，汝猶想欲去掘寶。
莫漢唱：（白）小姐～汝聽我講來～

阿漢出身家貧寒，為顧三頓做長工
看無目地真怨嘆，拖累小姐一世人

陳麗珍唱：

英雄無論落土時，各人頭頂壹片天
何必貪圖橫路錢，腳步踏差遭法治

莫漢唱：

小姐明理我心知，人窮散赤百面哀
時機若過袂閣來，想欲掘寶是無奈

陳麗珍：阿漢兄～

莫　漢：小姐，汝袂閣勸我，相信我那變作好額人，汝个阿爹就袂反對將汝嫁予我作牽手。

△陳麗珍無奈也只能答應莫漢決定。

陳麗珍：猶毋過，咱遮爾啊晏出發，那會比會過遐个坐馬車，騎馬个人。

莫　漢：無要緊，咱走山路，我知影有一條山路，會當減走數十里路，早到打貓。

陳麗珍：山路，我～

莫　漢：小姐，汝放心，這條山路真好行，而且真少人行沓。免驚會 去拄著恁厝个人～

陳麗珍：按呢，咱就緊來去～

△兩人攜手向前走。

合唱：

為避追趕入山林，真愛毋驚路歹行
蒼天垂憐多情囝，鴛鴦比翼生同命

△舞台燈滅！

第四場　近溪坐無船

時間：白天

地點：山間小路

人物：林紹興、玉梅、閻氏、李豹、吳勇

△舞台燈啟！

合唱：

為財萬貫離家園，丈母沿途踅踅唸

千里奔波路遙遠，兩人隔閡日沉重

△林紹興與玉梅、閻氏走在路上。

△閻氏邊走邊唸，林紹興滿臉不悅。

△閻氏話越說越大聲，終於林紹興憤怒大叫。

林紹興唱：

一路指揮胡亂講，駛來駛去攏袂通

踅箍輾轉真冤枉，聽汝个話算我憨

閻氏唱：

毋知死活崁頭鰻，阿敢對我大細聲

那無阮兜予汝倚，今馬汝猶咧做乞食

林紹興唱：

攏講對我施恩手，好意將我來收留

我在李家牛模樣，苦勞一切如水流

閻氏唱：

李家飼汝白了米，後悔當初彼當時

早知汝有背骨意，就該放汝歸陰司

林紹興唱：

一句恩，百句情，聲聲聽甲心齊凝

氣就放汝捙跋反，免閣日夜袂安寧

△林紹興越想越生氣，再也不想受這窩囊氣，把手上包袱往地下扔。

林紹興唱：

勿愛講我忘恩佮背義，此時不比彼當年

萬貫財寶等我去，何必有佬膏膏纏

△林紹興決定與閻氏決裂，他相信拋開閻氏與玉梅兩名弱女子，能更快抵達目的地。

△林紹興對閻氏發出怒吼！

林紹興唱：

汝遮个痞勢老柴耙，規功找人咧相罵
忍無可忍心怨感，我欲離緣兼休妻

△閻氏一聽，林紹興唱竟敢對她大小聲，氣得也破口大罵。

閻氏唱：

食無三把蕹菜就欲上西天，當恁祖嬤是何人
越罵越火袂堪氣，出手教示汝遮个歹畜牲

△閻氏向前要摑林紹興耳光。玉梅要阻止還來不及，不料林紹興真的是吃了秤砣鐵了心，竟敢手反抗。抓住閻氏的手後，將她推倒在地。

△玉梅忙扶起閻氏，雖然明知母親無理，但也覺林紹興舉動太過分。

玉梅唱：

有話袂當來參詳，動跤動手不應當
不滿之處寬寬仔講，那就離緣心梟雄

△林紹興看了看溫順妻子，再看看凶惡的閻氏，心狠不改初衷。

林紹興唱：

無想閻作軟跤蝦，男性尊嚴重找回
娘子請汝來赦罪，另許良人重婚配

△玉梅一聽淚流滿臉。

玉梅唱：

無顧三年夫妻恩，見著錢銀就轉輪
放揀某囝實可恨，今生不認汝遮个邪郎君

△林紹興聽完妻子指控，稍有悔意，但又在財富誘惑下，還是狠心離 去。
△坐在一旁的閻氏，看著林紹興背影，忍不住又開口大罵。

閻氏：汝汝汝，汝遮个林紹興，汝遮个膨肚短命路旁屍，汝跤骨大細枝，
　　今世人一定無好死，死了無人通收屍！

△淚流滿面的玉梅，對著母親一連串的詛咒，忽然大喊。

玉梅：好啊，勿愛閤罵啦，閤罵伊人嘛袂聽著！
閻氏：玉梅啊，無想嫵个林紹興反面無常，佮咱擲佇遮咧荒郊野外，
　　今馬是叫天不應，叫地不靈！
玉梅：阿娘，那不是汝平日對紹興歹聲嗽，咱今仔日那著來氣惱！
閻氏：汝閣怪我。那毋是當初看汝只佮意伊一个，我那會予彼隻閹雞來趁鳳飛！

△玉梅又留下淚來。

玉梅：娘，勿愛閣講啦，閣講嘛無路用！

△就在兩人不知如何是好時，一身勁裝李豹上場。

李豹唱：

閒閒遊山佮玩水，東西南北四界去
家中生理免主意，逍遙自在才得時

△李豹看到路旁母親閻氏，驚訝說不出話來。

李豹：阿娘佮阿姐，恁毋是佮姊夫去艋舺作生理，那會踮佇咧路邊，
　　　阿姐閣哭甲將欲死！

閣氏：實在真佳哉，天公叫汝來排解，豹啊，聽我來講來～

△閣氏便將林紹興忘恩負義的事件，全數說給李豹聽。

△李豹一聽義憤填膺。

李豹唱：可惡～
　　　惡賊也敢奴欺主，當阮李家好欺侮
　　　趕往將人掠轉厝，定愛將汝性命除

△李豹說完後，也不管閣氏跟玉梅，氣沖沖的跑去抓林紹興。

△閣氏看著又離去的李豹大叫。

閣氏：豹个啊～女走遐緊欲創啥，又閣放咱佇咧遮！

△就在閣氏又不知如何是好時，吳勇快步走來。

△閣氏看到吳勇，高興認出他。

閣氏：阿汝就是遮个坦擔个～

△吳勇好奇端詳閣氏跟玉梅，終於想起了。

吳勇：啊汝是遮个賣米個丈姆。

閣氏：是啦！

吳勇：阿汝那會佇遮？

閣氏：阿就⋯

△閣氏又把緣由跟吳勇說了一遍。

△吳勇一聽完，也十分震怒。

吳勇：可惡，竟然有遮種人，無要緊，我悉恁來去瑯嶠找彼个無情無義負心漢，算數！

閻氏：對，來去找遮个惡人～

△於是吳勇帶著兇悍閻氏跟玉梅離去。

△舞台燈滅！

第五場　相搶食無份

時間：晚上、白天

場景：客棧、郊外

人物：艾虎、艾龍、吳勇、黃有信、莫漢、陳麗珍、路人若干、攤販若干

△舞台燈啟！

△黑暗空曠處。

合唱：披星戴月來趕路，雙跤膨疱無嫌苦

錯過菜市佮店鋪，枵甲大腸告小肚

△艾龍、艾虎上場。

△艾虎餓的直抱怨。

艾虎：阿兄，我腹肚枵啦！

△艾龍也摸摸肚子。

艾龍：我嘛是，頭拄才袂記先治腹肚，今馬才知苦！

艾虎：遮深山林內，欲那有物件通好食？

△艾龍也無計可施，忽然看到遠方有燈光。

艾龍：小弟，汝看，遠遠有燈光，一定有人猶袂睏，緊來去來佮個拼門，嘛通分一碗清飯湯。

艾虎：好好好。緊來去，通好有物通止飢。

△艾龍、艾虎急步離去。

△舞台燈滅！

合唱：

中壢山內一客棧，少人呵咾濟人嫌
只為頭家食丘閣鹼，無人願意來遮踮

△舞台燈啟！

△中壢山區衣間破舊客棧。客棧老闆、老闆娘兩人分坐兩旁，百般無奈。

馬氏唱：

透早開店到黃昏，等無三隻貓咪來入門
千算萬算天一算，做無生理怪夫君

張有財唱：

汝嫭个破麻敢怪我，毋是汝心肝掠遐大
偷工減料名聲寬，通人嘛驚啥敢倚

△馬氏一聽板起臉來，伸出手指直戳張有財額頭。

馬氏：攏是汝，一間店開佇咧半山邊，人客那欲食飯，就愛足百半死，
莫怪攏無人客來相隨。

張有財：查某人是欠理智，店開半山有福利，孤門獨市無人搶生理，
日後一定大發市。

△就在兩人爭論不休時，竟然傳來敲門聲。

艾龍：有人佇咧否？

△馬氏喜孜孜的應門。

△艾龍、艾虎一入門，寒酸的打扮，引不起馬氏好感。

馬氏：阿汝兩个羅漢腳，半暝來遮欲作啥？

艾龍：錯過店頭食晚頓，來遮交關便菜飯

△馬氏提高聲調，實在不想在開爐生火，招待這兩個庄家客。

馬氏：阮兜飯菜是真貴，驚恁兩个食袂起。

△艾虎一聽火氣全上來了。

艾虎：阮厝金銀規山坪，價數照開咱毋驚！

馬氏：愛講笑，憑恁遮般猶有錢囥佇咧褲袋仔裝燒燒！

艾虎：瑯嶠有寶藏等咱挖，汝目睭青暝，看袂著！

△艾龍一聽艾虎口太快了，忙摀住艾虎的嘴，阻止艾虎再說下去。

艾龍：咱小弟是咧黑白講，請恁毋通囥心中！

△在旁的張有財，卻把話聽進心中，忙跟艾龍、艾虎陪禮。

張有財：是我个柴耙毋捌禮，佇遮項認來陪罪。

△張有財向馬氏使了個眼色，要她別再說下去。

張有財：咱今馬就緊來去灶跤攢酒菜。人客官，汝就暫請歇等待！

△張有財客氣先請兩人坐下，拉著馬氏的手要入內。

△馬氏不解。輕聲詢問。

馬氏：無，汝是按怎？遮兩个人那著攢飯碗，𪜶一定是無錢通好食。

張有財：汝拄才沒聽伊咧講，瑯嶠有大批个寶藏。

馬氏：汝个意思是？

張有財：先用酒菜佮灌予醉，探聽寶藏佇佗位！

馬氏：真是好辦法，我緊來去攢！拄好，灶跤个菜囥甲將袂歹，熥熥予恁食豐沛！

△不一會馬氏跟張有財就端上豐富酒菜。

△艾龍、艾虎也不客氣大吃了起來。

△張有財跟馬氏不斷的勸酒，打探消息。

△艾龍、艾虎喝不到三分醉，就全盤托出詳情。

△張有財唱見機不可失，又不斷向兩人敬酒，讓兩人不支倒臥在桌上。

△張有財見兩人已不醒人事，跟馬氏起身。

張有財：緊，物件款款个，咱緊來去瑯嶠。

馬氏：真是天送橫財來，想毋好額𠊎袂使！

△兩人不一會收拾了包袱出來，看著昏睡在桌上的艾龍跟艾虎。

馬氏：阿遮兩个遇按怎？

張有財：今馬醉甲毋知人，規氣咱將門來釘死，予佪醒來𠊎無地去！

馬氏：好主意，阿是阮翁有較㔮？

△兩人把門釘死離去。

△不一會，艾龍、艾虎慢慢清醒過來。

艾龍唱：

　　茫茫个~渺渺个~

　　阿遮是佗位，

△艾龍清醒後，發現情況不對，忙推醒艾虎。

艾龍：艾虎毋通閣睏啦，代誌大條囉。

△艾虎睡眼惺忪還搞不清楚發生何事？

艾虎：啊今馬是按怎？

艾龍唱：

　　咱住遮間是黑店內，店主灌酒將咱害

　　金銀財寶人人愛，敢緊追趕才會使

△兩人想盡速離去，沒料到門被釘死了。

△艾虎氣得直跳腳。

艾龍唱：

△兩人遍尋不到工具可撬開門，不知如何是好時。猛看到桌上油燈。

　　是恁不仁我不義，放火燒店有道理

艾虎唱：

　　食咱夠夠真無恥，予恁傢伙攏齊去

△艾龍放火燒店，一下子煙霧四起，兩人才得以脫身。

合唱：

　　一時貪心想發財，誰知無端惹禍災

　　規間客棧招火埋，事主外外猶毋知

△舞台燈滅！

△舞台燈啟！

△白天，在中壢郊外。

△黃有信一拐一拐由樵夫李四攙扶上場。

黃有信：李兄，佳哉有汝鬥相共，我才會當度難關。

李　四：相逢兩人有話講，朋友相助是應當。而且，汝嘛答應錢欲佮我來共享，若有前我會生活會大不同。

△黃有信看了看四周。

黃有信：遮毋知到佗位。

△李四看看四處，剛好地上有一個地標。標示記號往「草鞋墩」。

李　四：已經欲到草鞋墩。

△黃有信想了想，要求李四將路標轉向。

李　四：這是為啥物？

黃有信：我欲後必來个人找無路，那按呢就無人會當來搶寶。

△李四聽完已覺有理，便幫忙把路標轉向。

△吳勇帶著閻氏、玉梅上場。

△閻氏不改個性，還是一路碎碎唸。

△吳勇倒是逆來順受，一點也不為意。

玉　梅：歹勢啦，拖累汝！

吳　勇：講啥物拖累，人本來就是愛互相。

△閻氏不斷喊累。

閻　氏：已經行到是佗位，我雙跤強欲變拆腿。

△玉梅看了看指標。大喜。

玉　梅：娘，已經來到草鞋墩，離咱兜鹿港無賴遠。咱會當緊來轉。

△閻氏聽完大怒。

閻　氏：我才是袂轉去，今仔日是為寶藏才會變按呢，想來想去攏嘛伊，
　　我欲來去瑯嶠掠彼个畜牲。

玉　梅：阿娘～寶藏是禍毋是福，趁早放揀才應當。

閻　氏：玉梅汝毋免閣苦勸頭垂垂，咱先來鹿港店內通好準備馬車，有馬車通座才會較緊到瑯嶠。

△玉梅無奈，只有服從。

△臨行時，閻氏又把指標調方向。

玉　梅：阿娘，汝咧創啥物？

閻　氏：後來予伝找無路，通好咱獨得寶。

△閻氏下場後，隨後上場的張有才、馬氏、張三也都同樣將指標換位置，調來調去，已不知正確指標是 指那。

△而殿後的艾龍、艾虎更是將改整個指標拆掉。令人啼笑皆非。

合唱：

來來往往攏設計，逐家找無目的地

東西南北四界趖，漚戲拖棚怎收尾

△舞台燈滅！

第六場　相分食有賰

時間：夜晚
地點：阿猴客棧
人物：林紹興、玉梅、閤氏、艾虎、艾龍、吳勇、黃有信、莫漢、陳麗珍、張三、李四、張有財馬氏、李豹、王五、幼秀

△舞台燈啟！

合唱：

歲月匆匆個半月，冤親債主覓相找
阿猴會合擠作伙，五路人馬全會齊

△阿猴破舊豪華客棧。

△老闆王五，跟女兒幼秀閒到拍蚊蟲打發時間。

王五唱：

閒閒罔拍蠓，反正猶無人
客店開甲遮悽慘，世間尚憨頭一叢

幼秀唱：

阿爹袂曉知頭重，客棧無名正空空
誤我青春十八花當香，只驚佇遮空等一世人

△幼秀忍不住向父親抱怨。

幼秀：爹，咱是愛等佮何時，才會有人客？

王五：那有法度？就無人行跤到！

△王五跟幼秀無奈對望。同時坐在桌邊，雙手托下巴，同時嘆息。

△凶悍的李豹進場。

△幼秀眼睛為之一亮。

幼秀：爹，有人客。閣是查埔个～

△幼秀細看了李豹一眼，眼睛大亮。

幼秀：喔～遮个查埔足緣投喔～

△王五看著女兒花痴的模樣，忙拉拉她的衣袖。

王五：查某囝，汝好精神啊，喙瀾毋通滴袂停。

幼秀：爹，討厭啦！

△王五忙上前招呼李豹。

王五：人客倌，是欲歇店猶是食料理。

△李豹一屁股坐下。

李豹：頭家，我欲歇店兼食飯。有啥物好料緊攢來！

王五：好，人客佮汝且等，我隨來去攢～

△王五要入內時，看著還在發花痴的女兒，撞了她一下。

王五：幼秀，較正經个～

△幼秀那忍得住，王五一不在，有整個人貼向李豹。

幼秀：哥哥，會忝欲？愛我替汝攢燒水否？

△李豹雖然平時凶巴巴的，但碰到幼秀這種花癡型的女孩，也實在無計可施。

△就在幼秀對李豹狂放電時，莫漢跟陳麗珍走進店裡來。

△莫漢心疼陳麗真一路辛苦，忙安置她坐下後，對幼秀吩咐。

莫漢：店家，咱欲歇店。

△幼秀心不甘情不願的轉頭，一見又來一個大帥哥，笑的更花枝亂顫。

幼秀：哎喲，今仔日是按怎？久無人客來入門。今馬一下仔來雙份，害人心肝歡喜甲亂紛紛。

△但幼秀又見到，莫漢身邊的陳麗珍，立刻拉下臉。

幼秀：唉～後來个遮个，蘇州賣米粉～無我个份！

△幼秀心不甘，情不願招呼莫漢兩人。

幼秀：人客，恁欲歇店，敢有欲食飯。

莫漢：咱欲食飯，毋閣先予咱兩碗雜菜麵！

幼秀：了解！

△幼秀向廚房內王五大喊！

幼秀：阿爹！閣有兩个新人客，欲點兩碗雜菜麵！

△廚房裡傳出王五興奮叫聲。

王五：好好，幼秀好好佮人款待！

△幼秀看到莫漢對陳麗貞深情款款。

幼秀：遮个毋免我傷款待，阿是我个大帥哥卡可愛。

△幼秀馬上又傾向李豹，深情脈脈直盯著李豹瞧。

△馬氏跟住丈夫張有財進入。

△馬氏不屑瞧了瞧這間破舊客棧，撇著嘴直嘟囔。

馬氏：親像這間漚客棧，也敢叫豪華客棧。

△幼秀一聽有人登門來砸場，立刻捍衛家園。

幼秀：啊無汝是佗位來个韓國客，蔘仔氣，激遮重！

馬氏：啊汝遮个毋知天地幾斤重查某鬼啊，我是何等身分，汝猶敢佮
恁祖嬤佇遮齴牙，毋知來者是客嗎？

幼秀：人阮遮破窯內是小所在，汝遮尊大菩薩阮是無能通服侍！

△張氏一聽氣炸了肺，想出手好好教訓幼秀。

△張有財見兩人劍拔弩張模樣，忙出面圓場。

張有財：咱攏是仝途个，婍姑娘啊汝就袂佮阮牽仔來計較，阮欲歇店佮治枵！

△幼秀只得安排兩人坐下，向裡面父親吩咐。

幼秀：阿爹！閣有兩位尚高貴个人客，欲食飯，愛尚貴的料理！

△馬氏一聽，忙有異議。

馬氏：阮無欲叫尚貴的料理。

△幼秀學馬氏徽嘴模樣反譏。

幼秀：無叫尚貴个料理，那會配得起恁高貴个身份。敢講人客倌恁食袂起？

△馬氏又要動怒，張有財忙制止她。

張有財：勿愛閣冤啊！牽仔，日後咱那挖得寶，咱會當起百間豪華客棧，通好來迌迌！

馬　氏：就是講嘛？按怎高貴个料理，阮攏食會起！

△林紹興風塵僕僕入場。滿身疲憊！

林紹興：店主，我欲歇店，先來一碗燒酒！

△幼秀一件又有客人進門，笑得合不攏嘴，忙向裡頭父親報喜。

幼　秀：阿爹，閣有人客來到位，灶跤火愛全開！

△裡面傳來王五興奮叫聲。

王　五：好好好，阿今仔日是毋是迎神好日子，一睏頭人客那會全到位！

△坐在裏頭的李豹，看到林紹興，激動跳了起來！

李豹唱：

罵聲畜牲走佗去，踏破鐵鞋欲找汝
放某不顧無天理，墨賊仔忘恩佮背義

△林紹興一見怒氣沖沖的李豹，嚇得眼冒金星，想跑，被李豹一把抓住。

林紹興唱：

有話好講袂動手，放某不顧有理由
身份懸殊難相守，為固尊嚴棄嬌娘

李豹唱：

忤逆娘親猶敢辯，分明愛錢膽包天
對汝恩情如雲煙，該落地獄予油煎

林紹興唱：

丈母看我無目地，受盡欺凌怎作伙
日後發財錢銀濟，登門重娶好賢妻

△林紹興一番懇切言語，李豹那聽進去，左手揪住林紹興衣領，右手 握拳欲向林紹興胸口揮去！

△一旁幼秀看到李豹怒氣沖沖模樣，陶醉看的雙眼迷濛。

幼　秀：查甫囝，遮才是真正个查甫囝！

李　豹：汝這个雷公點心，猶閣敢佇遮花言巧語，當我是三歲囝仔好欺負。

汝當阮李家是豆腐，予我替阿姐教示汝遮个無情个丈夫！

△就在李豹欲捶打林紹興時，吳勇跟閻氏、玉梅走入客棧，吳勇見 狀，忙向前握住李豹拳頭。

吳勇唱：

緊事就愛寬寬辦，動手拍人傷野蠻

△閻氏也怕兒子打傷林紹興，趕忙規勸。

閻氏唱：

凡事予娘來作主，汝暫退一邊勿愛惹事

△李豹一見離別多日的母親，竟在客棧相逢，就算有滿腔怒火，也只得先休兵。

李豹：好，就交予阿娘汝處理。

△林紹興一見閻氏跟玉梅出現，又驚又喜，滿心愧疚，低著頭，走到閻氏面前。

林紹興：阿娘！

△一句阿娘，引得閻氏怒氣又起。

閻氏唱：

一句阿娘我是不敢當，狼心狗肺汝這个負心郎

那不是帶念玉梅是汝个妻房，早該予汝拳下亡

△林紹興羞愧低下頭。

林紹興唱：

放某棄母我不該，思前顧後悔必敗

拱手作揖叩頭拜，望娘海量來諒解

△閻氏看到林紹興誠心反悔模樣，不由心軟，指著身後的玉梅。

閻氏唱：

愛我原諒無路用，緊求玉梅心寬放

重新接納好言講，跪某卡贏跪皇上

△閻氏說完後，一手拉著李豹，一手忙牽著一路對她敬重幫忙的吳勇坐下，忙為吳勇倒茶。

△對這家人家務事，吳勇也只能木訥呆著，不便發表任何意見。

△林紹興一聽，忙向前欲求玉梅原諒。

△玉梅一件薄情林紹興，新仇舊恨又起，淚珠直在眼眶裡打轉。

林紹興唱：

千錯萬錯我毋對，毋知對汝來寶惜
無心口緊嚓嚓趒，求妻息怒氣且歇

玉梅唱：

空喙哺舌賊冤家，昔日恩愛攏是假
求我原諒會用苦計，哼～汝閣死十遍嘛難無罪

△林紹興見玉梅怒氣沖沖，使出死纏功夫，直繞在玉梅身旁，任憑玉梅再怎麼怒顏相向，依舊涎皮賴臉窮追不捨。

△貨郎張三背著貨架進場，幼秀一見又有年輕帥哥上場，喜出意外。忙上前招呼。

幼秀：遮个少年个阿哥，歡迎汝到阿猴來迌迌。汝請來遮暫且歇，欲食欲飲，阮店內應有盡有，免驚汝囉嗦！

△張三聽到幼秀熱情叫他帥哥，也喜上眉梢。

張三：可愛的妹妹，算汝捌貨，帥哥我欲食暗頓，嘛欲蹛店來歇睏。

△幼秀忙安排張三坐下，看著還再糾纏的林紹興夫妻，急怒氣未熄的 閻氏及無所事事的吳勇，屈指一算，又多了四個客人，笑得直拍手，忙向屋裡王五報訊。

幼秀：阿爹！內底魚肉緊入鼎，今馬是人客規大廳！

△不一會，傳出王五樂透叫聲。

王五：知知知，今日好過得頭彩，開店至這是頭一擺。幼秀，愛好好來招待才會駛。

幼秀：爹！汝免交代，招待帥哥我尚利害！

△艾龍、艾虎兩人風塵僕僕進到客棧。

艾龍：店主，緊來兩碗便菜飯，阮兩兄弟是枵甲大腸告小腸。

△閻氏認出兩兄弟，放低聲音對李豹道出兩人身分。

閻氏：是種蕃薯兩兄弟，無想伓也找到阿猴來。

△坐在角落的馬氏、張有財一見到艾龍、艾虎兩兄弟，作勢想躲還未行動，就被艾龍一眼瞧見。

△兩兄弟立即向前，艾龍一把揪住張有財胸口，拳頭握的死緊。

△幼秀原本高興想像前招呼客人，看兩仁劍拔弩張模樣，忙縮了手。

幼秀：阿今仔日是按怎？那會大伙火氣攏遐大！

艾龍唱：

一見強人怒氣起，為著寶藏用心計
燒酒灌醉咱兄弟，閣將門窗釘死害阮路延遲

△張有財一見怒氣沖沖的艾龍兩兄弟，三魂不見七魄，嚇的直發抖，忙推卸責任，指著身旁老婆馬氏。

張有財唱：

只為柴耙愛錢死，誤聽某喙無顧義

△馬氏一聽張有財把責任推起她，又急又氣，火冒三丈，忙為自己辯白。

馬氏唱：

（白）汝遮个夭壽短命啊～

事到臨頭想欲捒予離，汝才是為得富貴逆天理

艾虎唱：

恁一个是童乩，一个是桌頭，共同設計驚阮走

佳哉大哥人太巧，放火燒厝才能脫逃

△張有財夫婦一聽「燒厝」兩字，眼睛氣的全直了。

△張有財一怒之下，更是掙脫艾龍糾纏，指著兩兄弟開罵。

張有財：啥物啊！恁放火將阮个厝燒燒去！

△馬氏抓起桌上筷子，像艾龍、艾虎兩兄弟胸口戳去。

馬氏：汝兩个死無人哭个，心肝遮梟雄，阮一間大瓦厝予汝毀毀去，

汝倆个兄弟要賠才有天理！

△這下子換張有財追殺艾龍、艾虎兩兄弟，四人你追我跑，差點撞到跟玉梅正糾纏不休的林紹興。

△一拐一拐的黃有信，由李四攙扶走進客棧，臨進門就被艾龍、艾虎撞個四腳朝天。痛得哀哀叫。

黃有信：啊是佗未來个菁仔欉，目睭藏佇咧褲底內，予汝撞一下，害我尻川皷兩爿！

△一旁閻氏見到黃有信，也不免詫異，大夥怎麼都像約好的，齊聚在 豪華客棧。

閻氏：連挈批攏來到位，無彩我咧用心計，按怎轉彎踅角人嘛是攏全齊，豪華客棧大伙又閣擠作伙！

△艾龍、艾虎忙扶起黃有信。

艾龍、艾虎：歹勢啦，阮毋是故意的。

△艾龍、艾虎扶起黃有信，一看竟然是搶寶同路人，又把他重重摔下。
△黃有信又跌落在地上，痛得直吸氣。
黃有信：又閣是汝兩个，汝那無將我摔死是毋甘願是否？
△李四忙上前扶起黃有信，黃有信還未氣喘定，眼尖發現坐在角落張三，指著他大叫。
△張三想跑，被李四逮住。押到黃有信面前。
△幼秀看到又跑來兩個怒氣沖沖大漢，直傻了眼。
幼秀：啊今仔日店仔是去沖到啥物垃圾物，那會虎龍豹彪攏到位。
我看就愛閃一邊，離卡開个才會無代誌。
△幼秀看看在場眾位男士，還是覺得李豹罪投緣，不管李豹母親詫異眼光，挨著李豹坐下，
癡癡看著李豹。
△幼秀一雙手欲摸向李豹，閻氏不悅講幼秀的推開，但幼秀還是不以為意。
幼秀：帥哥，我愛汝保護。
△黃幼信指著張三鼻子大罵。
黃有信唱：
　　背骨囝仔勿愛閣覓，放我佇路邊做汝去
　　貪財無顧我生死，佳哉我有留步將汝治
△張三一聽，這才了解到自己走了多少冤枉路，也忍不住怒氣沖沖。

張三唱：

莫怪我仙走都找無路，原來汝事先就崁步
害我水尾、寶桑四界挲，仙捎無摠叫艱苦

李四唱：

予汝加行冤枉路，教示汝是拄拄好
也敢佇咧叫艱苦，汝貪心註定愛遐攏無

△黃有信掄起拳頭欲教訓張三，不料又被追逐艾龍兄弟張有財撞個正著，一踉蹌又差點撞到玉梅，林紹興見狀忙擋在玉梅身前，跟黃有信撞個正著。玉梅還是不領情，扭頭就走，林紹興沒空跟黃有信計較，繼續對玉梅死纏。

合唱：

眾人擠擠作一伙，客棧重逢來相會
為阻路途用心計，無理怎分黑猶白

△艾龍、艾虎兩兄弟和張有財夫妻糾纏不清。

△馬氏舉起手中杯子，予擲向艾龍，沒扔準，卻差點砸到閻氏，閻氏怒不可歇，舉起桌上的酒杯還擊，卻又擲中李四，李四氣得也拿起筷筒擲向閻氏，卻又偏偏打中艾虎，艾虎顧不得幫艾龍還手，撲向李四。

△眾人打成一團。

△現場莫漢跟陳麗珍，看著打成一團的眾人，進也不是，退也不是。

△吳勇想出手，又不知該幫誰，索性撿起被眾人摔落的酒杯，自飲起 來，看到一旁的莫漢跟麗珍，舉起酒杯向他們致意，莫漢跟麗珍只 能陪著苦笑，不一會一個酒杯砸到桌上，莫漢怕傷著麗珍，忙拉著 麗珍躲到桌子底下較安全。

△李豹想出手幫閻氏，卻被幼秀拉住，硬把李豹按回長板凳上坐著幼秀對李豹頻送秋波，李豹被電得快招架不住。

合唱：

平日無人行跤到，今日人客滿厝兜

虎龍豹彪起戰鬥，客店內底比拳頭

△舞台聚光燈打在張有財夫婦身上，其餘在場纏鬥難分，眾人成定格。

張有財唱：

貪心關𠢕理雖輸，嘛無應該放火燒阮厝

馬氏唱：

三代累積變火烌，𠢕兄弟無賠難了事

△馬氏揪著艾龍胸前衣裳，張有財欲出拳揍他。

△艾虎受制於李四，無法出手相救。

△舞台燈暗，隨後聚光燈打在林紹興、玉梅身上，其餘在場纏鬥難分 眾人成定格。

林紹興唱：

是我自私太懵懂，放某棄妻實荒唐

誠心懺悔求原諒，千刀萬刮我嘛願承當

△林紹興不斷向玉梅求情，玉梅還是難以接受，舞台燈滅！

△舞台燈亮，張三被黃有信打趴在地上，聚光燈打在張三身上，其餘在場纏鬥難分眾人成定格。

張三唱：

痟貪為財無顧義，放汝佇路邊無相辭

無怪兄長用心機，求汝諒解復友誼

△張三向黃有信拱手作揖求黃有信諒解，黃有信還是氣憤難消，舞台 燈滅。

△舞台燈亮，聚光燈打在躲在桌下得莫漢與陳麗珍身上。其餘在場纏 鬥難分眾人成定格。

莫漢唱：

平地真是是非地，猶是山頂好徛家

△聚光燈移到一旁吳勇身上。吳勇看著打得難分難解的眾人，萬般無奈。

吳勇唱：

看破緊轉寶勿愛找，願作散人卡袂衰

△舞台燈滅。

△舞台燈起，幼秀緊靠著李豹，越靠越近，李豹直往板凳尾端移去，一時不平衡，跌落在地上。幼秀忙上前攙扶，趁機投入李豹懷中。聚光燈打在兩人的身上。其餘在場纏鬥難分眾人成定格。

幼秀唱：

獨夜無伴守燈下，總算盼到少年家
死纏活賴嘛欲作伙，愛翁拼工免歹勢

△李豹推也推不開幼秀，對這趕不走黏人的蒼蠅，已無法可施。

李豹唱：

親像活鬼來糾纏，千掰萬掰掰未離
枉我堂堂飄撇好男兒，若落伊手實在是傷克虧

△眾人繼續戰鬥著，不明究理的王五，端著煮好的飯菜興沖沖由廚房出來，看到眼前景象，呆若木雞。

王五唱：

發生何事我全未曉，規間客棧會予恁拆了了
看了毋甘心血流，休兵喊停我大聲吼

王五：住手！袂閣拍啊！停！

△眾人在王五中氣十足嚇聲下，掄拳頭的，追殺的，求饒的、激辯的竟然都乖乖停手了。莫漢也拉著陳麗珍爬出桌底。

△王五看著滿間來路不明的客人，巡視一輪後，指著年長的林紹興詢問。

王五：汝啊，汝遮个佮某黏牢牢，看起來汝个年歲卡大，由汝來講，
　到底發啥物代誌，那會大伙冤袂離。
△林紹興，將事情來龍去脈，約略說了一遍。
△等林紹興一說完，大伙又互相指責對方不是，又開始吵個不停。
△王五忙又下令喊停。
王五：停！恁毋當閣在冤袂煞，予老歲仔作公親信。
△王五看著在場眾人。
王五：阿恁人是不是攏到齊？
△林紹興看了一下在場人。
林紹興：毋但攏到齊，而且嘛已經變雙倍。
△王五這才放下碗盤，面對眾人。
王五唱：（白）恁大伙啊，按呢千里跋涉攏是為著寶，
　寶都猶未得到手，恁就冤甲不罷休
　聽我老歲來主張，講合恩怨放水流
△王五一番話，引發眾人省思後，互相對望後，轉怒為喜，破啼為笑。
△艾龍拉著愛虎向張有財夫妻鞠躬作揖，懇請見諒。張有財夫妻也自認理輸，和艾龍兄弟握手言和。
△張三向黃有信認錯，黃有信也欣然接受。
△林紹興既向玉梅求情，玉梅原本還板著臉不予理會，但一時反胃，
　掩著嘴乾嘔，林紹興見狀，急的不知如何是好。忙輕撫欲沒後背。

林紹興：玉梅，汝有要緊否？是不是食歹腹肚？我緊來去請大夫。

△一旁閣氏，一瞧林紹興著急樣，噗嗤一笑，指著林紹興。

閣氏：憨大呆！玉梅是咧病囝啦，汝遮个齪頭閣看袂出來。

△林紹興還不明究理，傻傻的反覆閣氏話語。

林紹興：病囝？

△林紹興猛然間明白，自己要做爹了，高興的喜上眉稍。

林紹興：啊我不就欲作老爸囉，我已經盼望三年囉，阮林家總算有後嗣！太好囉！太好囉！

△閣氏看林紹興高興模樣，也著笑開懷，但嘴上還是不饒人。

閣氏：就是愛先替玉梅來安胎，阮才會延到今馬才行跤到，若不是帶念，汝替老身添一个金孫通捧斗，那無我予汝十身就死無夠！

△林紹興對閣氏指謫一點也不以為意，笑得合不攏嘴。忙扶玉梅坐下。

林紹興：玉梅我當天咒誓，我林紹興遮世人那閣敢對不起恁母仔囝，就予我死無……

△林紹興話還沒講完，嬌羞滿面的玉梅忙摀住他的嘴。

玉梅：討厭啦，咒啥物重誓。

林紹興：按呢，汝不就肯原諒為夫囉。

△玉梅的臉更紅了。

玉梅：汝勿愛閣講啊。

△在場眾人見這對冤家圓滿落幕，也笑開懷，紛紛向林紹興祝賀。

△閻氏一看緊黏著李豹的幼秀，心裡有了決定。
閻氏：啊，我看遮位小姑娘，生得一支生理喙，真正合我意，豹仔啊，
　　我看拄好佮汝來配作推。
　　△李豹一聽大驚失色。
李豹：阿娘，汝有講毋對否？像伊遮扮對我綴牢牢，娶伊愛一世人受束縛，我那會擋會著？
閻氏唱：
　　像汝遮个規工迌迌浪溜嗹，到擔猶無好姻緣，
　　伊死皮爛癆將汝圈，有如佛祖降服汝遮个～
　　無法無天个猴齊天。
李豹：阿娘！
閻氏：自古以來，婚姻大事攏是父母來作主，汝恬恬不准有言詞。
　　△李豹悶著頭，知道閻氏家法如山，一言九鼎，誰也不能違抗，只能自己認栽。
　　△閻氏轉向王五。
閻氏：老東西，毋知汝是毋是肯答應遮段有姻緣？
　　△王五雖然不捨獨身女，但一想女大不中留，何況幼秀花癡個性，再留下去必定成愁。
王五：難得夫人無棄嫌，菜脯根仔罔咬鹼，老歲仔答應就是。
　　△幼秀一聽喜出望外，一拍手。
幼秀：太好囉，我總算等到翁囉。
　　△王五忙制止幼秀輕浮舉止。

王五：幼秀，卡有站節，毋驚人愛笑。
幼秀：人講驚驚袂得等，愛拼才有好環境。
△幼秀驚人話語，惹得眾人大笑。
△閻氏倒是對幼秀敢衝敢講個性，極為欣賞。
閻氏：講的對，欲作咱李家新婦，就愛有如此好氣派，如此夫婿才管教个來。
△林紹興見小舅子，親事已定，自己又喜事臨門。忙出聲向大伙宣布。
林紹興：我看今仔日，咱李家雙喜入門，親家汝就辦幾桌酒菜，大伙
　　來予我請，好好慶祝一下。
王五：無問題，我隨來去攢，幼秀來灶跤鬥相交。
△幼秀喜滋滋，隨父親走進去。
△不一會，王五跟幼秀端出豐盛酒菜，大伙忙起身幫忙斟酒佈菜，互相敬酒，和樂融融。
△林紹興舉起酒杯向吳勇敬酒。
林紹興：好小弟，感謝汝一路對阮丈母佮阮媠某多照顧。
吳勇：紹興兄，我本來對汝放某棄妻是袂諒解。毋閣……一路行來，
　　我會當體會汝作伊囝婿个無奈。
△林紹興無奈的拍著吳勇的肩膀。
林紹興：了解就好，了解就好。
△林紹興就著酒杯和大伙致意。
林紹興：咱大伙，今仔日就食飽食予好，明仔日作伙來去瑯嶠通找寶。

△眾人喝得愉快，吃得舒服，齊聲稱好。

合唱：

心平氣和來調解，汝兄我弟攏總來
過去恩怨全拋開，團結才能發大財

△賈正義立在舞台一旁，瞧著這群人們，冷冷的笑。

△舞台燈滅！

第七場　填海了憨工

時間：白天

地點：瑯嶠近郊

人物：林紹興、玉梅、閣氏、艾虎、艾龍、吳勇、黃有信、莫漢、陳麗珍
張三、李四、張有財馬氏、李豹、王五、幼秀、賈正義

△舞台燈啟！

△場景：瑯嶠近郊場景，舞台一旁立著一棵大樹。舞台中央後面立著一座木橋，橋旁立著一張告示：年久失修，限行五人，分批過橋，以免危險。

合唱：
千辛萬苦到瑯嶠，普光踏斗火咧燒
大樹得蔭人且歇，圳溝柴橋看袂著

△一行人浩浩蕩蕩上場。
△天氣炎熱，眾人被曬得七葷八素的。
△林紹興怕玉梅累著忙牽著她坐在樹旁大石下。
△幼秀死黏著李豹，李豹想動怒，閻氏一個威嚇眼神，又讓他不敢造次。
△莫漢體貼的取出竹筒，讓陳麗珍喝水，陳麗珍喝完水後又遞給莫漢喝，兩人恩愛場景，羨煞在場單身漢。
△馬氏見張有財自顧搧風，氣的撞了他一下，張有財這才替愛妻搧風解熱，讓馬氏轉怒為喜。
△王五跟黃有信眼觀四周，嘴裡喃喃唸著。
王五：圳溝邊…？
黃有信：柴橋跤…？
張三：大樹下…？
△三個人，一回頭看，看到破舊柴橋，再一回頭看見眾人歇息的大樹。
△三人如獲至寶，一拍手齊聲叫了出聲。
王五、黃有信、張三：寶藏可能埋佇遮？
△眾人一聽，歡天喜地，鼓掌叫好。
閻氏：緊！緊挈家私來掘寶。

△艾龍、艾虎、吳勇三人忙拿起事先準備的鋤頭，往大樹下重重鏟去。
△賈正義，靜靜上場，不動聲勢，冷眼旁觀。
△不一會，果真在眾人期望下，果真挖出一個大木箱。
△三個人興沖沖的將木箱搬至地上，大家喜出望外，多日辛勞總算有了回報。
△正當林紹興欲打開木箱時，賈正義出手喊停。
△眾人納悶，不知出聲賈正義是何人？
△賈正義斂起面容，站到眾人中間，緩緩自胸中掏出一枚令牌。

賈正義唱：

（白）我名叫賈正義

我是福建官府个捕快，唐山擒賊台灣來
江洋大盜一命烏哉，恁大伙卻作共患太不該

△眾人一聽是官府衙差，嚇得不知如何是好，忙為自身辯解。

林紹興：差爺，阮大伙只是路過，拄著彼叢意外，絕非是共患
賈正義：恁大伙貪圖橫財，猶閣敢辯解！
艾龍唱：大人啊，

阮大伙是善良好百姓，絕非賊頭个手下，
請大人愛查予詳細，毋通無分黑猶白！

閻氏唱：官差大人啊，

阮佇鹿港有身份，毋捌佮人有糾紛，

共患罪名我毋允准，清白世家怎能遭議論

△眾人你一言我一語向賈正義抗議，賈正義快被眾人口水淹沒。無奈之下，舉起雙手，想暫停紛爭。

賈正義唱：停！

你大伙攏講自己是清白，佮賊頭半點無關係

佇遮死諍強欲起冤家，不如公堂之上來講詳細

△眾人這才停止抗議。

△賈正義用手指著前方。

賈正義：鄉嶠衙門就佇頭前無偌遠，我就予恁一个機會，恁先到衙門自首，我隨後就到，到時我會將一切向縣老爺稟明，盡量替恁大伙求情，與縣老爺對恁從輕發落就是。

△事已至此，眾人無奈也只能乖乖束手就擒。

△就在一群人無奈上路時，殿後的賈正義面露詭異笑容，故意放慢腳步，拉開與眾人距離。

賈正義唱：

拼命掠賊幾十冬，今馬橐袋仔猶空空

橫財入庫那毋貪，勾手相讓是憨人

△賈正義心中自有盤算，把藏寶木箱抱的死緊，趁眾人走遠後，從後 方欲渡柴橋離去。

△走在前方的林紹興越想越不對，想向賈正義再求情，放過眾人，沒料到，才一回頭，就瞧見賈正

義從反方向逃去。

△林紹興指著賈正義大喊。

林紹興：恁大伙看，遮个歪官挈寶物欲逃走。

閣氏：我就知影毋是勢，那有官府才好講話！

王五：袂閣一句長一句短，趕緊掠人奪寶回！

△眾人忙回頭，男人向前趕到柴橋上攔住賈正義。

△眾人在橋上搶木箱搶成一團。

△在橋下觀望的女眷急的不知如何是好？

△搶奪間，木箱竟然被敲開，但木箱內竟然是空的。大伙不敢置信。

艾龍：這那有可能，箱仔竟然是空个？

△黃有信忙一把把木箱搶過，看個仔細，木箱真的是空空如也。

只發現一張紙條躺在木箱底紙條。黃有信忙撈起紙條一看。

黃有信大聲唸出紙條內容。

黃有信：【痟貪𩩍雞籠】這：我毋相信？

△身後張三、李四不可置信也一把搶過木箱，想再仔細觀看。

△張有財也不甘示弱，出手想搶木箱。

△李豹一伸手，搶過黃有信手中紙條，一看果然是【痟貪𩩍雞籠】字樣。氣得跳腳。

李豹：這是啥物意思？是咧笑咱是否？

△木箱在眾人搶奪下，一個接不穩，掉落橋下。

△眾人傻了眼，又急又氣把氣全出在別人身上，互相指責，一激動大 伙又打成一團。
△在橋下女眷規勸無效，正不知如何是好時，忽見柴橋大力搖晃，轟轟作響。
△閻氏指著柴橋大叫。
閻氏：恁大伙緊走，橋欲崩啊！
△橋上男丁一聽如夢初醒，大家爭先恐後想下橋，卻因太多人擠成一團，柴橋承受不了重量，整個塌陷，眾人皆落入水中。
合唱：

富貴浮雲如暝夢，萬里跋涉無采工
眾人跋落烏圳江，異口同聲喝救人

△橋下女眷，大聲呼喚，急得如熱鍋上螞蟻。
馬氏、玉梅：啥人緊來救阮翁！
陳麗珍：啥人緊來救阮阿漢兄！
幼秀：啥人緊來救阮爹！
閻氏：啥人緊來救阮囝！
合聲：救人喔！
△舞台燈滅！

第八場　痟貪䭭雞籠

時間：白天
地點：醫館內部
人物：林紹興、玉梅、閻氏、艾虎、艾龍、吳勇、黃有信、莫漢、陳麗珍、張三、李四、張有財馬氏、李豹、王五、幼秀、賈正義、衙役幾人

合唱：

齊受重傷攏掛彩，渾身疼痛叫聲哀
醫館面面倒規排，罪魁禍首是汝害

△身受重傷的眾人上場，每人身上纏滿繃帶，紛紛喊疼，有的傷了腳，有的斷了手臂，有的撞了頭，十分狼狽。

△拄著拐杖的林紹興，咬牙指著賈正義。

林紹興：攏嘛汝，烏心欲獨得才會來著災，連累大伙對汝來落衰！

△一個斷左手、一個斷右手的艾龍、愛虎也恨得牙癢癢的。

艾龍：就是講嗎，擔阮兩兄弟原本好好佇咧山頂種番薯，遮聲個半月沒去管田裏，我看規个番薯園攏焦焦去，看年底阮欲食啥物？

艾虎：毋但按呢，年底是欲挈啥物來納田契，攏是汝遮隻破病雞來帶衰！

△原本忠厚，頭部綁著繃帶的吳勇，也忍不住抱怨。

吳勇：啊我咧，一擔貴參參鹽我佮摔倒佇路邊，事主那愛我賠，我做工一世人，嘛賠袂起！

△兩隻腳全斷的黃有信，也氣得冒火。

黃有信：我才是慘，一寡批，我攏無甲人送到位，我看，欲娶新婦个，遮聲已經等無改嫁別个，欲入葬个，我看屍體到金馬嘛爛齊齊。上蓋慘會是我兩隻跤龍斷去，先生講會好嘛袂完全，看我以後是欲按怎閣送批。愈想愈氣，氣得，我遮條命就佮汝配。

△張三嘴腫得像臘腸，也忍不住嘟著嘴抱怨。

張三：我拍斷四、五隻喙齒，今馬講話攏漏風，是欲按怎閣喝鈴瓏。

△李豹一張臉腫得像豬頭，瀟灑不再，也氣得七竅生煙。

李豹：枉我春風少年兄，那是破相欲按怎，甘是真正愛我看破，今世人就愛娶遮个皺襞襞店主，𪜶彼个嬈記記个查某囝。

△渾身疼痛的王五，原本艱難取茶杯正要喝水，一聽李豹在數落自己的女兒，不顧疼，忙為女兒辯解。

王五：阮查某囝是賴禾黑，配汝甘配袂來，汝那無甲意，我𤆬轉來去厝內通好晢風颱，嘛卡好配予汝遮蕊圓仔花，咧毋知穤！

△王五說完，氣得將茶杯往地上一扔。

△張有財跟李四，疼得直吸氣。只能用顫抖手指著賈正義大罵。

張有財：我今馬啥物嘟攏無，攏是汝遮个瘟生好𤆬路！

李四：就是講，阮大伙會遮淒慘，攏是敗在汝痟貪！

△傷的不輕莫漢，看著大家對賈正義的指責，也只能點頭稱是。

△全身掛彩的賈正義，見自己成眾矢之的，也有滿腹委屈，不由得一吐為快。

賈正義唱：（白）攏怪我，恁攏咧怪我～
我為朝廷拼命過半生，犧牲溫暖个好家庭，
辦案時六親不認無人情，終尾兩袖空空，
徒留美名有啥路用？
原本兩個月後會當告老來還鄉，那毋是恁大伙貪財心梟雄
我何苦千里追趕困羅網，落得臨老變節臭名揚。
如今呢～牽手毋管我个生死，囝兒細小吵講欲改姓
恁千夫所指我滿身悲，我一無所有不如一命來歸陰司
△賈正義說著說著，老淚縱橫，無限感慨。
林紹興唱：（白）汝閣好，會當看囝兒細小長大成人，我咧～
盼了三年阮某才有身，今馬我那予官府掠去監牢內反省，
家庭失散，恐驚我囝兒就愛改認別人來作爹親。
天倫悲劇欲教我於心何忍。
△林紹興也跟著痛哭流涕。
△就在眾人又哭又痛又哀啼時，幾名衙差帶著閻氏、玉梅、幼秀、馬氏、陳麗珍入場。
△眾女眷一見受傷的親人，紛紛撲入其懷中，萬分不捨。
△閻氏也心疼兒子，想關心一下他傷勢，不料又被幼秀搶先。擋在她身前，讓她又好氣又好笑。
△王五見花癡幼秀，完全不管自己死活，萬般無奈。
△吳勇、艾龍、艾虎、張三、李四、黃有信見無人前來探視，只好相互取暖，聊勝於無。
△衙差頭，見狀，搖頭嘆息，一群好好的人，竟弄得如此下場。

衙差：講甲恁一群戇人，真正是倥卡有賭，尤事興臨死前清彩佮恁炸炸，恁就欲信，今馬食到羹，知苦啊予。

眾人齊聲：啥物，瑯嶠有寶物是假个？

衙差：本來就是假个，寶物本來就不毋是埋佇咧瑯嶠木箱內，伊咧騙恁个。

眾人齊聲：那無寶物是埋佇佗位？

衙差：尤事興早就將寶物掘出，換作銀票，藏佇身軀內，恁大伙攏毋知，今馬予收屍枋橋府衙全數充公，有幾十萬兩黃金呢？誰教恁一聽有寶藏，大伙就起痟硞硞從，將屍體放揀佇路邊，當時恁那有佗一个卡有情義，願意先替伊來收屍，就免恁大伙按呢日夜來走千里，白白來搬遮齣戲，了戇工閣愛食官司！

△賈正義聽完，知道自己被臨死前尤事興又擺了一道。

賈正義：尤事興，汝真正是賊性不改！

吳勇：枉費，咱逐家為寶咧出生入死。

△大伙一聽全傻了眼，原來全上了尤事興的當。但現在你看我，我看你，也只能全認栽。

眾人齊唱：（白）我苦啊～

一時貪心囉～想欲趁大錢，

王五唱：反予賊頭啊～伊來創治

張三唱：上山落嶺是四界去

李四唱：從南從北來無了時

林紹興唱：為財我險險～毋顧妻兒

黃有信唱：奪寶奪甲我雙跤啊～攏齊折～
艾龍、艾虎唱：早知就轉來去內山種番薯
莫漢、麗珍唱：與世無爭啊～才免惹代誌
張有財、馬氏：骨力拍拼～來做生理
吳勇唱：刻苦耐勞～才對時
賈正義：痟貪就愛軁雞籠，是不變个道理
齊聲合唱：今知影嘛已經遲～已經遲～

△衙差交代完事情始末後，即刻要押解女眷們先上公堂候審。

衙差：好啊，恁遮查某倌个，欲疼翁个、欲愛囝个、欲顧爹个，欲惜貼心兄个，攏看煞啊，嘛哭煞啊，好來去公堂受審囉！押走！

△衙差頭看著苦著臉的眾人，實在也忍不住想笑，但又得端起官威。

衙差：賭的恁遮破病身體，就先好好療養，日後再上公堂！一个嘛走免想走會去！

△眾女眷們雖依依不捨，也只能無奈上路。

△閻氏越想越氣，一口氣再也憋不住，破口指著眾男丁開罵。

閻氏：講甲恁遮夭壽查甫那毋去替人死，戇甲袂曉先替人收屍。贏贏予恁筊跋甲輸輸去。今馬反悔嘛已經遲。恁遮頇顢閣欲扞頭，

歁歁頭殼袂變巧，那是恁做事知分寸，那著連累恁祖嬤愛對汝
食免錢飯…我無講無生氣，講起來氣甲強欲死…恁遮破病短命
路旁屍…

△閻氏越罵越起勁，手舞足蹈激動萬分，眾人只有乖乖挨罵的份。

△怎知閻氏一個不留神，踩著了王五丟在地茶杯，頓時滑了個狗吃屎。

△閻氏摔在地上，痛得爬不起來。雙手亂揮。玉梅想向前攙扶起母親，還差點被母親手揮中。

△衙差頭見狀，忙叫人將閻氏帶走。閻氏狼狽被衙差高高抬起，嘴裡還是罵個不停。罵人工夫，堪稱一絕！

△衙差跟女眷離去後，現場眾人想起剛剛閻氏狼狽樣，終於忍不住哈哈大笑了起來。眾難友們此時已顧不得身上疼痛，越笑越大聲！

△一場荒謬鬧劇，終於在大夥苦中作樂的笑聲中，畫上不完美的休止符。

合唱：**人心不足一字貪，百般計較了憨工**
落土早定好額散，痟貪袂著艛雞籠

△舞台燈滅！

△全劇終！

月老說姻緣【劇本4】

前言

月老說姻緣，是我根據台南四大月老廟月老作為藍本，所編寫的劇本，當時為收集四大月老故事，多次到四大月老廟參拜，根據四大月老特性，編寫出劇中主要人物，創作過程中彷彿跟劇中人物都成了熟悉老友。寫作完成後，又特地回四大月老廟還願，感謝他們庇祐讓我能順利完成這部歌仔戲劇本。

故事大綱：

月下老人是中國民間傳說中專管婚姻的紅喜神，又稱「月老」，也就是媒神。關於月下老人的形象，清人沈三白《浮生六記》中說：「一手挽紅絲，一手攜杖懸婚姻簿，童顏鶴髮，奔馳在非煙非霧中。」國內很多地方都有月老祠，成為人們祈求幸福美滿姻緣之所，而其中最著名的又以府城四大月老廟最為出名。

古都府城廟宇多、神明多，分工細，奉祀月老的四大廟宇：大天后宮、武廟、重慶寺、大觀音亭興濟宮，月老雖都掌理姻緣，但也如醫師分科般，各有專科，方便善男信女依不同狀況祈願、排解。

府城四大月老廟各有不同的特色：

●大天后宮的月老：據廟方統計，月老平均一年湊合的情侶有三百餘對，可以說是每天都在牽紅線。而由廟方提供「疏文」，供急於覓得有緣的未婚男女書寫。「疏文」是人間上奏給天庭的正式文件，莊嚴與正式性由此可見。

●武廟的月老：神情嚴肅、正氣凜然，武力高強。手中權杖，能為紅塵男女清理命中爛桃花，留下最合宜的對象。

●重慶寺的月老：月老旁設有速報司，意味行動迅速快速處理，是唯一配有執行官的月老；該宮月老還有一法寶－醋矸，相傳只要是情侶吵架，去廟中使用過醋矸後皆會回心轉意、重修舊好。

●大觀音亭月老：豐厚大朵能仔細聆聽信眾願望、嘴闊巧舌會說媒。菩薩心腸如觀音班聞聲救苦，專治男女間愛你在心口難開，及難以撮合的親事等疑難雜症。

【月老說姻緣】要講的就是發生在府城四大月老所牽姻緣線，而引發出有趣的民間故事。

永老無離別，萬古當團聚。
天下有情人，皆能成眷屬。

清末光緒年間又逢一年七夕，府城四大月老廟擠滿來自各地的紅男綠女前來求取姻緣，待夜深人靜後，四大月老群聚一方，把酒臨風，互相吹噓自己一年功績。其中大天后宮月老自負一年能牽就三百多樁姻緣，自認是四位月老中最有成就的。武廟月老當然不服氣，指責大天后宮月老常因有求必應，牽太多姻緣線，得靠他正氣權杖及高強武力，棒打爛桃花，婚姻才得善終。一旁重慶寺月老以擁有法寶醋矸，認為夫妻、情侶間勃谿如無醋矸幫忙，及速報司迅速通達，根本無法促成美眷。大觀音亭的月老當然不會坐視旁觀，直嚷著如果沒有他這張〝闊嘴〞能說善道，推波助瀾，婚姻那能成事。就這樣你一言，我一語誰也不服誰，吵的不可開交。連前來做客的孟婆也不知如何規勸，臨了孟婆出了一個主意，挑出府城裡最難有姻緣的四名男女，讓四名月老各顯神威，看誰先幫他們取得姻緣者，勝出！

就這樣，好不容易讓四名月老有了共識，從前來膜拜的善男信女中挑出：

①順娘：連剋死四名訂親夫婿，竟管長得如花似玉，溫柔婉約，卻令城裡未婚男子退避三舍的苦命女子。

②三郎：衰到家的窮書生，米缸存無隔夜米糧，家徒四壁，縱使滿腹經綸，卻讓城裡未婚姑娘避他唯恐不及的酸秀才。

③春嬌：城裡最出名的兇悍女子，吵架沒輸過，能把白的吵成黑的，連城裡的婆婆媽媽沒一個吵得贏她，以致沒人敢要她當 媳婦。

④明仔：自命風流，桃花不斷，府城裡從賣菜阿花到菜店阿蕊全是他交往對象，和女子牽扯不清曖昧關係，讓城裡沒一戶人家敢將女兒許配給他，怕女兒一入門，有斬不完的爛桃花。

就這樣，選定四名人選後，在孟婆見證下，四大月老皆盡所能，鬧出一連串笑話，搞的整個府南府城人仰馬翻，雞飛狗跳。究竟誰能先馳得點，獲得府城第一月老封號，正可謂：

靈鹿車，逍遙掛。門酒對弈桂樹下。
紅塵事，情人結，悲歡離合，紅線手中捏。
鸞鳳配，鴛鴦鳴。道是無情卻有情。
化碟意，破鏡圓，漁樵江渚，笑看百態全。

且看：

上窮碧落，有月老牽紅繩，定宿命姻緣。
下極黃泉，有孟婆熬濃湯，解三世執著

人物簡介：

1大天后宮月老、姻緣伯：最擅長牽紅線的大天后宮月老，化身成紅線伯公幫忙斷掌秋娘求取姻緣。

2武廟月老、逍遙君：神情嚴肅、正氣凜然手持權杖對消除「爛桃花」有名的武廟月老。化身逍遙君要幫風流明仔訂婚配。

3重慶寺月老、醋甘婆：最會修補男女感情的重慶寺月老。化身阿矸婆要幫酸秀才衰尾三郎追尋姻緣。

4大觀音亭月老、好喙嬤：最能說得好姻緣的興濟宮月老。化身好喙嬤要幫利喙春嬌找個好郎君。

5孟婆、夢婆：在中國民間信仰裡，是遺忘的管理者，也是地府的年長女神。因往生路上看遍紅塵男女為情所苦，對男女姻緣有深切體會。化身夢婆，忙見證四大月老大鬥法。

6順娘：「死翁親像割韭菜，一个去閣一个來！」連剋死四位未婚夫婿的斷掌女子。

7三郎：「倚山山崩，倚壁壁倒，倚豬稠死豬母！」孤苦一人，衰到家的酸秀才。

8春嬌：「喙唇一粒珠，相諍毋捌輸。嘴舌較刺可拆厝！」伶牙俐齒好跟人吵架的女子。

9明仔：「風流天下聞，牡丹花下死，做鬼也風流！」英俊瀟灑，桃花不斷的紈褲子弟。

10紅花姨：「媒人喙是糊累累，卡響三月霆脆雷！」府城第一媒人婆。

11亡靈：順娘前世亡夫，為愛堅守在順娘身邊。

12賣菜芹：市場賣菜大嬸。唯利是圖。

場次大綱：

引　場：月老由來

由偶師帶著木偶上場道出：「月下老人，又稱月老，神話傳說中的人物，主管人間婚嫁之事。相傳唐朝時期韋固在宋城巧遇月下老人，月下老人為韋固牽紅繩指明婚嫁對象，後來韋固果然應月老之語與相州刺史王泰之女結為連理。故事流傳至今，使後人相信男女的結合乃月老牽起紅繩加以撮合，因又稱媒人們為月老。」

序　場：月老駕到

四大月老由前後左右小舞台入場，登上舞台。

第一場：不相上下

又逢一年七夕，府城四大月老廟擠滿來自各地的紅男綠女前來求取姻緣。待夜深人靜後，四大月老群聚一方，把酒臨風，互相吹噓自己一年功績。

大天后宮月老自負一年能牽就三百多樁姻緣，自認是四位月老中最 有成就的。武廟月老當然不服氣，指責大天后宮月老常因有求必 應，得靠他正棄權杖及棒打爛桃花，婚姻才能圓滿。

重慶寺月老以擁有法寶醋矸，認為夫妻、情侶間勃谿，如無醋矸幫忙，及速報司迅速通達，根本無法促成美眷。大觀音亭的月老當然不會坐視旁觀，直嚷著如果沒有他這張〝能說善道，推波助瀾〞闊嘴，婚姻那能成事。就這樣你一言，我一語誰也不服誰，吵的不可開交。

第二場：孟婆為證

就在四人吵得不可開交之際，人群中孟婆搭著人轎入場，前來做客的孟婆也不知如何規勸，臨了看盡往生路上，痴男怨女恩怨是非的孟婆出了一個主意，只要挑出府城裡最難有姻緣的四名男女，讓四名月老各顯神威，看誰先幫他們取得姻緣者，勝出！

第三場：雞吵鵝鬥

一早利喙春嬌上街買菜，看到衰尾三郎被賣菜嬸欺生故意抬高菜價，火冒三丈為幫衰尾三郎出頭，跟整條賣菜婆婆媽媽們大吵，憑著伶牙俐齒，把婆婆媽媽們的嘴都吵歪了。強悍的個性卻讓衰尾三郎心中佩服。一旁想幫利喙春嬌牽姻緣的好喙嬤，卻被利喙春嬌強勢弄得頭痛不已。

第四場：風流班首

風流明仔生性風流，英俊瀟灑，一出場圍繞在他身邊鶯鶯燕燕就沒斷過，逍遙君想教化他，卻反而被他博愛、兼愛、大愛觀念搞得大動肝火，斬不完風流明仔爛桃花外，還氣得差點用手中權杖打扁風流明仔。

第五場：天剋地衝

斷掌順娘，貌美如花、溫柔婉約的豆腐西施，府城裡的第一媒婆紅花姨，視她為府城最搶手新娘人選，但不知為何每幫她做成一樁婚事，其未婚夫都會死於非命。只得讓紅花姨將她拒絕往來。連姻緣伯手中紅線都無法幫她拴住，讓姻緣伯替順娘心疼不已。

第六場：透骨酸心

衰尾三郎滿腹才氣，運氣卻衰到家，好不容易考上秀才，主考官卻在欽點三郎後，心悸而亡，從此他功名無望。醋矸婆與他氣味相投，想幫他成家立業，卻處處碰壁，一籌莫展。

第七場：徒勞無功

四大月老使盡全力，想幫四大孤鸞星簽上紅線，卻搞得灰頭土臉並摔得七葷八素，落的徒勞無功。

第八場：細說根源

四大月老，各自遇到瓶頸，無法可解，卻又不忘彼此調侃，互酸幾句，孟婆見狀，點醒四大月老，萬物相生相剋原理，合則生，分則亡。四大月老茅塞頓開，另尋出路。

第九場：冰火同爐

四大月老放下彼此嫌隙，將四人姻緣線重整，紅線牽在四人手上後，一時天雷勾動地火，意外擦出巨大火花。順利將四人配對成功。

終　場：百年好合

四大月老本尊，一路由信徒恭敬謹慎自觀眾席抬上舞台。府城裡最難有姻緣四人，終於在四大月老奔波撮合下終成眷屬。四人帶著喜餅，開心前來謝恩。四大月老見有情人終成眷屬，成眷屬皆是有情人。十分欣慰。婚姻之神女媧娘娘現身，月老正式封神。比賽結果，四大月老皆是贏家。頓時台上台下普天同慶，喜氣洋洋。四大月老並開心分贈小禮物給現場觀眾，在歡聲雷動下全劇終！

引場：月老傳說

人物：偶師、木偶、月下老人、韋固、奶媽、韋妻、宰相五女、張宰相、郭元振

△偶師手持木偶上場。

偶師：回鴈高飛虎頭碑，新花低發上林枝。年光到處皆堪賞，春色人間總不知。春來無樹不青青，似共東風別有情。閑憶舊居急水畔，數枝煙雨屬啼鶯。

木偶：好詩句啊~大師汝今啊日真是詩歌八斗，有感而發啊~哪按呢~我就按今仔日主題欲來請教汝囉~

偶師：不敢不敢，請道其詳~

木偶：常言道：「天頂無雲袂落雨，地上無媒是難成雙。」這媒人婆是通人知，猶毋閣這統管人間男女姻緣个《月老》大師汝可知個个由來。

偶師：《月老》啊~月老，又稱月下老人，神話傳說中的人物，主管人間婚嫁之事。相傳唐朝時期韋固佇宋城巧遇月下老人，月下老人為韋固牽紅線指明婚嫁對象。

△韋固、月下老人、婦人抱著娃兒入場。

【合唱】

男女姻緣皆有份，月老牽線配成婚
韋固不信逆人倫，殘害幼兒太可恨

△演員演出韋固不信，月老所指婚配對象為一幼兒，氣得殺傷嬰兒離去。

【合唱】

冉冉紅塵歲月去，韋固成家得賢妻
洞房才知結髮伊，竟是當年刀下兒

△演員演出韋固驚見洞房花燭夜，新婚妻子竟是當年幼兒，不得不信月老安排。

偶師：後來韋固果然應月老之語與相州刺史王泰之女結為連理。故事流傳至今，使後代人相信男女的結合乃是月老牽起紅線加以撮合。

木偶：原來是如此啊～那按呢為啥物是牽"紅線"毋是牽"青線"猶是牽"黑線"呢？

偶師：這又閣是另外一个因故。

木偶：是啥物因故呢？

偶師：佇唐代史書上記載：袞州都督郭元振年長未婚，宰相張嘉振見他有才華又相貌堂，就想欲納伊為婿，因為張宰相有五个女兒不知欲許配佗一个予伊才好，張宰相就想出一个辦法。

△舞者五女與張宰相、郭元振入場。

△舞者飾演張宰相五位女兒，手執紅線。

△張宰相將五條線頭，讓郭元振抽出一條。

【合唱】

紅線綁在女兒身，交予深情有緣人
萬中選一實有幸，宿世夫妻前世因

△郭元振左右為難，思考許久，終於抽出一條紅線，與張三小姐，得成美眷。

偶師：就此以後，牽紅線就變成月老執婚配首要任務囉。

木偶：原來遮就是牽紅線由來。先生真是一言道盡，月老大人功績。猶毋過～這月老是毋是牽紅線攏是無往不利呢？

偶師：當然嘛毋是！盈暗我就是欲來講一个咱台南府城四大月老牽姻緣所發生趣味故事。"月老說姻緣"。

木偶："月老說姻緣"？

偶師：遮齣戲个主角毋但是四大月老，猶閣有地下年長个女神"孟婆"。

木偶："孟婆"伊閣四大月老會有啥物牽連啊？

偶師：這汝詳細看毋就知影。

木偶：按呢，府城四大月老又閣是佗四大月老啊～

偶師：汝自己看，個攏已經來囉～

△偶師退場。

△燈光照向人群。

序場： 月老駕到

人物：逍遙君、醋甘婆、姻緣伯、好喙嬤、舞者

△舞者舞出紅線舞。

【合唱】

靈鹿車，逍遙掛。鬥酒對弈桂樹下。
紅塵事，情人結，悲歡離合，手中捏紅線。
鸞鳳配，鴛鴦鳴。道是無情卻有情。
化蝶意，破鏡圓，漁樵江渚，笑看百態喜。

△燈光投射舞台上，引出右前方小舞台逍遙君。逍遙君舞動手中權杖。

逍遙君：

吾乃清風逍遙君，縱鹿尋天伴月魂。
纏纏綿綿做琴韻，甜甜蜜蜜化酒醇。
世人皆道情愛苦，誰人見之避三分。
若能渡得天仙配，金烏長笑月無恨。

△燈光投射在另一方舞台上姻緣伯身上，姻緣伯甩動手中紅線。

姻緣伯唱：

桃花樹下詩百篇，千古吟唱鵲橋仙。

人間姻緣多喜劇，久長朝暮夕陽前。

△左方舞台出現醋甘婆。

△燈光投射在醋甘婆身上，醋甘婆輕搖手中醋瓶。

醋甘婆唱：

郎才佳人糖蜜甜，情雲初話結親誼

男女有意線相牽，千里相逢把緣機

△燈光投射在舞台後方好喙嬷身上，好喙嬷指著厚唇，笑開懷。

好喙嬷唱：

永老無離別，萬古當團聚。

天下有情人，千里能相遇。

△四大月老化身自前、左、右舞台下場。往前方舞台走去。

【合唱】

雙眸望月牽紅線。奕奕天河光亂彈，

有人正在長生殿，暗付金釵清夜半。

第一場：不相上下

人物：逍遙君、醋甘婆、姻緣伯、好喙嬤

△逍遙君、姻緣伯、醋甘婆、好喙嬤四人立在舞台上。

齊聲：各位道友，請了！

姻緣伯：真罕得，逐家有閒，會當趁廟門關了後，來遮泡茶開講！

好喙嬤：就是講，我逐工替聽遮紅男綠女講个心內話，愛替個補好喙婧，才未「愛你在心口難開！」（國語），我是講較一隻喙，強欲破去，嚨喉梢聲話就欲講袂清。

醋甘婆：我嘛是，廟內逐工是癡男怨女甲夾較滿厝間，為挽回個个姻緣，我一个醋缸是抐袂停。就連速報司就跑較兩支跤，強欲拆腿。

逍遙君：我咧～為替惡个多情男女顧著正緣，是十八般武藝盡展，全憑一正氣沖天斗，降服歹物能頕頭。

姻緣伯：講才咧講，我一年會當牽成三百規對个姻緣，實在是功德圓滿。

好喙嬤：閣敢講！啥毋知，汝遮个姻緣伯猶毋管來求姻緣是熊猶是虎，汝是攏講好、攏總答允，事後呢～嘛是愛閣靠我好喙婧，替汝來補紩，汝那有法度功德圓滿。

醋甘婆：恁兩个，攏是才管生，毋管孵！啊是我醋甘婆尚有才調，借醋矸法力，予遮爾醋海生波个男男女女，會當和好夫唱佮婦隨。猶閣有我廟內底速報司，一向是「神行快遞，使命必達！」（國語）速度之緊，是直上天頂，啥人有我這爾好个效率。我是尚慈悲為懷～

姻緣伯唱：（白）是嗎～人講

布匹緊紡是毋好紗，阿娘啊緊嫁是無好大家！

婚姻大事那是才趕緊，日後免驚袂予人佮汝晛！

醋甘婆：唱：（白）哼～汝遮个紅鼻猴啊～阿敢譬相我，汝家已咧～

目睭定定看袂清，龍鰡仝岫難分明

善男信女有求汝必應，紅線齊出誤眾生

△好喙嬤見兩人吵成一團，也不甘示弱加入戰局。

好喙嬤唱：那恁兩个啊～

好喙嬤唱：

一个講勢汝牽線，一个講汝緊速袂拖沙

哪無我遮个萬能好喙嬤，姻緣怎能圓滿來收煞

姻緣伯：講來講去嘛是講汝遮个闊喙个尚界勢！我不服！

醋甘婆：我嘛不服！

△原本一旁做壁上觀的逍遙君忽然將手中權杖墮地一揮。

逍遙君唱：（白）恁逐家攏勿愛閣冤啊～我是

手握乾坤殺戮權，斬邪留正解民怨。

眼通西北江山外，聲震東南日與月。

風雷鼓舞三千浪，易象飛龍定在天。

刜遍紅塵爛桃花，掌中拐仔未得閒。

姻緣伯：口氣真大啊～我就毋信汝尚勢～

醋甘婆：看起來咱是啥就毋讓啥！

好喙嬤：沒錯～啥就毋認輸！

逍遙君：我看，咱唯一共識，就是愛分一个輸贏！

△四人互視，一起點頭。

眾人齊聲：規叢好好！沒錯！

△幕後音樂響起～

眾人齊聲：孟婆來囉～

第二場：孟婆為證

人物：逍遙君、醋甘婆、姻緣伯、好喙嬷、孟婆

△孟婆搭著人轎一路舞動著由觀眾席入場。

【合唱】

怒莫怒兮求不能，喜莫喜兮逢甘霖。

悲莫悲兮生別離，樂莫樂兮新相知。

△孟婆上了舞台，向四大月老問好。

孟婆：各位老好友，真久無見面囉～

姻緣伯：今仔日是啥物風～將汝遮个地下尚年長个女神吹起來通相揣。

孟婆：恁四大月老，吵家抐計，聲音直通地下，我怎能無緊起來作恁逐家个公親。

△好喙嬷一把把孟婆拉到身邊。

好喙嬷：老同姒～汝一定是倚佇我遮爿，愛好好教示𪜶三个。

△醋甘婆立刻又把孟婆拉到自己身邊。

醋甘婆：毋對啦～憑阮个交情，汝是愛倚我遮爿才是。

△姻緣伯也不甘示弱，將孟婆拉到自己身邊。

姻緣伯：孟婆，咱兩人熟悉尚界久，愛挺我才應該。

△逍遙君也將孟婆拉住。

逍遙君：孟婆，汝愛公正才是。

△四個人不停搶著把孟婆拉來拉去，孟婆頭都暈了。

孟婆唱：（白）啊好囉～我是欲來做公親仐～

恁四个攏是好月老，功德滿盈智慧高

風光偉業任考不倒，何必為爭第一動干戈

姻緣伯：話是按呢講，猶毋過無證明阮仐實力，是欲按怎服眾！

醋甘婆：就是講嗎，無證怎為憑！

好喙嬤：無拚一个輸贏，怎予人會當心服口嘛服！

逍遙君：實力無相比，強弱焉能知！

孟婆：看起來，無比是袂當通煞戲！

四人齊聲：是！

孟婆：既然我千里迢迢一逝工，我就好好替恁來摧周全！

四人齊聲：欲按怎周全～

孟婆唱：（白）恁聽來～

落土八字早註定，男分女歸是天命

挑選四个孤鸞星，促成無緣婚姻成

四人齊聲：孟婆仐意思是？

孟婆：我是愛汝比賽牽成四个尚無可能有姻緣个人成親，才算厲害！
四人齊聲：有遮種比法。按呢猶會使！
孟婆：如此無仝比試，才能分出恁法力懸低。恁講對否？
△四人各自思考，互瞪幾眼，終於點頭。
逍遙君：咱遮四个散仙，佇咧凡間遮爾久，為人作媒，圖个是一个正式封神名號，就以遮道个比賽結果，作為咱日後封神依據。
四人齊聲：贊成！
孟婆：那按呢，就由我就來決定恁愛牽成个人選囉。而且恁不准用法力，不准借外界力量，就是愛全憑恁家已个實力。我是會派使者全程監視，恁那是違規，即刻就擲黃牌警告，若是閣毋聽勸，就擲紅牌判伊出局。
四人齊聲：遮⋯⋯
孟婆：按怎？有困難？恁做袂夠。
△四人面面相覷，考慮一下，終於咬牙答應。
姻緣伯：啥講作袂夠，我絕不認輸！
好喙嬤：我嘛是，任考不倒！
逍遙君：就算袂用法力，我嘛有辦法促成佳偶。
醋甘婆：我就毋信，天下間有我牽袂成个姻緣。
四人齊聲：阮答應，全憑孟婆安排就是！
△舞台燈滅！

第三場：雞吵鵝鬥

人物：春嬌、三郎、順娘、好喙嬤、賣菜芹、鄉民數位、
舞群（代表婆婆媽媽群）

【合唱】

透早市場亂紛紛，五花十色濟人群

三郎買菜項項問，惹出風波禍臨門

△舞台呈現市場場景，三郎正在向賣菜芹買菜，一旁是順娘豆腐攤，貌美順娘吸引幾位登徒子賴在她的攤販前不走。

△三郎考慮老半天，終於鼓起勇氣，向賣菜芹詢價。

三郎：阿桑早安，高麗菜一斤愛賴濟？

賣菜芹：叫我小大姐，阿汝這个酸秀才真正無捨施，一問問較規早起，高麗菜一斤愛百二，欲買就買勿愛買歹買緊離開。我無閒佮汝佇遮跋言語！

△三郎一聽，大驚失色。

三郎唱：

我實在是太失禮，食米毋知糴米價
高麗菜賣金有較濟，那欲買我就愛窮傢伙

賣菜芹：早就知影汝這个黃酸物，高貴菜料汝是食袂起，死豬鎮砧妨礙認祖媽做生
　　理，猶毋趕緊通離開。

三郎：失禮、失禮！袂受氣！我毋知遮位賣菜小大姐，年歲有遮大，佮阮阿祖是平輩。

△賣菜芹快被氣瘋了。

賣菜芹：汝是耳孔生佇咧尻脊骿，袂曉聽人話，真是欲佮我虐死，氣著請汝食秤錘。

△春嬌腰間插著兩把大菜刀，扛著一隻大豬上場。

春嬌唱：

緣投有啥物意義，風流个踢一邊
猶是斯文讀冊个人較佮意～

△賣菜芹真的拿起秤，想狠揍三郎，被初上場的春嬌一把握住。

春嬌：汝遮个賣菜芹做生理，作佮遮囂俳，動袂動就欲攢家私欲教示人。

賣菜芹：春嬌仔，我咧做生理，佮汝有啥物（國）關係？

春嬌：那是做事無道理，就佮我有天大个（國）關係！

△春嬌看一眼三郎。

春嬌：少年个，到底是按怎？

三郎唱：（白）大姐聽了～

　今仔日菜市大起價，價帳足足起三倍

　我儉腸凹肚日子歹過，問問無買煞惹祖媽咧起性地

春嬌：菜起價，阿是起叫啥物價？賣菜芹啊，高麗菜今馬是一斤賴濟？

賣菜芹：一斤百二啦。

春嬌：啥物啊～遮爾貴！食菜較貴食豬肉，那有遮種道理是欲按怎寫！

賣菜芹：連紲兩个大風颱，青菜予風雨吹佮東到西歪，農民重種嘛愛閣个等待，市場欠貨才起價這是天災！

春嬌唱：（白）我聽汝咧放臭屁，

　風颱作孽三月前，　農民早就已重種

　九十日後就能收成，汝故意提高菜價，猶毋驚受報應

　△賣菜芹氣得吹鬍子瞪眼。

賣菜芹：汝遮爾刣豬嬌仔。見講就無好話，見開喙就是欲佮人冤家。我做一

　個小販啊是會當賺賴濟，總賺嘛一點點小差價。

春嬌：小差價！我問汝高麗菜一粒批賴濟？

賣菜芹：八十三啦？

春嬌：價帳差四成，猶敢講是趁小寡！敢講我毋敢聽！

賣菜芹：啊～刣豬嬌，汝是真正欲揣麻煩，我哪閣吞忍就毋是人，好～恁祖媽就貓

　食鹽存扮死，汝好膽勿愛離開，我來去佫人攢家私，絕對欲佮汝修理

　較金系系！汝等咧，袂走！

春嬌：做恁來，我食清飯等恁！

△賣菜芹真的氣呼呼退場。

△春嬌一點也不擔憂，搬把椅子往台上重重一放，大搖大擺坐著。

△順娘為春嬌擔憂。幫忙勸說。

順娘：春嬌，袂惹個啦，趁今馬個猶袂來近前，汝緊走啦。

三郎：多謝啦，多謝姑娘鬥讚聲，猶閣人講「好漢毋食眼前虧！」識時務才是俊傑！

趁祖媽伊阿袂轉來，姑娘猶是先避難！

春嬌：安啦！冤家我是專門科，啥人考我會倒！讀冊人、順娘恁等一下就閃較離个，免得去掃到風颱尾。

△音樂響起，賣菜芹率領著一群婆婆媽媽（舞者擔任），手執鍋勺、桿麵棍等武器。將春嬌團團圍住，單手插腰，盛氣凌人。賣菜芹率先開戰。

△一旁好喙嬤上場，見到這驚人氣勢，也只能先躲在一旁作壁上觀。

【合唱】

春嬌相諍毋捌輸，氣勢宛如大丈夫

嘴舌較刺可拆厝，專冤人間不平事

奧桑太太來教示，先聲奪人十輸一

予伊罵較強欲死，滿面豆花走離離

△春嬌舌戰群雌，罵跑一堆婆婆媽媽。大氣喘也不喘，作一個黃飛鴻基本動作，背後出現「冤家女王」招牌。

△三郎跟現場幾位男士，無不鼓掌叫好，三郎更是投以讚嘆眼光。

三郎：「女漢子！」（國語）真真正正「女漢子！」（國語）我佩服！有元氣！

△好喙嬤，扗著拐杖，緩緩走到利喙春嬌背後，輕拍利喙春嬌肩膀。

春嬌：「不要碰我肩膀」（國語）！

好喙嬤：歹勢啦，我無注意著。

春嬌：阿嬤，有啥物代誌，阿是汝是扗才彼群人个親情，看佪冤無夠，欲替佪閣出頭。

好喙嬤：無啦，我佮佪攏沒關係。是有代誌想欲苦勸汝。

春嬌：苦勸我，我有啥物通好勸。

好喙嬤唱：

人生在世愛三好，好話、好事、好心免災禍

汝嫑跤出名是無好報，啥人敢娶是愛煩惱

春嬌唱：

三好那加一好是四好，我春嬌做人是袂囉嗦

單身一人是免煩惱，沒人欲愛是又如何

好喙嬤唱：

男大當娶女當嫁，毋是干焦汝一个

兩姓合婚來成家，糖甘蜜甜日子過

春嬌唱：

有理走遍全天下，無理寸步猶難行
媽寶（國語）若驚就袂來娶，我春嬌甘願鎮大廳

好喙嬤：利喙嬌仔，汝嘛聽老身个講。

春嬌：豬砧頂有規隻大豬咧等我剁，我無閑來汝免閣講，佮聽落去我就愛會抓狂！

△好喙嬤忙從懷裡，拿出一塊喜糖，往利喙春嬌嘴裡塞。

好喙嬤：來，食一个甜，才會有好喙婧！

△利喙春嬌立刻避開。

春嬌：食啥物甜，我尚無愛這種喙食物，含咧喙內教我怎開喙，袂當相罵是尚克虧！

△春嬌說完立刻轉往肉攤剁肉，留下好喙嬤一人，悵然若失。

好喙嬤：我就毋信，無法度度汝這个利喙嬌，一定愛汝歹喙變好喙。

△好喙嬤無奈下場。

第四場：風流班首

人物：逍遙君、明仔、順娘、春嬌、舞群（代表鶯鶯燕燕群）

△風流瀟灑的明仔，手執玫瑰花出場。

△順娘、春嬌忙著擺攤。

明仔唱：

　　尋花問柳是天性，英俊瀟灑正少年。

　　奅姼功夫是第一頂，人稱情聖風流明。

△舞群飾演村姑，一個個見到明仔電眼，立刻靠過來投懷送抱，立刻又被其爸爸、媽媽拉著，指著風流明仔鼻子大罵。把女兒藏在身後，明仔忍不住又往躲在身後的姑娘們放電，引的姑娘們臉紅心跳。惹得爸爸媽媽們直跺腳。最後死拖活拉的拉下場。

△小女孩含著棒棒糖上場，一見到風流明仔，甜甜的笑著。

小女孩：大哥哥，汝足緣投个，我足佮意汝，汝娶我好否？

明仔：小妹妹，我嘛足想欲娶汝，猶毋過，汝猶閣傷少歲，我驚人會講閒話。等汝大漢才來相揣，哥哥會專工等汝一个。

△女孩年輕媽媽上場，一看到風流明仔，就眉開眼笑。

年輕媽媽：帥哥，實在真歹勢，日後汝那欲娶阮咱查某囝，是毋是會當予我綴！買一閣順勢佮一个。

明仔：當然嘛是好，恁攏是我个心頭好。

△狀漢出場，一見妻子花癡模樣，氣瘋了。

壯漢：阿無恁兩个，是佇遮綴人痟啥物？毋驚予人看著捂恁爸个面底皮，猶毋緊佮我轉來去食清糜！

△壯漢拉著兩人下場，經過風流明仔身邊時，仰著頭哼一聲。
壯漢：看來看去，看懸看低，伊那有我緣投。恁遮查某人，目睭攏擘無金，袂曉欣賞真正个男人。
△明仔看著三人下台，不以為意。一眼又看上擺豆腐攤的順娘。忙走到順娘身邊，深情遞上一朵玫瑰花。
明仔唱：

我送汝一蕊玫瑰花表示我愛慕汝，
玫瑰花開較真正希望汝會愛護伊～

△順娘不為所動，繼續忙著擺攤。
△明仔深感詫異。
明仔：無可能啊～憑我仔人範，怎有可能會起手無回。
△明仔又驅向前，用溫柔眼光發射。
明仔：姑娘！汝婧較一蕊那花咧，是毋是會當招汝盈暗共同來賞月。
△順娘抬頭看風流明仔一眼。
順娘：先生，我無想欲害汝啦，請自重！
△明仔頭一次被拒絕，實難以接受。又頻頻對順娘放電。
明仔唱：（白）姑娘，

我是府城內个美男子，溫柔體貼又仁慈。
花前月下倆相處，聽汝對我講心事

順娘唱：

順娘生來就會剋翁，命運佮汝無仝款
不忍看汝命來送，汝趁早回頭袂相弄

風流明仔：啊這是啥物道理，婧人卻無婧命，真是令人厚猜疑。姑娘汝看我深情款款咧看汝，敢講汝袂心動、發燒、流清汗、頭眩目暗、坐立不安、進退無路、想東想西、袂食袂睏、跤酸手軟、心肝噗噗跺、毋知寒毋知熱、恨袂得盈暗趕緊來！

順娘：一點就無反應！

風流明仔：啊～這那有可能，實在是難以接受，我真正是去食到羹囉～

△明仔首次交友敗北，一蹶不振。垂頭喪氣。但立刻又恢復生氣。

明仔：無要緊，「遮溪無魚，別溪釣」，憑我風流明仔手腕，是「撩妹」（國語）高手，免驚奅無妹妹。

△明仔立刻轉換目標，想對春嬌下手。

明仔：我一个孔武有力个好大姐，可願盈暗佮我月下兩相隨。

△忙著剁肉的春嬌瞪了明仔一眼。

春嬌：聽無！說人話！

明仔：我是想欲佮汝約會啦～

△春嬌聽完，把殺豬刀架在明仔胸口。

春嬌：明仔～汝對我猶敢有興趣？

明仔：不敢！不敢！大姊頭仔～汝刀擽較開咧～無會傷著人。

春嬌：知影驚就好~袂閣來囉嗦。

明仔：阿我今仔日是按怎？那會找無半人通相好？

賣菜芹：少年个，汝看我如何？

明仔：阿婿，汝年歲有較濟，我牙軟哺袂落下去，實在真歹勢。

賣菜芹：無眼光，哺老个才袂中風！

△逍遙君手執權杖上場。

逍遙君：前面可是自認"風流瀟灑，英姿煥發，舉世無雙"个風流明仔。

明仔：我是風流明仔無錯，猶毋過毋是自認"風流瀟灑，英姿煥發，舉世無雙"而是經過國家鑑定、童叟無欺、品質保證个。

逍遙君唱：（白）汝遮个滿身爛桃花个風流明仔

桃花春色暖先開，明媚誰人不看來。
可惜狂風吹落後，殘紅片片點青苔。
情絲不斷成亂愛，難成眷屬是悲哀
貪戀蝶性應悔改，收心專一才應該

明仔唱：（白）愛我專一，遐是無可能

人間處處是芳草，貪花好色不為過
獨守孤枝袂可靠，佳人那變心就啥攏無
古早皇上坐高位，設三十六宮七十二嬪妃
效法君王展志氣，那有一半我就滿意

△逍遙君忽然化身為美女。

逍遙君唱：

入世出塵美紅粉，甘願今生來伴君
問汝可願守本份，只愛我一人無議論

△明仔看得如癡如醉。

明仔唱：

姑娘生婧如仙女，許配予我是袂克虧
毋閣長長五更過一暝，加來規个才趣味

△忽然跑出一個使者。對著逍遙君拿出一張黃牌。

使者：逍遙君禁止使用法力，現黃牌警告一遍。

△逍遙君立刻被打回原形。

明仔：原來汝是假个，汝遮个「死人妖」（國語），猶敢戲弄我！

逍遙君唱：

濫情滿心桃花纏，千勸萬勸勸袂醒
怒氣中生泄袂哩，佛猶動火將汝來教示

△逍遙君抽出權杖，往風流明仔身上抽去。

逍遙君唱：（白）就算無用法力，我嘛是欲好好將汝來教示

啊～啊～啊～
滿口繆論心難靜，出手教示汝小畜牲
斬斷桃花滅禍根，看汝如何閣濫情

△逍遙君揮杖打向風流明仔身上，風流明仔被打的哇哇大叫。

明仔：阿汝是咧創啥啊～拍的我滿身疼痛。我愛佳人，有啥物毋對。「愛」个定義為一切善惡諸法之策源地。愛就是不分宗教、不分國界、不分種族。無私無我个人間至愛，所以我欲博愛天下佳人。因為博愛仁者，為公愛而非私愛。

逍遙君：汝滿胡言亂語，曲改古人之意。真是無法可醫。

△明仔被打得滿頭包，還不忘對台下佳人猛拋媚眼。

明仔：淑女佳人！汝叫啥物名，等一下，無通走，愛等我。

△逍遙君氣的一把掄起風流明仔，往後台走。

逍遙君：汝遮个嫪仔詼，隨我來去，我就毋信教汝教袂變！

明仔：救人喔～台下个媠姑娘，救人喔～

△明仔被逍遙君硬拖下場。只留下順娘、春嬌、賣菜芹看的呆若木雞。

第五場：天剋地衝

人物：順娘、姻緣伯、紅花姨、刣牛陳、賣菜芹、鄉民數位

△紅花姨打扮得花姿招展拉著雄壯威武的刣牛陳上場。一見到順娘，喜出望外拉著刣牛陳到豆腐攤前。

紅花姨唱：（白）順娘啊～我佮汝講一个好消息
遮个就是刣牛陳，我千挑萬檢个人選
連剋三房个硬命翁，保證會當陪汝一世人

順娘唱：（白）紅花姨毋好啦～
我連煞四个短命漢，註定今世守空房
命閣較命嘛無彩工，驚會害人將命送

△紅花姨一把把刣牛陳推到斷掌順娘眼前，拍著他的結實的胸部

紅花姨：順娘遮遍我選个絕對無相同，汝看伊是遮粗勇，胸坎若水牛，手股若大樹，氣力十足，日可操、暝可拼，絕對有檔頭，袂遐爾短命，無汝嘛試看袂，就知有影猶無影！

刣牛陳：是啦，順娘姑娘，汝媠較那西施，我看著汝就真佮意，願意娶汝做我第四房个妻兒，我絕對會當為汝食百二！

△紅花姨跟刣牛陳盛情讓斷掌順娘難以推卸，只好點頭。

順娘：無，好啦，我就先口頭答應。

紅花姨：按呢毋才對，不枉我紅花姨日夜替汝咧走從！

刣牛陳：按呢我真歡喜，總算閣有第四个媠妻兒，通好過日子！哈！哈！哈！

△刣牛陳笑得太用力，引發心臟病，整個人休克倒地。

紅花姨：哎喲！刣牛陳汝是按怎樣，那會倒佇咧塗跤兜，咧袂喘氣！

順娘：害啊啦，又閣是我做个孽，刣牛陳个，我反悔啊，無想欲嫁予汝！
汝就緊清醒！

△斷掌順娘話才剛說完，刣牛陳立刻清醒。

刣牛陳：我是按怎那會倒佇遮！

紅花姨：汝就聽到順娘答應講欲嫁予汝，就死死暈暈去！

刣牛陳：啊是又閣是按怎精神个！

△一旁賣菜芹立刻幫腔。

賣菜芹：煞毋知，就順娘講無想欲嫁汝，汝就隨清醒！

刣牛陳：緊張！恐怖！伊比我較業命，我那欲娶伊，隨時著愛赴陰司，我有十條命就無夠死，遮叢婚事就煞煞去！我愛緊離開！

△刣牛陳立刻起身就跑，紅花姨拉也拉不住。

紅花姨：順娘歹勢啦，我會佮繼續拍拚，一定助汝脫離孤星命！

賣菜芹：我看是袂較好，免得佮惹風波！

紅花姨：賣菜芹啊，我咧做媒人，關汝底代？

賣菜芹：我是替汝做功德，免得白害人喪命！

紅花姨：汝！

△順娘忙出面勸阻兩人起衝突。

順娘：紅花姨，袂閣佮伊兔，我感謝汝个好意。

紅花姨：順娘汝就足捌道理，紅花姨一向尚挺汝，汝閣等我候時機，我必能予汝來有所歸。

順娘：紅花姨，我心領就是！

△紅花姨無奈下場。

△姻緣伯上場，一看到順娘就喜孜孜的。走到順娘豆腐攤前。

姻緣伯唱：（白）媠姑娘啊，

伯公今仔日出門就傷衝碰，袂記紮錢毋知欲按怎講

想欲佮汝賒兩塊个豆腐角啊轉來去中晝配便當，

明仔載才來付帳汝看會通猶袂通

順娘唱：

人講出門三不便　，袂記紮錢是難免

豆腐親送到面前，算是佮伯公來結緣

姻緣伯唱：

姑娘聰明佮伶俐，舉止端莊又秀氣

體貼善良好教示，將來必結好連理

順娘唱：

伯公呵咾毋敢當，只是萍水來相逢

命理剋夫罪孽重，婚姻之事毋敢望

△姻緣伯從懷裡掏出一條紅線，往斷掌順娘手上一套。

姻緣伯：無通按呢講，來伯公感謝汝送个豆腐，這條紅線嘛是欲佮汝結緣。

助汝早有好姻緣！

△不料紅線才到斷掌順娘手上，就立刻斷掉。

順娘：伯公，紅線斷去啦！

姻緣伯：那有可能，我就換一條較粗个。

△姻緣伯又拿出一條三倍粗的紅線，套在斷掌順娘手腕上，但又立刻斷去。

順娘：伯公，紅線嘛是閣斷去囉～

姻緣伯：我就毋信，我佮換一條上粗个！

△姻緣伯再拿出一條粗若麻繩的紅線，拴在斷掌順娘手背。不料卻整個起火燃燒。

順娘：伯公啊～那會按呢？

姻緣伯唱：

我牽姻緣千萬千，紅線著火是頭一遍

若無對策能應變，枉負盛名是了然

順娘：伯公啊～無要緊啦，我無姻緣慣勢啦～

姻緣伯：怎會當慣勢，汝等我，伯公一定會破汝个命格！汝等我！

△紅線伯公急呼呼的欲下場，碰到前來使者。忙抓著他問。

姻緣伯唱：

紅線送到手中就燒去，禁用法力我無違規，

恁特意阻礙我就欲受氣，公道何在逆天理

使者：燒汝紅線毋是我，伯公汝愛詳細查。

姻緣伯：好，我一定會查予清楚。

△順娘滿臉無奈，賣菜芹在一旁幸災樂禍。
△舞台燈滅！

第六場：透骨酸心

人物：三郎、醋甘婆、搶匪甲、乙、春嬌、鄉民數位

△醋甘婆化身女乞丐，向路人乞討。
△三郎細數錢袋中銀兩上場。

三郎唱：

替人寫帖趁所費，盡收攏是零星錢
一仙五釐嘛歡喜，知足淡薄過日子

△三郎開心地數著錢。

三郎：今仔日總算有夠錢買一个肉包通好吃，我已經是三股月毋知肉味囉。

△路人甲上場，不小心撞了一下三郎，三郎手中零錢被撞掉了，三郎立刻蹲　下身撿錢。

三郎：拍無見三仙錢，看來今仔日是袂當食肉包改食饅頭就好。

△話才剛說完，路人乙上場，又和三郎撞個滿懷，手上的幾個銅板又掉了。

三郎跪在地上，找了半天，才只找回一個銅板，哭喪了臉。

△路人丙上場，看了看跪在地上的三郎，跟跪在一旁乞討的乞丐，將手中銅板丟給一旁的乞丐。

三郎：我遮爾衰，真正是比乞食猶較無人緣！

△三郎心灰意冷，將手中唯一的銅板，也放入乞丐碗中。

三郎：看起來連饅頭嘛買袂起，只會當轉來去番薯湯罔啉。

△醋甘婆，看了看三郎。

醋甘婆：三郎啊～

三郎：阿婆汝咧叫我？

醋甘婆：啊無戲臺頂，敢閣有第二个三郎？

三郎：無啦，啊就別人攏叫我衰尾三郎，無人遐客氣叫我三郎啦～

醋甘婆：（白）汝遮爾戇囡仔～

空有滿身个才氣，定定三頓難維持
散赤人那看會起，是袂按怎娶妻兒

三郎唱：

仕途之路迢迢難，淡泊過日心清安
娶妻成家毋敢望，誤人終身一世人

醋甘婆唱：

醋甘婆知汝有志氣，酸味相投來助汝

金銀財寶來加持，必能成家成大器

三郎唱：

阿婆心意我心領，無功受祿理不明
三郎衰尾是原生，跤踏實地順天行

醋甘婆唱：（白）少年仔，汝愛聽老身講，

自命雖然是天注定，運卻是人為能改變。
風水、積德、聽古言，扭轉定數換前程。

三郎：婆婆，汝千萬毋通對我傷好，對我好仔攏無好報。

醋甘婆：是按怎講。

三郎唱：

三郎出世就成孤兒，爹親病故娘親死
舅公將我來育飼，煞著瘟疫拖袂過五更
弱冠之年赴鄉試，主考官賞識我好文字
親點秀才排第四，卻心病發作一命歸陰司
我是倚山山崩、倚壁壁倒，倚豬稠死豬母
人看人厭、鬼看鬼驚，虱目魚看到會跳過岸
衰頭衰尾、一身狼狽，我閣修十世嘛無夠賠

醋甘婆：停！三郎啊，我就毋信，汝衰尾命運無法可改。

△醋甘婆從懷裡拿出一個金元寶，遞給衰尾三郎。

醋甘婆：汝看這是啥物？

三郎：金元寶啊，我今看過，毋捌用過。阿婆汝只是一個乞食，那會有這貴重个金元寶。

醋甘婆：乞食婆嘛是會當粒私奇，粒久嘛會變好額。老身就送汝，遮个金元寶，予汝會當成家買新厝。

三郎：阿婆啊，如此重禮，三郎不能接受。

醋甘婆：講啥物袂使接受，金元寶是欲借汝猶毋是免還个。

△醋甘婆將錢往三郎身上塞。三郎才拿過手，正要拒絕時。搶匪甲、乙持刀上場。

搶匪甲：現場个人，攏袂振動，將身軀頂个錢交出來，才免麻煩！

△三郎嚇的面無人色。醋甘婆看著碗中銅板正想拿起來。

搶匪乙：乞食婆汝先免驚，阮是尚有職業道德个強盜，無欲搶零星！

醋甘婆：感恩喔！

△搶匪甲往衰尾三郎懷裡一搜，就拿出金元寶。

搶匪甲：看袂出來汝遮个黃酸啊～身軀會紮遮濟錢。

三郎：我那有可能有遮濟錢，攏是身邊遮爾阿婆伊予我个。

搶匪甲：哦～若按呢？老阿婆自己就將其它个錢挈出來，免得阮動手。

△醋甘婆護著身子。

醋甘婆：恁恁恁，想欲創啥，恁那敢磕我，小心我告恁，「性騷擾」（國語）！

搶匪乙：「性騷擾」（國語），阮無食遮穤！

三郎：不准恁傷害阿婆！

△搶匪甲把刀架在三郎脖子上。

搶匪甲：啊汝是憑啥物敢嗆聲！

三郎：就憑我是頂天立地ㄟ查甫囝！怎會當看俖欺負老人家！

醋甘婆：總算猶閣有志氣！不枉老身ㄟ咧挺汝！

搶匪乙：好！想欲做鬼，阮兄弟就成全汝！

△搶匪甲、乙，拿刀想取衰尾三郎性命，醋甘婆忙拿起醋矸，想暗中施法，保護三郎。

△使者突然上場，給了醋甘婆一張黃牌，並將她手中醋矸沒收。

醋甘婆：啊汝嘛稍參祥咧～人命關天。

使者：規定就是規定，袂使改變。

△使者下台。

△春嬌正好上場，看到三郎危急，忙拿起兩把殺豬刀，砍向搶匪。

春嬌：住手！不准俖欺負我ㄟ三郎！

【合唱】

　　疾疾律令來相助，豬肉嬌仔變猛虎

　　雙刀如火直直落，拍較搶匪塗塗塗

△春嬌三兩下就把搶匪打倒在地。

醋甘婆：姑娘，汝真是好本領，三二ㄟ手就將強盜來制服。

△三郎看著地上躺著的兩位搶匪，嚇的腳都軟了。

三郎：多謝姑娘出手來相救。

春嬌：唉呦可憐喔，我無甘啦～三郎汝驚較面仔青恂恂，來予我惜惜，凡事有我予汝靠，山崩地裂嘛免煩惱！

三郎：我就講我衰尾是無地救，阿婆汝ㄟ盛情我無法通消受，頭遍有錢就去予人搶，那閣再來我必定一命休！

△三郎話一說完，就暈倒在春嬌懷裡。

△春嬌靦腆，立刻把三郎攙扶下台。

醋甘婆：啊這是咧按怎，台頂賭ㄟ人攏倒佇遮，我看是毋通閣拖沙，遮場戲就愛來喊煞！

△舞台燈滅！

第七場：徒勞無功

人物：逍遙君、醋甘婆、姻緣伯、好喙嬤、三郎、春嬌、順娘、明仔

【合唱】

孟婆親點府城內，四大孤鸞來排解

歹喙、剋夫、酸秀才，風流、缺角攏齊來

△四大月老，追著四大孤鸞星四處跑。

△好喙嬤跟著春嬌，想勸她多說好話，卻被春嬌大嗓門嚇得魂都快掉了。

春嬌：啊汝遮爾老阿嬤，是按怎講袂伸捙，愛我改喙是袂創啥？我春嬌利

喙才會通人驚！

好喙嬤唱：

惡心佇內無人知，歹喙在外是透全台
春嬌汝性地就愛改，才會早日配有好翁婿

春嬌唱：

阿嬤汝閣講十遍嘛仝款，毋免閣再了戇工
各人心性無相同，我春嬌孤毛屈嘛甘願

好喙嬤：春嬌，汝嘛聽我勸。

春嬌：汝免閣講啊，我欲作生理無閒閣汝答喙鼓。

好喙嬤：春嬌啊～

△春嬌氣的舉起菜刀。

春嬌：汝是欲走猶毋走！

△好喙嬤也氣得翻臉了。

好喙嬤：我那是毋走咧！

春嬌：按呢，我就請汝食豆腐！

△春嬌氣得拿起順娘攤上的豆腐，砸向好喙嬤。

△姻緣伯上場，看到好喙嬤樣子，笑岔了氣。

姻緣伯：好喙嬤～豆腐有好食否？

好喙嬤：汝惦惦較袂著槍！

△姻緣伯走到順娘身邊，再拿起一條五彩姻緣線。

姻緣伯：順娘啊，遮遍換五彩索，耐磨尚牢靠，應該袂閣引火著。

順娘：阿伯，毋免啦～

姻緣伯：愛，就是愛堅持！

△姻緣伯硬把姻緣線往順娘手上套。

△忽然一陣煙霧升起。豆腐攤上火光四射。一股強大力量把姻緣伯震飛。

好喙嬤：牽一个姻緣線，會牽卡按呢霧煞煞！起風閣飛砂！遮是咧按怎！

姻緣伯：我那會知，我就對汝姓！

△逍遙君抓著明仔入場。明仔被打的皮青臉腫。

明仔：英雄！好漢！汝袂閣拍啊～就算汝將我拍死，我嘛是堅持：「大愛」个精神！

逍遙君：風流明仔，汝為啥物就是毋肯悔悟！專情有啥物毋對！

明仔唱：

我英俊瀟灑賽潘安，目尾牽線會電死人
沾花蝴蝶若入花坩，怎會獨採孤一欉

逍遙君唱：

胡言亂語歸大堆，花債孽緣身相隨
若不是法力被束死，我早就送汝歸陰司

逍遙君：汝相貌堂堂好少年，心術不正是枉然。愛知影男女之間……

△逍遙君還在發表長篇大論時，明仔看到順娘，風流性又起，直撲向豆腐攤。

明仔：姑娘～多日不見，心內掛念。汝是毋是心有同感。

順娘：汝又閣來啊～我無感覺啦～
明仔：又閣無感覺～請予小生淡薄時間，聽我對汝講情話，汝絕對會當有體會。
順娘：倌人～我看汝傷得不輕～愛緊看先生才要緊。
△逍遙君一看明仔死性不改，無名火又起。
逍遙君：明仔，汝真正是無藥通醫！
△逍遙君正想再教訓明仔。明仔見苗頭不對，想逃跑時，跟上場的三郎撞個滿懷。
明仔：無是佗位來个噗嚨共，東西不分碚碚傱。
三郎：歹勢啦，我無注意。
明仔：汝那害我走袂離，我就拍汝來出氣。
△春嬌見有人要欺負三郎，忙拿起菜刀，挺身而出。
順娘：明仔，汝那敢找三郎出氣，就袂怪我對汝無客氣！
△明仔那敢再逗留，先跑先贏。
明仔：不敢！不敢！我先告辭就是！
逍遙君：明仔汝欲走佗位去～毋通走～
明仔：毋走～毋走是癮頭～
△明仔忙逃命，又跟上場的醋矸婆撞成一團。
△逍遙君氣得牙癢癢的，要抓明仔，又不小心抓到三郎。
△春嬌護著三郎，手執雙刀跟逍遙君對峙。
春嬌：將三郎放落來。

△逍遙君一看抓的是三郎，就把三郎摔下。

逍遙君：我抓毋著人囉～姻緣伯啊，替我將風流明仔押落來。

△姻緣伯只得起身，要抓明仔，地滑又跟醋矸婆撞在一起。

醋矸婆：我今仔日是愛跋規擺？

△明仔想逃，好喙嬤想幫忙，一個閃失又絆倒好不容易站穩的三郎。

三郎：我嘛是～今仔日會摔死。

△逍遙君大怒，拿起豬肉攤上豬肉扔向明仔。卻沒扔中，砸中滿臉豆腐的好喙嬤。

好喙嬤：天啊，我今仔日是去患到啥？那會衰運攏過予我。

△明仔趁機終於逃脫。

△春嬌一見豬肉被摔，氣不過拿起雙刀，向逍遙君敲過去。

春嬌：汝敢動我个豬肉，袂堪个氣！找死！

△逍遙君頭被敲暈了。

逍遙君：我是逍遙君，如今變成失了魂～

△台上四位月老全狼狽撞成一團。

四人齊聲：那會按呢～煞～

△舞台燈滅！

第八場：細說根源

人物：逍遙君、醋甘婆、姻緣伯、好喙嬤、孟婆

△逍遙君、醋甘婆、姻緣伯、好喙嬤四人灰頭土臉立在台上。一個個哭喪著臉。

姻緣伯：「香菇！」（國語）
逍遙君：「難瘦！」（國語）
好喙嬤：「寶寶不說！」（國語）
醋甘婆：「寶寶難過！」（國語）
四人齊聲：唉～
姻緣伯：牽袂成！
好喙嬤：勸毋聽！
醋甘婆：死袂變！
逍遙君：拍毋驚！
四人齊聲：唉～

△姻緣伯看著一旁逍遙君，直嘀咕。

姻緣伯唱：

啊毋是講汝斬桃花予人尚呵咾，爛桃花對汝來講是小兒科，
今馬遇著痟豬哥毋是尚拄好。哪會佇遐無奈又閣咧喊艱苦！

逍遙君唱：（白）無奈啊～

一世人毋捌拄著遮款多情漢，桃花仙斬就斬袂完

我拍伊是拍較手齊懶，無法可施才咧起怨嘆。

好喙嬤唱：（白）我嘛是～

春嬌喙利是無地比，相冤級數會當飛上天

愛伊改性，像欲愛伊死，我苦勸毋聽是無了時

醋甘婆唱：（白）攏仝款

好心送伊淡薄錢，助伊買厝通娶妻兒

伊卻毋肯過好日子，驚食白米會哽死

姻緣伯唱：（白）想袂夠～

紅線難牽無姻緣，腦筋動盡嘛難改變

明明婧較若神仙，命卻親像苦黃蓮

△四大月老你看我，我看你。垂頭喪氣。

四人齊聲：唉～

△孟婆搖搖擺擺上場。看到四大月老病歪歪模樣。關心問候。

孟婆唱：

阿恁四个那會攏佇遮，罕得作伙坐相倚

恬恬毋管輸猶贏，是何緣故講予我孟婆聽

姻緣伯：無啥物好講个～

孟婆：進展是如何？

好喙嬤：「87 分不能再高了！」（國語）

孟婆：恁有盡力否？

逍遙君：吾已經用盡「洪荒之力」（國語），嘛是徒勞無功！

孟婆：到底恁是拄著若大困難？

醋甘婆：「94 難！」（國語）

孟婆：今馬恁逐家，是無想欲閣爭論啥牽紅線法力尚懸囉~

逍遙君：今馬阮只想欲替四个牽成姻緣紅線就好！無想欲比囉。

孟婆唱：（白）恁啊，可知情~

奈何橋前可奈何，斷腸草愁愁斷草
彼岸花開開彼岸，三生石前三生悟

四人齊聲：孟婆，這是按怎講咧~

孟婆：孟婆我是掌管陰間"遺忘"女神，屢屢陰間个癡男怨女，來到奈何橋前，欲啉落彼碗「孟婆湯」時，內心是何等苛責。緣定三生，怎會當講放就放。有若濟人對孟婆講，若是閣來一遍，佃定會珍惜命中有緣人。姻緣定數，皆有因果。

四人齊聲：因果！

孟婆唱：

春嬌頂世啞口身痃勢，受盡大家荼毒佮凌遲
有苦難言被折磨死，下願今生伊定欲做「犀利人妻」（國語）

好喙嬤：可憐喔！莫怪～利喙春嬌今世人才會遮爾啊愛佮「婆婆媽媽」（國語）相觸！

孟婆唱：

三郎前世是好額人，家產十代嘛食袂空
無煩無惱卻心沉重，立誓來生欲過个日子愛無相仝

醋甘婆：就是按呢啦～三郎是將十世好運，一世用盡。所以就會今世才會衰到底！

姻緣伯：順娘咧？敢講伊頂世人，有做啥物重大失德代誌？所以今世無翁緣？

孟婆：這就愛怪汝囉～

姻緣伯：怪我？遮是按怎講？

孟婆唱：

頂世夫妻情似海，有如蓮花併蒂開
翁死難捨結髮愛，守護順娘毋投胎
今生為妻得真情，常敨紅線動鉸剪
斬掉順娘个姻緣，想欲獨佔伊終生

姻緣伯：這又閣佮我有啥物關聯？

孟婆：這个癡情漢趁汝盹龜時陣，偷提汝个"無情剪"才會當剪掉順娘个姻緣。

姻緣伯：這…這…這…我哪會全無印象？

醋甘婆：汝就食老頭殼佇咧起煙霧，記啥物代誌攏嘛是殕殕！

逍遙君：孟婆啊，風流明仔前世又閣是如何呢？那會今生如此多情。

孟婆：逍遙君，這嘛閣汝脫不了關係

逍遙君：這是何道理？

孟婆唱：

牽紅線時汝手震動，引來一陣無名風
緣粉全偃倒佇伊身上，才會纏得伊桃花滿身紅

逍遙君：就是因我而引起，難怪我斬伊桃花才會斬袂離！

孟婆：這四个人無姻緣个前因後果，恁逐家攏了解囉。今馬拍算欲如何？

△四個人互看，點點頭。

四人齊聲：彌補過錯！

孟婆：講的好，有法就有破。萬物皆受定律規範，相生又相剋，數學內底猶有「負負得正！」（國語）定理。恁四个該共同合作，發揮專長，為𪜶四个再造好姻緣。

四人齊聲：對！

孟婆：哪按呢就愛趕緊進行。

姻緣伯：咱愛放下個人成見～

逍遙君：分頭進行～

好喙嬤：反轉𪜶个命運～

醋甘婆：創造𪜶美好姻緣～

四人齊聲：咱月老三十六計妙計用，𪜶四个前程必定能改變！

△四大月老及孟婆下場。

△舞台燈滅！

第九場： 冰火同爐

人物：逍遙君、醋甘婆、姻緣伯、好喙嬤、孟婆、三郎、春嬌、順娘、風流明仔、亡靈

△春嬌急沖沖上場，手握著一張信箋。

△三郎窩在板凳上，扒著一碗稀飯，吃的津津有味。

春嬌：讀冊人，我拄好欲找汝，有代誌-欲拜託汝。

三郎：正義春嬌姐，是有啥物代誌，愛我幫助，造汝講就是，拜託兩字我擔袂起～

春嬌唱：

庄跤來了一張批，講有重大事件欲相揣

春嬌對字所捌是無濟，拜託汝替我來解謎

三郎：是欲看批，無問題，我隨替汝看

△三郎忙把飯碗放下，拿起信看。

△春嬌端起飯碗看了看，無限同情。

春嬌：可憐喔～三頓攏食這。實在是真毋甘。

三郎唱：（白）春嬌姐，這批頂高是寫講～

庄跤族群欲處理家產，田地大瓦厝分予恁四房

春嬌姐恁兜就只賰汝一人，所得是田地半畝佮錢十萬

春嬌：啥～我會當分著遮濟錢喔～我是毋是咧作夢。

三郎：真是太好囉～春嬌姐，有遮濟錢，汝就會當好好創作新个前程，若像我一身布衣、兩袖清風、三頓泔糜、四時無望。

△好喙嬤立身前左方舞台，偷偷觀看二人舉動。

春嬌：三郎，汝袂當失志，總有一工，汝一定會有出脫，汝看我春嬌嘛是一个人，今仔日突然去分到家產，汝看這就是苦盡甘來。

三郎唱：（白）春嬌姐～

我佮汝是無仝款，家族只有我一人

孤單散赤身缺憾，功成名就毋敢望

△醋甘婆立身前右方舞台，暗中對舞台左方好喙嬤使眼色。

醋甘婆：穿針！

好喙嬤：引線！起！

△好喙嬤將紅線一頭拋給醋甘婆，醋甘婆立刻把紅線繫在三郎手上。

好喙嬤也立刻將紅線綁在春嬌手上，並拍拍春嬌的嘴。

好喙嬤：愛好喙，袂定定發脾氣。

△醋甘婆也拍拍三郎肩膀。

醋甘婆：三郎，查甫人愛擔會起。

△被繫上紅線兩人，一時如天雷勾動地火。

春嬌唱：講啥物成功無了時，春嬌欣羨汝會讀詩
　　　　咱兩人攏是同命理，哪無棄嫌我就嫁予汝

三郎：啊～這⋯怎可⋯

春嬌唱：（白）哪有啥物不可个～
　　　　我春嬌个惡名是滿街市，無人看了會佮意
　　　　粗魯、利喙、歹教示，是我見笑配袂過先生

三郎唱：（白）春嬌姐，汝千萬無通按呢講，
　　　　自頂擺菜市初相逢，我就對汝日思夜來夢
　　　　驚佮汝帶衰才會毋敢講，咱兩人个心意是相通

春嬌唱：（白）那按呢就好囉～既然
　　　　汝有情來我有意，好事化衰喜沖天
　　　　轉來去阮故鄉做生理，汝出力來我出錢

三郎唱：一切攏照春嬌姐个指示，認真拍拚候時機
　　　　雨過天青好天氣，甜甜蜜蜜來過日子

△春嬌、三郎手挽著手甜蜜退場。

△好喙嬤、醋甘婆高興相互擊掌。

好喙嬤：總算是功德圓滿～

醋甘婆：了我个一層心頭願～

△好喙嬸、醋甘婆退場。
△斷掌順娘上場，默默收拾攤位。
△明仔神情憔悴上場。

明仔唱：

毋之犯著啥物症，渾身疼痛是酷刑
跤酸手軟心肝凝，喉焦喙闊看袂清

△昔日對明仔投懷送抱的姑娘，見到明仔衰樣，紛紛走避，唯恐不及。
△明仔無奈笑笑。
△順娘看到明仔落魄模樣，一時心軟端起一碗豆花，送到他面前。

順娘：天氣冷，食一碗燒豆花，止飢去寒著。
明仔：感謝姑娘來疼痛，知我遮時个輕重。

△風流明仔三兩下就把豆花吃完後，立即用愛慕眼光看著斷掌順娘。

明仔唱：（白）遮碗豆花有如及時雨，溫柔體貼我个心窩

姑娘一見是如故，莫非前世行仝路
互相維持相照顧，三生緣定睏同舖

順娘唱：

人客實在袂創治，順娘毋知愛啥物
連配四翁攏來死，怎有夫緣結連理

△明仔一聽，傻住了。

明仔唱：

斷掌連死四个翁，命運真是創治人
寒夜獨處守空房，生婧命歹無彩工

△逍遙君出現右後方舞台。偷將手中紅線綁在明仔手上。

△明仔立刻止步又回，走到順娘攤前。

風流明仔唱：（白）姑娘，我毋管汝定過規門親事，我風流明仔～

絕對袂計較汝過去，只望佮汝兩相依
若有機會我袂放棄，對汝情深非一時

斷掌順娘唱：

規年慣係一个人，自立自強無埋怨
配夫送命千毋通，甘願獨身來守空房

明仔：這⋯欲叫我按怎應？

△逍遙君一聽，又將明仔手中紅線一拉。

△明仔立刻握住順娘雙手，款款柔情。

明仔唱：（白）我不管啥物八字命硬～我只要

守得一時算一時，真心為愛何為畏，
有汝，我落地獄猶歡喜，無汝，我上天堂嘛會傷悲

△順娘從沒聽過這等甜言蜜語，不禁也遲疑起來。

順娘：我⋯

△一旁姻緣伯再拿出紅線，正想套在順娘手上。忽然又起一陣煙霧阻止姻緣伯幫順娘套上紅線。

△姻緣伯與逍遙君忙用手指向眼睛。

齊聲：開天眼！

△亡靈自煙霧中穿出。

姻緣伯：就是汝咧阻止順娘姻緣。

亡靈：無錯！我欲一是人守護順娘。

姻緣伯：汝這是何苦？人鬼無仝路。

亡靈：我不管，順娘是我个，任何人就袂通將伊搶走。

逍遙君：阮就是偏偏欲牽順娘姻緣，看汝怎阻擋。

△姻緣伯立刻想將紅線往順娘手上套。

亡靈：我不准恁套！

逍遙君：阮就偏偏欲套！

亡靈：不准！

逍遙君：偏欲！

△逍遙君與亡靈展開搏鬥。

△姻緣伯得趁亂將紅線套在順娘手上。

△亡靈立刻撲向前，拿出無情剪，想剪斷紅線。

姻緣伯唱：

　　無情剪是我个掌中寶，關公面前猶敢弄大刀。

逍遙君唱：

絕人个姻緣尚罪過，浮屠七級嘛難彌補

△無情剪果然無法剪斷順娘手上紅線。

△醋甘婆跟好喙嬤上場，見狀隨即加入戰局。

【合唱】

三十六計來盡用，月老欲促成好姻緣

步罡踏斗摔跋反，分者必亡合者生

△四人聯手，終於將亡靈降伏。

△紅線在手後的順娘，被風流明仔感動。

順娘唱：

一世不滅我陪汝一世，十世不滅我陪汝十世

除非我魂飛佮湮滅，不離不棄今生汝一个

明仔：太好囉～我今生只愛汝一个～

順娘：滿心意～我總算會當有夫陪～

△兩人相擁下場。

亡靈：順娘～

好喙嬤：汝該放下囉～

醋甘婆：放伊去，嘛放過汝自己～

逍遙君：早日投胎轉世才是正途～

姻緣伯：莫再徘徊黃泉路～

亡靈：恁袂了解～我對順娘牽掛。

姻緣伯：阮知～汝放心。

好喙嬤：阮替順娘所牽个姻緣世尚妥當，袂予汝失望。

亡靈：伊是一个花花公子，我怎能放心。

逍遙君：經過遮爾濟教訓，明仔已經轉性，袂閣在風流囉～

醋甘婆：有阮佇咧～保明仔伊毋敢亂來。

好喙嬤：孟婆有對阮來提起，將來汝會投胎做順娘囝兒。

姻緣伯：按呢，汝嘛是會當好好有孝順娘，並保護伊一世人。這才是大愛精髓。

亡靈：既如此，我願意前去投胎。

醋甘婆：緊去～孟婆猶佇奈何橋前咧等汝。

△亡靈項四大愈老叩謝，心滿意足離去。

好喙嬤：莫怪有人講，後生是媽媽頂世个情人。

醋甘婆：遮句話一點就無錯。

姻緣伯：幸福美滿，還我夙願～

逍遙君：助伊改性，功成一等～

△四人互視大笑，開心下場。

△舞台燈滅！

終　場：百年好合

人物：逍遙君、醋甘婆、姻緣伯、好喙嬸、三郎、春嬌、順娘、明仔、紅花姨、偶師、舞群

△鑼鼓響天，四大月老神像由舞台前方走道一一恭敬抬上舞台。安置在舞台後方。

【合唱】

不畏山高水若深，月老牽線能鬥陣
孟婆自解相媒合，遣作夫妻共一心

△舞群帶領著明仔、順娘、春嬌、三郎四人喜孜孜捧著喜餅前來答謝月老。

△四人對月老膜拜後，抬頭看到四大月老神像後，有說不出熟悉感。

春嬌：翁仔，汝看遮爾大觀音亭个月老，是毋是足像定定愛我講改性講好話个好喙嬸。

三郎：毋若是伊，就連邊啊這尊重慶寺个月老嘛真親像尚愛佮我幫助个醋甘婆。

明仔：第三尊武廟个月老神像，猶若像是彼个將我損較悽慘落魄个逍遙君。

順娘：是啊～就連遮尊大天后宮个月老嘛佮對我尚好个姻緣伯一个模樣。

四人齊聲：若會遮拄好！遮是啥物緣故？

△紅花姨揮著手上絲巾，扭腰擺臀上場。

紅花姨：恁四个人攏佇遮～恭喜喔～

四人齊聲：阮攏愛感謝紅花姨汝這个大媒人，替阮促成美滿婚姻！

紅花姨：俗語話講：「姻緣是天注定，毋是媒人婆个跤𠢕行！」恁最主要嘛是愛答謝月老公將用紅線將恁雙跤箍鬥陣。才會當有恁兩對美滿个婚姻。

四人齊聲：紅花姨講的是～所以阮特別攢禮餅來向四大月老答謝。感謝四大月老厚愛予恁有好姻緣。

紅花姨：按呢就對啦！紅花姨尚歡喜就是，世間男女身邊攏有一个好知己，夫妻恩愛達百年！

△舞者化身成百姓，歡欣鼓舞，陸續前來向四大月老參拜。

△舞台前方左右舞台，出現逍遙君、醋甘婆、姻緣伯、好喙嬤、孟婆身影。

逍遙君：入離凡世俗！

姻緣伯：受無窮不足！

好喙嬤：了家緣孤宿！

醋甘婆：結神仙眷屬！

孟婆：歷劫情侶終有歸，齊眉月月復年年！

△星光乍現，女媧娘娘現身。

△女媧娘娘兩旁立著童子童女。

女媧娘娘：玄空莫測萬古成世育。女德無量千秋赫顯靈。

眾人齊聲：參見女媧娘娘。

女媧娘娘：眾生平身。恁四位月老盡力促成姻緣，功德圓滿，本宮特來冊封恁正式神位。恁進前聽封。

四人齊聲：是！

女媧娘娘：姻緣伯冊封為大天后宮月老。逍遙君冊封為武廟月老。好喙嬤冊封為大觀音亭月老。醋甘婆冊封為重慶寺月老。

四人齊聲：我等謝女媧娘娘封賜！

女媧娘娘：伏羲一畫開天地，女媧大道貫古今
泥人自此生情感，聖體從今坐廟堂

眾人齊聲：四大月老元神該回歸本位囉～

△台上眾人退場！

△音樂響起！

【合唱】

意中人，人佮意，
林間花鳥猶歡喜，解結枝頭兩相棲。
似水情，如花眷，
千秋佳話人爭羨，如影隨形萬萬年

△武廟月老、大天后宮月老、大觀音亭月老、重慶寺月老由觀眾席中入場。

△四大月老手捧喜糖、小禮物分贈給四周觀眾緩緩登上舞台。

武廟月老：願天下有情人終成眷，望世間眷屬，全是有情人。天賜良緣。

大天后宮：千里姻緣一線牽，有情人終成眷屬。

大觀音亭月老：月下姻緣前世定，老人紅線今生牽。

重慶寺月老：百年好合，回心轉意。

△四大月老站上舞台。

△偶師與木偶登場！

偶師：如何？今仔日个”月老說姻緣”是毋是真精彩呢！

木偶：原來月老想欲促成每一段姻緣，愛經過遮爾濟个困難，真是令人感心。

偶師：常言道 上窮碧落，有月老牽紅繩，定宿命姻緣。

下極黃泉，有孟婆熬濃湯，解三世執著。

木偶：”月老說姻緣”故事，不但精彩，猶會予人想欲一看再看！

偶師：若按呢～就應汝个要求，我就請個逐家閣出來囉～

△偶師引出眾演員謝幕！

△全劇終！

106 年 01 月 14 日修稿完成

106 年 01 月 29 日二修稿完成

苦海慈航 【劇本5】

前言：

【苦海慈航】本劇本榮獲20021年教育部文藝創作獎，傳統劇本特優獎項。

觀世音菩薩普門品：「觀世音以何因緣名觀世音，佛告無盡意菩薩，善男子，若有無量百千萬億眾生，受諸苦惱，聞是觀世音菩薩，一心稱名。觀世音菩薩即時觀其音聲，皆得解脫。」六道是苦海，三寶是慈航。眾生要想從輪回苦海中解脫，只有皈依三寶。謂佛、菩薩以慈悲之心度人，如航船之濟眾，使脫離生死苦海。基於現台灣所見總總亂象，正有如當時金沙灘一般，人心迷惘，荒蕩不安。是我改編自【魚籃觀音】，編寫【苦海慈航】主要動機，我也希望能出現一位如觀世音般大士，藉著來循循善誘，苦海慈航，勸世渡人，普渡眾生，引導迷失人群，重新找回善良本性。

劇情簡介：

觀音菩薩妙難酬　清淨莊嚴累劫修
三十二應偏塵剎　百千萬劫化閻浮
瓶中甘露常時灑　手內楊柳不計秋
千處祈求千處現　苦海常作渡人舟

「觀音：觀察世人苦難音聲，即垂手救援之意。」

觀世音菩薩因為「聞聲救苦」，所以名為「觀世音」，因為菩薩觀理自在、觀人自在、觀境自在、觀心自在，所以又名「觀自在」。

世音雖名菩薩，但在無量劫之前即已成佛，佛號為「正法名如來」，因感念眾生陷於無明苦海，六道輪迴，乃持其本願，倒駕慈航，示現菩薩相，救濟世間苦。

劇以大慈大悲聞聲救苦觀世音引出，魚籃觀音渡化眾 人事蹟，觀世音菩薩大慈大悲事蹟故事，教化民眾心靈，崇佛向善。藉以達人間至真，至善，至美境界！

人物簡介：

1觀音大士：為念蒼生，聞聲救苦，不願成佛。藉『觀』察天下多變易，『世』間百態多煩惱，『音』聲相和多無常。天庭雖缺「正法名如來佛」，人間卻添「大慈大悲救苦救難觀世音菩 薩」。

2魚籃觀音：觀音所化身漁家女，為拯救陜右金沙灘眾人，及渡化馬郎而化。

3馬二郎：陜右金沙灘人士，俊俏少年，知書達理，一見觀音所化身漁家女，驚為天人。為追求觀音化身漁家女，用心苦背佛經，臨了終是一場空。後在觀音化身渡化後，方解「世間即涅槃」，「生死即解脫」，「色即是空」，「無明實性即菩提」。頓悟後終身為觀音塑像。

4呂洞賓：八仙之一，四處雲遊的呂洞賓，巧遇在金沙灘普渡眾生的觀世音，愛促狹的呂洞賓有意給觀世音出難題，故意施法讓馬二郎與觀世音結下難解緣分。

5土地公：金沙灘土地，熱心善良，為讓金沙灘沉淪百姓回歸正途，竭盡心力，卻徒勞無功。觀音大士適時出現，彷彿為金沙灘燃起一盞明燈。

6張無盡：金沙灘首富，平日魚肉鄉民，貪財好色，家中雖已妻妾成群，但一見觀音所化身漁家女，心生愛慕，為獲佳人芳心，用盡心計，散盡家產，終難一親芳澤。後為魚籃觀音所渡，痛改前非，轉變成金沙灘大善人。

7善財：觀世音菩薩左脇侍。

8龍女：觀世音菩薩右脇侍。

9趙三郎：金沙灘魚夫，馬二郎摯友。為人詼諧。

10陳四郎：金沙灘農夫，馬二郎摯友。為人貪財。

11金五郎：金沙灘柴夫，貪婪成性。

12王婆：金沙灘老婦人，愛貪小便宜，張無盡為強娶魚籃觀音為妻，她為其說項，徒勞無功。

13老僧：觀世音所化之老僧，為點化馬二郎而化，在老僧提點後，馬二郎終能醒悟。解「色即是空」，「無明實性即菩提」。而觀世音，先以欲鉤牽，後令入佛智，苦心，終能讓金沙灘漁民虔誠禮佛。

場次簡介：

序場：救苦救難觀世音

觀世音雖名菩薩，但在無量劫之前即已成佛，佛號為「正法名如來」，因感念眾生陷於無明苦海，六道輪迴，乃持其本願，倒駕慈航，示現菩薩相，救濟世間苦。《悲華經》記載觀世音菩薩誓願之言：「吾行菩薩道時，若有眾生受諸苦惱恐怖，憂愁孤窮，不得救護，窮其心力，無法脫苦，若心中念我，稱我名字，無論我在何處，咸以天耳聞之，天眼觀之，脫其苦惱，即使一人無法得除如斯煩惱，我亦誓不成佛。」。自此天庭雖缺「正法名如來佛」，人間卻添「大慈大悲救苦救難觀世音菩薩」。

第一場：惡村現形

宋朝年間的陝右金沙灘，有百姓以漁業為生，因多造殺業之故，感召了一批作惡多端，罪孽深重的惡人橫行鄉里。領頭的叫張無盡，平日魚肉鄉民，勾結惡霸，惡事做盡，不愧綽號：「歹袂盡」。惹的金沙灘百姓叫苦連天。

金沙灘書生馬二郎，文質彬彬和漁民趙四郎、陳五郎為摯友。

金沙灘惡行上達天聽，天帝大怒，傳旨東海龍王水淹金沙灘，把金沙灘眾人入地獄受苦。觀音菩薩獲知此事，大慈大悲為眾人請命：「讓我去勸勸他們，如果能回心轉意，豈不是功德一樁！」天帝聽從了觀音菩薩的勸阻，便暫緩水淹金沙灘的旨意。

第一場：美醜之別

觀音到了金沙灘，變作一個窮苦的賣魚女子，彎腰曲背，頭髮蓬鬆，衣衫襤褸，十分醜陋。善財、龍女化成兩隻鯉魚，讓老婦提著一只魚籃沿街叫賣，竟沒有一個人來理她。

觀音嘆口氣，又變成一個俏佳人，眉清目秀，櫻桃小口，蟠龍髻像烏雲，十指尖尖像嫩筍，要比那月裏嫦娥還要美三分，這一下可不得了，人人都爭著來看這賣魚姑娘。金沙灘上頓時熱鬧非凡，人山人海。

賣魚姑娘賣魚非供人做桌上佳餚，而是要“放生“，讓村民不解其意。

馬二郎聽說有這麼個美女，也跟趙四郎、陳五郎擠了過來。先問了姑娘的家世。姑娘說：「妾姓莊，住在雲門縣、雲水鄉，家世富貴有名望而今赴南洋，父母僅生三個女孩，妾排行第三，今年十八歲，二月十九日生。」

凶惡橫行慣了的張無盡，一見姑娘貌若天仙，開口就想娶賣魚姑娘為小妾。

第三場：誦經選婿

賣魚姑娘說：「向我求親的人很多，這樣吧！誰能符合吃素行善、背誦法華經的條件，我就嫁給他。」

從那時起，有意娶親的眾人，都到晴天寺學經，由姑娘親自教經，一時間，學經的近千人：

「為盜者，想美人。心生慈悲，食淨素，來學經，即便動身為賊者。想婚姻，不偷財物，待天明，沐了浴，走像流星為屠戶。想成親，不殺牲靈，得能換，先學熟，改業經營捕魚人。聞聽說，嘻笑盈盈，人人請，好記心。有名打獵人，想佳人，放槍無心，一心要去學經，奔走如雲。」頓時，金沙灘一帶香煙繚繞，讀經聲此起彼落，響成一片。美麗，果真是擋不住的感覺。

張無盡想一步登天，托王婆向賣魚女說項，但賣魚女堅持己見不為所動。　張無盡想一步登天，托王婆向賣魚女說項，但賣魚女堅持己見不為所動。

第四場　以欲鉤牽

一個月後，厚厚的七卷法華經，想背的滾瓜爛熟也並非易事。終到了賣魚女以背誦法華經擇佳婿日子，張無盡及一些想取巧小人，在考場上用盡心機，舞弊夾小抄，誰也不服誰，場面整個失控。馬二郎雖能背出法華經，但在失序考場上，也無法展出實力。

第五場　一擲乾坤

觀世音見狀，再生一法，駕小舟入河中，謂若有人以銀兩擲中賣魚女，就能娶其為妻。霎那間喧聲鬧喊，村中男性爭先丟出銀錢。其中財大氣粗的張無盡，誓在必得。但大家一直丟著銀錢。可是仙家之體，豈是凡人能比，所以沒有人能夠丟得著她。張無盡花了上千兩銀子，仍沾不到觀世音一絲衣角。

人山人海，大家正聚在河邊的時候，呂洞賓仙也站在雲端上看著這一場戲。愛促狹的他決意要跟觀世音開個玩笑，在馬二郎擲出銀錢時，呂洞賓輕揮動手中拂塵，往下一甩，馬二郎的銀錢因此丟中了船上的賣魚女。觀世音只得答允嫁給馬二郎為妻。呂洞賓見狀仰天而笑，踏步離去。諸不知，這一切早在觀世音預料之中。

第六場　色即是空

馬二郎高興得不得了，立刻回家準備婚事。於是，賣魚女便要求馬二郎全家吃素，誦經念佛，以素菜招待宴賓，到晴天寺娶新人。

三天之後，馬二郎就在親友簇擁下，吹吹打打地把賣魚姑娘用花轎迎娶回家。誰知道，客人們還在廳堂喜宴的時候，新娘就「哎喲！哎喲！」地喊起來，一會兒工夫，便病倒在床上了。

馬二郎衝進新房探望剛娶進門的媳婦，只見新娘子已氣息奄奄，不由得號啕大哭起來。沒多久，新娘子果然緊閉雙眼，長眠而去。馬二郎滿腹悲傷，也無力回天，哭得死去活來。只好把喜事辦成了喪事，將新娘入葬。

第七場　令入佛智

善德觀音馬郎婦　寂妙湛然淨明露
夢幻泡影示出離　光照癡闇煩惱除

馬二郎守喪數日，今日忽來了位老僧（呂洞賓）對馬二郎說：聽說昨日你才「舉行結婚大禮，怎麼今天又在舉行葬儀？馬二郎哭喪著臉回答說：這好不容易才得此賢妻，轉瞬之間就成了一個無知的死屍，」叫人怎不痛心？

老僧看他悲傷的樣子，於是就開示他說：你們年輕人，就知談情說愛，而不「知道求真理。當知昨日你所娶的美女！並不是世間一般女子，而是觀音菩薩示現來度化你們」的。因為慈悲心深重的觀世音菩薩，知道你們金沙灘老幼，不曉得信奉三寶，特方便示現女身，」來給予你們化度，假定你們不信，可以開棺來看。

大家為求得證明，乃真的將棺材打開，「一看始知最初放入的賣魚女，已經不在其中，到此不得不信是觀世音菩薩運用神通來度化眾生的」。可是再回頭看那位老僧，老僧又已不知所在！

可知，不但賣魚女，是觀世音菩薩的示現，就是該老僧，亦為觀世音菩分身，目的在」使這村中的人，切切實實有所覺悟，認認真真信奉三寶。從此，不但馬二郎，發心出家修」行，就是金沙灘眾人，亦都信佛菩薩，而皈依三寶。

馬二郎更以家傳紫檀木，為觀世音雕刻神像。供村民膜拜。

終場　千手千眼觀音

千手千眼觀世音
廣大靈感觀世音
無處不在觀世音
佛光普照觀世音

觀世音菩薩不但依教奉行，修持圓滿大悲心大陀羅尼（大悲咒），並且發了大願：「若我當來堪能利益、安樂一切眾生者，令我即時身生千手、千眼具足。」

觀音大士這樣發願以後，大地產生了六種震動，真是感動了天地，這是不可思議的境界。果然，他身上長了一千隻手，每個手心都有一隻眼睛。實則，這也是一種大願力、大智慧的象徵。

佛教中有兩句話說：「先以欲鉤牽，後令入佛智」，為菩薩度生的最大方便。人雖有罪孽。但能專心持佛。則不唯不墮地獄。且可成佛作祖。蓋湛然借此以闡發宗旨者。

賞善乃大慈，罰惡為大悲，大慈大悲力，慈航普渡行。

序　場：救苦救難觀世音

時間：白天

地點：南海普陀山仙境

人物：釋迦牟尼佛、觀世音菩薩、文殊師利菩薩、地藏菩薩、普賢菩薩等。

【合唱】

虔心禮佛脫凡塵，百難千磨認得真

南海普陀登正覺，苦海普濟度眾心

△空曠舞台，淡淡檀香，沁入心頭。裊裊香煙，舞入雲端營造出南海普陀山仙境。

△今日是觀世音菩薩成佛之日，眾菩薩群聚南海普陀山，共賀見證。

△觀世音菩薩手持淨瓶，雍容出場，慈眉間見白毫，項有圓光、垂簾善目，莊嚴肅穆。

△在場菩薩一見觀世音菩薩，忙向前向其道賀。

文殊師利菩薩：恭賀觀音大士，千年苦修圓滿。榮登佛門。

普賢菩薩：觀音大士，救難救苦，慈心普濟，聞聲救苦，普渡眾生，終能功德圓滿。

地藏菩薩：禍福無門，惟人自招。世無地獄，唯人自建。觀音大士一片善心，苦海慈航，度人無數，功德無量。

觀世音菩薩：善哉！善哉！苦惱眾生，一心稱名，菩薩即時觀其音聲，皆得解脫，是以名觀世音。

△天際響起聖樂，佛光普照，世尊駕臨。

△眾菩薩向世尊頂禮膜拜。

△世尊向眾菩薩回禮。

△世尊指引導觀世音菩薩來到跟前。

世尊：妙善大士，大發慈悲心，功行海樣深，駕慈航、渡迷津，教化有緣人。即立成佛，佛號「正法名如來」。

△當觀世音菩薩正欲受封時，人間傳來百姓叫苦聲音。

△觀世音菩薩略遲疑後，當機立斷向世尊表明心意。

觀世音菩薩：吾行菩薩道時，若有眾生受諸苦惱恐怖，憂愁孤窮，不得救護，窮其心力，無法脫苦，若心中念我，稱我名字，無論我在何處，咸以天耳聞之，天眼觀之，脫其苦惱，即使一人無法得除如斯煩惱，我亦誓不成佛。

△觀世音菩薩語畢，向世尊注眾菩薩頂禮後，即刻聞聲救苦，翩然離去。

△眾菩薩見觀世音菩薩離去後，紛紛議論。

地藏王菩薩：眾生渡盡，方願成佛，阿彌陀佛！

普賢菩薩：普願沉溺諸眾生，速往無量光佛剎。阿彌陀佛！

文殊師利菩薩：唯修智慧，才能明是非，除十惡，修十善，離塵垢，淨性體，度有情，入涅槃。色空不二，有無圓融，一行三昧，常樂我淨。阿彌陀佛！

世尊：善哉！善哉！天庭雖缺「正法名如來佛」，人間卻添「大慈大悲救苦救難觀世音菩薩」。

【合唱】

大慈大悲觀世音，願平眾生業障深，
手灑甘露降法雨，苦海指點度迷津。

△舞台燈滅！

第一場　惡村現形

時間：白天
地點：天庭、金沙灘廟寺
人物：玉皇大帝、觀世音菩薩、土地公、善財、龍女、馬二郎、張無盡、趙三郎、陳四郎、金五郎、金大嫂、村民數位

△舞台燈起！
△祥雲四起，光芒乍現，是為天庭景象。

【合唱】

眾神回報上天庭，金沙鎮民惡業深
天帝震怒難容忍，殲滅惡村不留情

△玉皇大帝手執眾神上奏神只，怒不可歇！招來天將。

玉皇大帝唱：

（白）可惡！

金沙灘个百姓，竟敢為非作孽，殺生成性、不敬天地、

不畏鬼神、不孝爸母、不遵三綱、不守五常。

有愧聖恩、有損祖德、有蝕福報！

（白）來人啊，速傳東海龍王緊來到。吾欲～

水淹金沙灘，定要予個寸土不留、寸草不生、寸縷不存、

寸步也難行～

天將：尊法旨！

△此時，幕後傳來觀世音菩薩聲音。

觀世音菩薩：慢且～玉皇息怒～

△佛光普照，觀世音菩薩手執淨瓶，善財、龍女左右脇侍出場。

△觀世音菩薩與玉皇大帝行禮。

△善財、龍女亦對玉皇大帝行跪拜之禮。

玉皇大帝：觀音大士，人間眾神回報，金沙灘百姓十惡不赦，理當殲滅，汝為何現身阻擋，吾欲對惡村金沙灘百姓所作懲罰。

觀世音菩薩：善哉！善哉！上蒼有好生之德，對萬物眾生皆一體如是。金沙灘百姓一時不察，被世俗迷惑，並非真十惡不赦。

玉皇大帝：觀音大士，有何善見？

觀世音菩薩：待吾身親往金沙灘，弘揚佛法。定能度化金沙灘眾人。

發善心、做善事，種善因、得善果。

玉皇大帝：這⋯⋯

△觀世音菩薩見玉皇大帝略帶遲疑，忙再勸說。

觀世音菩薩：玉帝，毋免遲疑，個半月天內，吾若不能達成教化金沙灘百姓使命，天帝才下令處罰金沙灘百姓未遲。

△玉皇大帝念在觀世音菩薩一片善心，只得答允。

玉皇大帝：觀音大士就允汝所言，由汝來度化金沙灘百姓。可需要吾派天兵天將與汝一同前往。

觀世音菩薩：不用天庭一兵一卒，吾獨往即可。

玉皇大帝：如此，吾就在天庭恭候觀音大士佳音。

△觀世音菩薩即刻向玉皇大帝告辭，帶著善財、龍女速入人間。

【合唱】

皈依大悲不動性，聖者無畏觀世音
一心憶念如流水，融於大海遍等持

△舞台燈滅！

△舞台燈啟！

△舞台上呈廟寺-晴天寺佈置。堆著破舊神案，破損帳簾！

【合唱】
惡村無狀實可恨，不奉三寶不敬神
任憑寺廟香火盡，三寸黃土掩佛塵
△觀世音菩薩與善財、龍女現身破廟中，觀世音菩薩眼中幾許詫異。
善財：大士啊，遮間廟寺哪會如此荒廢。
龍女：就是講啊，一點香火都攏無。
觀世音菩薩：金沙灘的子民，敢講真是如此不敬神明？
△觀世音菩薩為明就裡，速傳喚來土地公。
觀世音菩薩：本地土地何在？
△土地公老邁龍鍾，衣衫襤褸，拄著拐杖上場。
△土地公步履蹣跚，雙腳抖的不停，緩緩向觀世音菩薩行禮。
土地公：參見觀世音大士，老神有禮！
觀世音菩薩：善哉！善哉！罷了！老土地，龍泉寺為何會如此荒廢，
無受半點香火。
△土地公嘆了口氣，悲從中來。

土地公唱：

（白）觀音大士，聽老神稟來～

話若欲講透天，我目屎就掰未離～

金沙灘原本是一个好所在～山明水秀百姓來樂開懷

各守本份袂貪財，魚農工商是共和諧

無預故出了一个張無盡～

△舞台燈滅！

△舞台聚光燈打在左前方，出現張無盡與幾個隨從身影。

△張無盡手搖摺扇，不勝風光愜意。

張無盡：金沙灘遮个戇百姓啊～只知影遵古禮來掠魚拋網，網孔是大卡若飯碗，一出海掠轉來魚數量是有限。我就來做一寡細孔的魚網，俗俗賣予遮个憨百姓，予個一出海，就豐收而回。

隨從一：老爺，個豐收對咱有啥物好處？

△張無盡取手上扇骨，往隨從一頭上一敲。

張無盡：講汝戇，汝閣戇毋知，人哪是無量剩錢，就袂知貪，無賰錢，就毋敢享受，個一遍兩遍豐收，賣魚个錢就會加，囊袋仔哪是錢貯飽人就會袂輕鬆，想欲變西又變東。想孔想縫想欲四界去，我就趁盤个好時機，踮遮開筊間、酒店通收錢。予個有錢開有路，若是開卡無錢想變步，我才閣開當店予個來轉後路，按怎變，我攏會合。遮叫做〝溝底攔壩，一網打盡〞誰也免想逃出我个手掌心！

隨從二：老爺所講个真有道理，這叫做「放長線，釣大鮐（呆）」。

△舞台燈滅！

△舞台燈亮，土地公繼續控訴。

土地公唱：

這个夭壽啊是「歹袂盡」，用心計較來奪錢銀
作田賣地來轉筊金，漁民濫糝殺生靈
佪規日留戀筊間柳巷，放某放囝咧操煩
十八骰仔是死毋放，拋荒遍野是無人管，
牽手氣甲心頭來激規丸，怨東怨西怨百項
家庭失和來拏氅氅，吵卡神明嘛袂平安
輸筊、欠錢、罵翁个囉〜
怪罪上蒼來欠庇佑，從今不奉三寶真是毋成樣
廟寺會空虛斷清香，攏是彼个張生手段太下流
百姓貪心想横財，不孝父母五倫敗
褻瀆神明惹禍災，人神共憤怎排解

△土地公邊說邊掉淚，不勝欷歔。

△才聽完善財予龍女也義憤填膺。

善財：真是可惡，敢講金沙灘無王法通管！

龍女：就是講啊～金沙灘敢無半个正義之士。

土地公：金沙灘府衙大人，早就佮張無盡有勾結，怎肯出面來管制。金沙灘善良个人予利益迷惑本心，忘卻祖先教示个好道理。金沙灘百姓終會跋盡、開盡、當盡、敗盡而行向滅亡。

△正當觀音大士陷入苦思時，馬二郎手提水桶、抹布、竹帚入場。

△觀音大士四神見狀暫避一旁。

△馬二郎到神案前參拜。

【合唱】

悉發菩提心，蓮花遍地生，

弟子心迷茫，禮拜觀世音。

馬二郎：南無觀世音菩薩。弟子馬二郎，前來摒掃廟寺，望菩薩大慈大悲能原諒阮金沙灘百姓，因為一時迷惑，沉淪奢華世界，忘卻供奉神尊。並請菩薩庇佑金沙灘百姓，能早日脫離歧路，回歸正途。南無觀世音菩薩。

△馬二郎參拜後，隨即動手打掃起廟寺四周。

馬二郎唱：

不求名利不求仙，安逸此生皆隨緣
一個幻軀幾時盡，為他閒事長無明
春有百花秋有月，夏有涼風冬有雪
若無俗事常牽掛，便是人間好時節

△馬二郎俐落打掃好佛寺後，燃上一柱清香。

△趙三郎、陳四郎、王五郎魚貫進入廟中。

△趙三郎一見馬二郎，忙熱烈拉著馬二郎的雙手。

趙三郎：二郎啊，我就知影汝人佇咧遮樂逃，緊！大哥𤆬汝來去所在通好來𨑨迌。酒店查某啊是真風騷，愛按怎樣婧姑娘免驚無。

陳四郎：就是講嘛，𨑨迌度時機，骨力是無了時。查某汝那無佮意，換我𤆬汝來去筊間大趁錢，十八骰仔一下掖落去，贏筊卡好我無閒種田種規年。

金五郎：二郎喂～勿愛閣做遮有空無笱个憨代誌，閒閒跟綴阮來去找 趣味，踮個人世才會無枉費。

△馬二郎一見這些好友，明知要帶他去的地方非墨即黑惡地，但礙於情誼也不得不虛與委蛇一番。

馬二郎：這…我攏無興趣。陳大哥今馬毋是掖秧仔好時機，汝那有時間通𨑨 迌。

陳四郎唱：
種田會當趁偌濟甘苦閣了戇工，不如掖十八骰仔卡在叢。
一暝連莊贏規暗，卡贏日頭光曝規年冬。

馬二郎唱：
春日毋肯來播稻，年尾那有糧通收
田園荒廢不成樣，趁早回頭才有救

△陳四郎聽完搔搔頭，尷尬笑笑。
△馬二郎說完後又轉身詢問趙三郎。

馬二郎：趙大哥，汝毋是應該出海去掠魚，那有時間留連佇花街柳巷。

趙三郎唱：
昨昏出海去掠魚，用炸藥將沿海魚攏炸死，
大魚小魚是收卡堆上天，俗俗賣嘛好通食規年，
暫時毋免出海去掠魚來過日子。
所以人講巧人用腦智，戇人用力無了時。

馬二郎唱：炸魚！
大魚小魚死規推，汝濫殺生靈太無照天理。
日後海底那無魚，恁才來後悔嘛已經遲

趙三郎：我今馬有錢通賺人輕可，誰驚日後啥攏無。
△馬二郎見兩位好友皆已沉淪，無話可說。轉身欲離去。

△金五郎見馬二郎不為所動，忙阻止馬二郎轉身欲離去念頭。

金五郎：戇小弟，勿愛細膩，金沙灘是歹地理，認真打拼是毋通出頭天，想欲好額就愛趁偏錢，萬丈高樓才會當住會起。

△金五郎跟趙三郎、陳四郎正欲強拉著馬二郎同前往煙花是非地。

△金妻右手執著大菜刀，殺進廟堂，後頭還跟著金五郎幼子，滿臉横相。

金妻唱：（白）五郎，汝遮个死無人哭个，汝也敢偷提恁祖媽个私奇錢毋管！

厝內無柴通入灶，囝仔無食咧哭枵，

汝想欲跋呼死，飲呼死，

恁祖媽今馬就送汝陰司，免得全家受汝來連累！

△金妻說完後，舉起菜刀就往金五郎身上砍去，金五郎自知理虧，只能閃躲，趙三郎，陳四郎見王妻兇神惡狀，也一時沒了主意，馬二郎忙挺身架住金妻的手。

馬二郎：金大嫂，有話沓沓講，動刀動劍是不應當。

△金妻怒氣沖沖那肯罷休，推開馬二郎的雙手。

金妻：二郎汝袂管阮翁某代誌，今仔日我一定要五郎遮個死膨肚，予我一個交代。

△金妻一個步向前，刀砍向王五郎，王五郎也發火了，躲過金妻攻擊，一反手抓住金妻的手，用力一推，金妻一個踉蹌，刀不偏不移砍中一旁土地公像。

△一旁土地公，躺著也中槍。萬分無奈。

△馬二郎忙將土地公像至地方扶起，用衣袖揮去土地公身上灰塵，神像上傷痕讓馬二郎痛心。

馬二郎：金大嫂，任翁某冤家，嘛不應該對神明不敬。

△金妻正在氣頭上那管這些。

金妻：對神明不敬，哼～哼～伊對我都無保庇，看我今馬過个是啥物日子，伊無顧我生，我是按怎愛驚伊死，遮種無靈無聖个柴頭尪仔尚好是破柴做火燒！

△慌亂中，金五郎趁王妻大發雷霆之際，偷溜出廟門。

金妻：五郎，汝這个死膨肚，汝袂走，還我个錢來～

△金妻追趕王五郎而去，臨走前金幼子，竟對著馬二郎手上神像吐了口口水，滿臉不屑。

幼子：這種無靈無聖个柴頭尪仔尚好是破柴做火燒！

△馬二郎一聽也動了性子。

馬二郎：汝這个囝仔，那會遮無教示，對神明講出如此大不敬个話。

△金幼子，怕馬二郎生氣會打他，一溜煙也跑了。

△趙三郎，陳四郎看完這場三本鐵公雞後，無奈笑笑。

趙三郎：卡佳在，咱羅漢腳一个，沒某通冤家。

陳四郎：單草一個，毋某通氣魯。

△趙三郎，陳四郎見馬二郎仍握住神像，不忍模樣。

趙三郎：二郎啊，時間無早日漸落，汝真正毋綴阮來去酒店通風騷。

馬二郎：我無心情啦～

陳四郎：汝遮个捲毛歹剃頭，好啦，袂佮汝佇遮拖沙，三郎，人毋咱愛，緊來去筊間通發財。

△趙三郎、陳四郎臨走前，到神像前雙手合掌，唸唸有詞。

趙三郎、陳四郎：觀音大士在上，請保庇弟子今仔日會當贏筊大趁錢，那無，哼哼……阮就轉來拆汝遮間破廟厝！

馬二郎：汝兩个……

△趙三郎、陳四郎說完也不管馬二郎已經氣白了臉，自顧離去。

△馬二郎看著一群被貪蒙蔽雙眼的友人，已無力可施，痛嘆口氣，看了看手中破損神像，輕將神像恭敬送回神案。

馬二郎：南無觀世音菩薩在上，弟子馬二郎誠心已將廟寺摒掃清氣，望菩薩能順我所願，早日引渡迷津，宏開覺路。待他日，必重選香木，為菩薩重刻金身。叩謝神恩！
南無大慈大悲廣大靈感觀世音菩薩！

△馬二郎發願後，闊步離去。

△馬二郎離去後，觀世音大士與善財、龍女、土地公現身。

土地公：汝看汝看，遮个惡村惡民真正是無法無天，無藥通救。好佳哉猶有二郎這个善良百姓。才會袂對金沙灘絕望。

△觀世音菩薩也面露欣慰。

觀世音菩薩唱：

福田廣播菩提種；善寺勤修般若經。

福由知足常歡喜；慧自淨心恒感恩。

善財：金沙灘猶有如此出汙泥而不染个好百姓。

龍女：就是啊，按呢才不辜負，觀音大士欲解救金沙灘百姓脫死難个菩薩心。

土地公：觀音大士啊，此人是一位落第書生"馬二郎"，滿腹才華，只可惜命中注定，一世人功名無望。

觀世音菩薩：伊與佛家有緣啊～可惜伊俗緣未了，暫時未能入吾佛門。

龍女：觀音大士，愛等到何時呢？

觀世音菩薩：冥冥之中，自有定數。

△觀世音菩薩決定先在破廟中安身。

觀世音菩薩：老土地，吾就暫且在廟寺安身。勞煩土地囉。

△土地公一聽，十分歡喜。

土地公：真是，要暫且委屈觀音大士囉。希望能早日度化金沙灘遮个頑民。

觀世音菩薩：善哉！善哉，萬物皆有佛性，只要善加引導，頑石定也能頷頭！

△舞台燈滅！

第二場　美醜之間

時間：白天

地點：金沙灘街道

人物：老嫗、魚籃觀音、土地公、善財、龍女、馬二郎、張無盡、趙三郎、陳四郎、村民數位

△舞台燈亮！

△樂鬧非凡金沙灘街上，人來人往！

【合唱】

風和日暖天袂清，多少痴戇陷無明

憎愛忘時開正眼，凡塵觸處悟真心

△滿臉皺紋、彎腰曲背，頭髮蓬鬆，衣衫襤褸，步履踉蹌，走起路來搖搖晃晃的老嫗，吃力提著菜籃上場。

老嫗唱：

（白）賣魚囉～有啥物人欲買魚囉～
老身个來囉～

蹌蹌行伊都蹌蹌去，彼囉菜籃是叮仔噹耳～
透早出門來趕早市，是欲賣籃底个兩尾魚，
好心厝邊就鬥相添，予我老身加減來做生理
慈悲个人天囉～天佮意，善心个人佛祖會保庇
老歲啊長壽食百二，囝仔健康來好育飼
翁某和好雙雙對對，子孫代代湠滿枝
作田个豐收大趁錢，客店是人客接袂離
掠魚轉來魚規堆，行行萬項啊～攏順序～

△老嫗開口唱的賣力，但是經過她身邊的眾人卻不屑一顧，有幾個登徒子，想捉弄老嫗，都被老嫗技巧性避開，更有人想趁機偷走老嫗籃中雙魚，卻遭籃中魚開口咬傷手指，嚇的狼狽逃竄。

△好不容易，有個村民詢問魚價。

老嫗：遮魚老身毋是賣欲予汝食个，遮魚是欲予汝買去放生个～

△村民一聽，“放生“覺得不可思議。

村民：自我生目睭發目眉，毋欲聽過買魚袂使刣。放生？我看汝遮个老歲仔是咧發神經！

△村民氣的轉身離去。

△張無盡帶著隨從，在街市橫行無阻，如入無人之地。一不留神撞到老嫗，老嫗只是原地打了幾轉後，又站在原地，而張無盡卻被撞飛跌坐在地上，苦不堪言。

△隨從立刻將張無盡攙扶起，張無盡痛的破口大罵。

張無盡：無啊，是佗一位死無人哭个，也敢親像死豬鎮砧，來阻擋本大爺个路，是活了咧⿰善广是否？

△張無盡出手欲教訓擋路的人，一看是花甲老嫗，更是氣急敗壞。

張無盡：汝汝汝，汝遮个老顛倒，是徛佇咧路邊欲等死是否，害本大爺來無躊躇來跋倒，哪吾予汝一頓粗飽，汝毋知本大爺穿幾號？

老嫗：耶～我老身恬恬徛佇咧路邊賣魚敢有礙著汝，哪著佮我罵甲卡慘死？一點攏毋知敬老尊賢个人情義理。

張無盡：汝汝汝遮个老柍死，也敢佮我一句來一句去，我看汝真正是欠教示，那無拍汝，才是無道理。

老嫗：敢講恁金沙灘就無王法？

張無盡：王法！哈哈～啥人毋知我張無盡出入縣府是那咧行灶腳，縣老爺欲親像我阿兄，金沙灘有啥人敢動我，就算我拍死汝遮个老柍死，有縣老爺予我揖，嘛免驚有代誌，氣就與汝去～

△張無盡仗勢欲出拳毆打老嫗，沒想到還沒出手，手就彷彿被一股力量牽引著，讓他使不出全力，反而讓自己扭傷了手。

△隨從見狀，欲幫忙卻又被一股強大後作力反彈，一夥人全跌坐在地上。

△張無盡更是嚇的面如土色，偏又嘴上不饒人。

張無盡：有鬼！真是有鬼！汝！汝！汝！後擺勿愛閣予我拄著，若閣予我拄著，我一定佮汝修理甲鮮赤啊！鮮赤！逐家來轉。

△張無盡一行人離去後，老嫗無奈搖搖頭。

△忽然間，籃中魚兒開口了。

善財：大士啊，我看金沙灘个村民真是無救囉～

龍女：就是講嗎～拗蠻無禮，拏絞絞～我看按怎教攏無效～

老嫗：一片婆心，廣被三千世界；善全慧眼，遍觀十二因緣。咱先勿愛定論，咱換一个方式，明日再來。

△舞台燈滅！

【合唱】

皆因無始貪嗔癲，不明是非難修成，
渡民智慧生心賢，天人修羅化三千

△觀世音菩薩化作魚籃觀音。

△眉清目秀，櫻桃小口，蟠龍髻像烏雲，十指尖尖像嫩筍，要比那月裏嫦娥還要美三分的魚籃觀音，手提魚籃，悠逸漫步街道。

魚籃觀音唱：（白）賣魚囉～有啥物人欲買魚囉～

透早出門來來街市，是欲賣籃底个兩尾魚，
好心厝邊就門相添，予我加減來做生理
慈悲个人天囉～天佮意，善心个人佛祖會保庇
老歲啊長壽食百二，囝仔健康來好育飼
翁某和好雙雙對對，子孫代代湠滿枝
作田个豐收大趁錢，客店是人客接袂離
掠魚轉來魚規堆，行行萬項啊～攏順序～

△同樣的話，昨日不見有人回應，今日一見是個荳蔻年華佳人，吸引了無數村民圍觀，從沒見過如此貌美姑娘。

△村民擠破了頭，將魚籃觀音團團圍住。

△村民你一言我一語，詢問魚籃觀音來歷。

△張無盡一行人，也前來看熱鬧，一見貌美魚籃觀音，頓時七魂不見三魄，一時腳軟跌坐在地上。惹得村民訕笑。

△張無盡隨從立刻將他扶起，張無盡卻不以為意，拍拍身上灰塵，理理衣裳，排開眾人，擠到魚籃觀音面前。

張無盡：姑娘啊～汝人媠甲那親像天頂个仙女，那當佇遮風吹日曝來渡時機，不如佮我來結連理，我包汝一世人富貴來萬萬年。

△一旁村民聽了不服，出口駁斥。

村民甲：張阿舍，啊～汝已經是三妻四妾是滿厝間，規天吵家抐計咧袂平靜。汝敢通閣娶一个媠某來鬥無閒！

村民乙：就是講～人講願嫁人擔蔥賣菜，就是毋佮人公家翁婿。嫁予汝有啥物好光彩。

趙三郎：猶是嫁予我，才勿會氣惱，我會將汝當作天公祖，早晚貼心來照顧，絕對毋敢來延誤。姑娘毋知汝意下如何？

陳四郎：就是講啦，毋知姑娘今年幾歲，叫啥名？敢有定親情？緊講來予阮逐家來了解通好定輸贏。

△就這樣你一言，我一語，大家都急著要魚籃觀音作老婆。

△魚籃觀音只是淺淺笑著，指了指手中籃子。

魚籃觀音唱：

奴家姓莊，住在雲門縣、雲水鄉，
家世富貴有名望，家父而今赴南洋，
父母才生三個查某囝，奴家排行是第三
今年十八好年華，至今猶無好親情。

△眾人一聽，魚籃觀音還沒定親，全樂翻了。

△一旁馬二郎也被好友趙三郎、陳四郎拉來看美嬌娘，馬二郎一見，如此清秀佳人，也為之傾心，但礙於木訥個性，讓他裹足不前，只敢站在人後。

△眾村民一在鼓噪，要魚籃觀音表明選親意願。

魚籃觀音唱：

古訓好馬無雙鞍，烈女絕不配雙翁，
奴家一个小女子，難許在場眾人士
萍水相逢初相見，如何招婿心熬煎
若對小奴情意堅，明日才來定姻緣

△眾人一聽，也只能答允，明日再說。

△魚籃觀音手提魚籃，含笑對眾人說。

魚籃觀音：奴家今日个目的是欲賣這兩尾魚，毋知有啥人願意買。

△為獲佳人芳心，眾人爭相加價，要搶買魚。

△魚籃中魚忽開口。

善財：平平是咧賣魚，婧禾黑真是無得比！

龍女：禾黑个予人請一邊，婧个人人攏佮意！

△幸好眾聲吵雜，沒人聽見。魚籃觀音輕撫籃中魚，要他們安靜後，再向在場眾人表示賣魚用意。

魚籃觀音：毋過，這兩尾魚，並不是欲予恁食，是欲予恁買去放生。

△魚籃觀音話一出，眾人譁然。

趙三郎：又是欲放生，我聽甲，強強欲發神經。

陳四郎：魚仔買來毋使落鼎煎，開錢無目的白白就愛化雲煙。

△就這樣眾人你一言，我一語，就是無人肯掏錢買魚。

△魚籃觀音，有點黯然。

魚籃觀音：既如此，遮兩尾魚佮逐家無緣，奴家就此來告別，明日晴天寺再見。

△魚籃觀音悄然離去，眾人也紛紛離去，準備明天再到晴天寺。

△馬二郎心有定數，尾隨魚籃觀音而去。

△舞台燈滅！

【合唱】

福慧莊嚴，成無上道；慈悲廣大，度有緣人。

慧炬高擎，福田廣種；慈光普照，法水長流。

△舞台燈亮！

△隨著魚籃觀音腳步移動，場景略為改變，呈現空曠場景。後有流水潺潺。

△魚籃觀音早有意識，知道馬二郎跟隨在後，特意放慢腳步，讓馬二郎跟上。

△馬二郎跟隨魚籃觀音，欲言又止，終於鼓足勇氣喚住魚籃觀音。

馬二郎：賣魚姑娘，請留步！

△魚籃觀音欣然回頭，淺淺笑著，瞅著馬二郎瞧。馬二郎被魚籃觀音瞅看的羞紅了臉。

魚籃觀音：公子，請了，喚奴有何吩咐。

馬二郎：無：無：吩咐不敢當，我只是想欲買姑娘妳籃中个魚而已。

魚籃觀音：噢～公子欲買我籃中个魚，可知情這魚是欲放生？

△馬二郎不停點頭。

馬二郎：方才姑娘所講个話，我攏有聽个，我毋那欲買姑娘籃中个魚嘛欲苦勸姑娘兩句話。

魚籃觀音：苦勸我何事呢？

馬二郎唱：

金沙灘个百姓性梟雄，姑娘趕緊離開才應當
美滿姻緣袂當妄，道德淪喪心滅亡

魚籃觀音唱：（白）多謝公子

公子好意來提醒，我行得端正心袂驚
村民貪婪惑本性，勸善除惡返光明

馬二郎唱：

姑娘膽識世間無，通情達理智慧高
心如菩薩人品好，明日婚約欲如何

魚籃觀音唱：

仁者樂山，慈德如須彌山，崇高偉大
智者樂水，會法如大海洋，浩瀚無邊
容人者得成其道，害人者得損其神
婚約之事汝免費心，自能圓滿化微塵

△魚籃觀音說畢，將提籃遞給馬二郎。馬二郎忙接過魚籃，從袖中掏出碎銀，拿給魚籃觀音。

△魚籃觀音，輕揮雙手婉拒。

魚籃觀音：公子，汝毋免予我賣魚銀兩，該予我个，公子已經付清囉。

就用遮兩尾魚，予咱結善緣吧。

△馬二郎一聽"善緣"二字，心中有說不快活，整個人暈陶陶的。

兩隻眼睛怎麼也捨不得離開魚籃觀音身上。

△魚籃觀音，面露淺笑，示意馬二郎將魚放生。

△馬二郎會意，立刻將籃中的魚倒入一旁水中。

△魚籃觀音見功德圓滿，起身向馬二郎告辭。

魚籃觀音：公子，奴家就此告別。

馬二郎：诶⋯⋯姑娘⋯⋯

魚籃觀音：咦⋯⋯公子猶有代誌嗎？

馬二郎：無⋯無⋯姑娘，我明日會去晴天寺⋯⋯。

魚籃觀音：公子，那按呢，我就期待公子大駕光臨囉。

△魚籃觀音翩然離去後，馬二郎仍癡情望著魚籃觀音背影。

馬二郎：我明仔日一定會去晴天寺。見⋯⋯莊姑娘汝。

△舞台燈滅！

第三場　頌經選婿

時間：白天
地點：晴天寺廣場
人物：魚籃觀音、馬二郎、土地公、善財、龍女、張無盡、王婆、趙三郎、陳四郎、村民數位

△舞台燈起！

【合唱】

平日空虛無人煙，今日香客滿寺前
三支清香心意堅，祈求能得好姻緣

△晴天寺前擠滿前來向魚籃觀音求婚眾人，每個人為讓魚籃觀音留得好印象，全打扮得整整齊齊、乾乾淨淨。前來晴天寺等候魚籃觀音擇婿條件。

△馬二郎，也是趕個大早，前來應試。

趙三郎：诶～啊毋是馬二郎，看袂出來呼，汝也會來遮向莊姑娘求親。陳四郎：就是講嘛，我一個好小弟，汝恬恬食三碗公半，看著媠姑娘 个嘛是會硞硞從⋯

△馬二郎被好友趙三郎、陳四郎揶揄幾句，尷尬得不知如何應對，但 一想起莊姑娘那淺淺的笑容，又理直了起來，不顧老友取笑，勇敢表示心意。

馬二郎：關關雎鳩，在河之洲。窈窕淑女，君子好逑。這有何不可呢？

△馬二郎一語，又惹得眾人哈哈大笑。

△張無盡更是怕氣勢不如人，一行人浩浩蕩蕩以鑼鼓聲勢進場。

△土地公化身成老翁，為魚籃觀音舅父。他手拄長壽杖，一步一跺走到廣場，對早已等得焦慮不安的眾人開口。

土地公：各位，久等辛苦囉~我是莊姑娘个母舅。有道是天頂天公，地下母舅公，莊姑娘佇遮只有我遮个親情，終身大事就交代予我來替伊來作主。

△眾人一聽，魚籃觀音婚事有人作主，又立刻向土地公詢問，如何做主，又是你一言我一語，誰也不肯讓誰。

張無盡唱：

是欲如何卡妥當，條件不就卡緊講。
啊通予阮逐家憨憨佇遮～望啊望等啊等等春風。

趙三郎唱：（白）就是講嘛~

灶孔無柴火勿會著，水若無米泔勿會 彳各，若毋講乎明，
阮遮是一人一項咧 扑卜，就驚水清魚現逐家無。

陳四郎唱：

一尾好魚毋食釣，踮遐水底搖啊搖，
掠汝勿會著干焦笑，欲叫阿兄按怎網（望）會著。

△土地公見大夥全無耐心，忙再說明。

土地公：恁逐家，毋就聽老歲啊繼續講，阮外甥女个婚事雖是由我來做主，欲如何選婿，阮外甥女隨後就會來說明。

△魚籃觀音上場，善財、龍女手禮各捧十數本經書，隨侍左右。

△村民一見魚籃觀音出現，又是不斷鼓噪。

△魚籃觀音淡然回應，一開口，便讓在場民眾立即鴉雀無聲。

魚籃觀音唱：

（白）諸位，請了～

奴家自幼歹育飼，爹娘晟我費心機
菩薩面前發願許，保佑奴家食百二
奴若選翁結良緣，夫愛禮佛唸佛經
翁某共同來修練，才能恩愛到萬年
大乘妙法蓮華經，至高佛法人崇敬
意誠而後心端正，背熟方得好姻緣
一個月後晴天寺，當場誦經來甄試
掄元奪魁啥第一，奴家就心甘情願嫁伊啊～來作妻兒

△魚籃觀音一說完，大家又開始議論紛紛。

張無盡：一個月，這哪有可能！

村民甲：就是講嗎？規工四界咧無閒，哪有時間背佛經？

村民乙：一個月那欲背百篇个經文，我看是柯南弟弟－卡難！

△土地公工見狀，忙清清喉嚨，大聲疾呼。

土地公：俗語講，愛翁就拼工，愛某就無驚甘苦。阮外甥女只是
　提出一個小小个要求而已，恁竟然推三叉擋四，罔費恁攏
　是堂堂七呎個好男兒。

△眾人一聽，皆低頭沉思。土地公見狀，又再加碼遊說。

土地公：佇遮个時陣，恁想欲娶一个某，攏是前愛三媒六證後有三
　書六禮風俗，費氣費觸又了錢，今馬阮外甥女頭猶無愛千
　金聘禮，後猶免萬金喜餅，白白一个遮爾仔婧姑娘就欲嫁
　予恁作牽手，按怎算都便宜，恁猶閣咧躊躇啥物？

△眾人一聽有理，便不再猶疑，紛紛向善財、龍女領取經書。

土地公：愛會記个，那毋識字个，會當來晴天寺，我老歲仔免費教
　恁背佛經。那無叫厝內底家人鬥相共，作夥背，卡記會濟！
　吃素齋，才記會來！

△魚籃觀音只是淺淺笑著。

△馬二郎，拿過經書，與魚籃觀音四目交會，似心有靈犀。已迫不及
　待要趕緊回家，勤背經書去也。

馬二郎：我會日夜苦讀經文，一定欲掄元奪魁得第一。

△魚籃觀音只是淺笑，馬二郎卻好似得到無比力量，歡欣鼓舞離去。

△舞台燈滅！

△一邊舞台燈啟，照在村民甲身上。
△土地公指著村民甲。
土地公唱：
　作賊个，想佳人，心生慈悲，食淨素，來學經。
　想成親，收跤洗手，毋敢動賊性～
△村民甲喜孜孜猛背佛經。
△舞台燈滅！
△一邊舞台燈啟，照在村民乙身上。
△土地公指著村民乙。
土地公唱：
　拍獵个，想佳人，齊改心性，收鳥銃，讀佛經～
　愛婚姻，改頭換面，毋敢殺牲靈～
△村民甲樂淘淘猛背佛經。
△舞台燈滅！
△一邊舞台燈啟，照在村民丙身上。
△土地公指著村民丙。
土地公唱：
　歹性个，想佳人，嘻笑滿面，改性地，讀佛經，
　為娶某，好聲好勢，毋敢歹笐笐

△村民丙笑盈盈猛背佛經。
△舞台燈滅！
△一邊舞台燈啟，照在村民丁及家人身上。
△土地公指著村民丁。
土地公唱：
　　伺戇个，想佳人，兄弟姊妹，鬥無閒，讀佛經，
　　搶緣分，日夜苦讀，毋敢睏天明
△村民家人伴讀丁興沖沖猛背佛經。
△村民甲、乙、丙、丁……及村民家人等排成一排，各自苦讀佛經。
土地公唱：
　　規庄頭，為佳人，大大細細，改心性，讀佛經
　　奉三寶，家庭和睦，安祥樂盈盈
△舞台燈滅！
【合唱】
　　實實在在有覺悟，認認真真奉三寶
　　歡歡喜喜循佛路，安安穩穩改前誤
△舞台燈啟！
△金沙灘媒人婆王婆出場。

王婆唱：
（白）金牌媒人婆我王婆來囉～
金沙灘尚出名是我王婆～規天庄內四界趖
結親合婚找我王婆尚可靠，包你順序勿會囉嗦
若是查甫欲娶某，毋知是欲娶熊猶是欲娶虎
交予我王婆替你來發落，包汝翁某床頭床尾攏總合
若是查某欲嫁翁，毋知是欲嫁翁猶是嫁著空
交予我王婆替你來周全，包汝翁婆床頭床尾攏會香
禾黑禾黑仔某、禾黑禾黑仔翁、是吃袂空
人講翁某是相欠債，毋是干焦恁一个，
無冤無家是難成夫妻，毋通放予一个人孤單～毋成家

王婆：哎唷～我就是金沙灘上出名金牌媒人婆王婆啦。這个鎮上有一半婚姻攏是我來牽成，規工為人講親咧無閒，最近鎮上來了一個賣魚姑娘，是媠甲那菩薩，人人愛，人人誇，欲娶賣魚姑娘是有規定，今馬人人攏咧讀佛經，就是為著好姻緣。偏偏就是有人想欲行後路，一步登天欲用漚步。叫我遮个金牌大媒婆，來佮姑娘來相褒，愛伊放棄誦經選婿个決定，佮伊趕緊來定姻緣，免講逐家毋知影遮个人是啥物款，伊好事勿會做歹事做盡根本毋是人，雖然歹袂盡人格是歹卡足徹底，毋過紅包挈來毋收未免傷失禮。人講媒人喙是糊累累，卡饗三月霆脆雷。

燒鼎熱灶會燋湯，無燒無冷較久長。我就用我个好喙婧佮伊慢慢啊
火君，講予伊姑娘心落軟，甘心選彼个歹袂盡來作郎君～

△王婆來到晴天寺門口，巧遇土地公。

△王婆直盯著土地公猛瞧，有說不出孰悉感。

王婆：阿你毋是賣魚姑娘个母舅，我那會看汝按呢"火燒豬頭，面熟面熟～"

土地公：啊汝就以往初二、十六就會攢雞攢鴨來佮我拜，免講嘛有熟識。

△王婆沒聽清楚，忙再問明。

王婆：啥物攢雞攢鴨來佮汝拜，汝人就好好啊無死，猶毋免就作忌，
我是按怎那會攢牲禮去拜汝！

△土地公忙掩飾解釋。

土地公：毋是啦～我是講我初二、十六攏會佇咧土地公廟拄著汝去
拜土地公啦，所以莫怪有熟識感覺啦。只是汝已經真久毋
捌來囉。

王婆：喔～原來如此，講到遐我就受氣，以往二、十六我是賴虔誠咧
拜神，結果呢？神明對我無保庇，我翁規工去風騷，放我孤單
守空鋪，越想越氣惱。

△土地公一聽，也滿臉尷尬。

土地公：這…我嘛無法度。

王婆：加話毋免，緊請任姪女出來，我王媒婆有事欲佮伊挲～

△魚籃觀音端詳出場，善財、龍女在側。

△魚籃觀音未等王婆開口，先說心意。

魚籃觀音唱：

（白）王媒婆，汝毋免多說囉～我知影汝个來意
毋過～奴家只願嫁予有緣人，安心過日子

一碗清泔糜，勝過白米飯
一杯白滾水，勝喝瓊玉湯
一嘴菜脯香，勝含人蔘根
一軀粗布衫，勝穿綾羅裙

王婆：猶毋過，人伊張無盡是真正對姑娘汝真心个～

△一旁土地公連忙表達意見。

土地公：既然對阮查某孫是真心，就應該認真背經文，規篇經文若背會齊勻，毋才會當如意娶釵裙。

△一旁善財、龍女也表達看法。

善財：就是講嘛，串行後尾路，一點就勿會進步

龍女：咱姑娘那是改志就嫁予伊，欲叫阮姑娘一世人頭那擔會起

△王婆被大夥說的無言以對。又見魚籃觀音堅定眼神。已無法再繼續遊說。進退為難。

王婆：這……我……

△土地公見王婆已無話可說，忙打圓場。

土地公唱：

我一个金沙灘尚勥个王媒婆，汝就毋免閣再囉嗦，
阮外甥女不管嫁予啥攏好，媒人一定予汝做，
汝欲賺媒人禮是免驚無～

△王婆一聽滿心歡喜，反正這媒人禮橫豎是賺定了，何苦急在一時。

王婆：那按呢，我就勿愛閣佇遮跋喙齒根，轉來苦勸歹袂盡照本分，安份守己讀經文，一個月後才來比試娶紅粉。

土地公：按呢毋才對～

△舞台燈滅！

第四場　以欲鉤牽

時間：白天
地點：晴天寺廣場
人物：魚籃觀音、馬二郎、土地公、張無盡、善財、龍女、王婆、趙三郎、陳四郎、村民數位

△舞台燈起！

【合唱】

流水匆匆一個月，晴天寺內齊會集
經文日夜來苦背，盼躍龍門得裙釵

△晴天寺廣場，立著高台，上懸掛著“誦經選婿大賽“布條。
△村民數人及馬二郎、趙三郎、陳四郎全聚集在晴天寺廟埕廣場。
△張無盡更是難得起個大早，趕來赴會，眾村民及互相幫忙背經的民眾，經過一個月讀經薰陶，全多了分祥和之氣。
△一會土地公來到比試會場。
土地公：各位辛苦囉～誦經選婿比賽，咧欲開始，現在就請我个外甥女，來宣布比賽方式。
△在祥和樂曲聲中，魚籃觀音協同善財、龍女出場。王婆在側協助。
△魚籃觀音站到臺中間，宣布比賽方式。
魚籃觀音：各位有緣人，相信已背熟《妙法蓮華經》文囉，奴家感謝各位能虔誠誦經，功德無量，善哉！善哉！
妙法蓮華經，簡稱《法華經》，早由天竺國傳入，漢文意為「妙法」。意譯為「白蓮花」，以蓮花（蓮華）作為比喻，就親像每個眾生都有本來自性清淨的真如佛性，出淤泥而不染，比示佛法之潔白、清淨、完美。
△台下眾人，聽完魚籃觀音如天音般開釋，個個感動莫名。

魚籃觀音：奴家今馬就宣布比試方式，我先指定一个參賽者誦背經文兩句以後，閣再由參賽者指定後一個參賽者接落去誦經，若是接袂落去个，就愛認輸囉，退出比賽。

△眾人一聽，皆點頭答應。

△完全沒唸經文的張無盡，忙著向屬下打點。

張無盡：啊恁家私是不是攏攢好囉，那予我落氣，汝逐家就知死！

隨從：老爺，汝放心，阮物件攢卡真周全，包汝順利來過關。

魚籃觀音：那按呢，請欲應試民眾，上台來，請我阿舅來作主裁。

△台下民眾爭相上台，排成一列。

△魚籃觀音將現場交給土地公後，坐在一旁。

土地公：我今馬宣佈，比試開始！外甥女啊，先指定第一个參賽者。

△魚籃觀音輕點馬二郎。

△馬二郎，面露喜色，歡欣應答。

馬二郎：妙法蓮華經序品第一，是我聞。一時，佛住王舍城耆闍崛山中。與大比丘眾萬二千人俱。皆是阿羅漢，諸漏已盡，無復煩惱，逮得己利，盡諸有結，心得自在。

△馬二郎背誦完，隨指身旁村民。

村民甲：……！？

△村民甲因為太緊張，竟然背不出來。急著想哭，土地公見狀，舉出紅牌，判他出局。

△村民甲哭著下台。

△馬二郎只得再選村民乙。

村民乙：其民曰：阿若憍陳如、摩訶迦葉、優樓頻螺迦葉、伽耶迦葉、那提迦葉、舍利弗、大目犍連、摩訶迦旃延、阿冕樓馱、劫賓那、憍梵波提、離婆多、畢陵伽婆蹉、薄拘羅、摩訶拘絺羅、難陀、孫陀羅難陀、富樓那彌多羅尼子、須菩提、阿難、羅睺羅，如是眾所知識大阿羅漢等。復有學、無學二千人。

土地公：過關，閣選後一位。

△村民乙原本想指定張無盡，但才想指張無盡時，張無盡立即投來一個兇狠目光，讓村民乙立刻轉移目標趙三郎。

趙三郎：摩訶波闍波提比丘尼，與眷屬六千人俱。羅睺羅母耶輸陀羅比丘尼，亦與眷屬俱。

土地公：過關，閣選後一位。

△趙三郎選陳四郎。

陳四郎：菩薩摩訶薩八萬人。……！？

△不料陳四郎只背誦了一句後，就全忘了，急得不知如何是好？

△土地公心裡有數，到陳四郎身邊舉出紅牌，再判出局。

△陳四郎尷尬笑笑，向台上眾人拱手示意，有風度下台。

△趙三郎只得再選其他人選，村民丙。

村民丙：皆於阿耨多羅三藐三菩提不退轉，皆得陀羅尼，樂說辯才，
　　轉不退轉法輪，供養無量百千諸佛，於諸佛所植眾德本；常
　　為諸佛之所稱歎。

土地公：過關，閣選後一位。

△村民丙指名村民丁。

△村民丁腦袋一片空白，背不出個所以然來。

村民丁：以慈修身，善入佛慧……！？

△村民丁搔破腦袋，也想不出下一句，急得不知如何是好。

△土地公見狀。立刻到村民丁身邊舉出紅牌，又判出局。

村民丁：出局！啊我不就無望囉～我苦～

△村民丁，一聽出局，兩腳一軟，暈倒在臺上。

△善財、龍女忙上前攙扶村民丁下台。

△村民丙只得重選，他不顧張無盡嚴厲眼光，指著張無盡要他作答。

△張無盡只能硬著頭皮作答。向台下隨從使使眼色。

△張無盡隨從立刻做好準備，左右開弓，手忙腳亂取出預先準備好的作弊用的道具。

△站在台戲舞台左邊的隨從舉出一把大傘，上面有斗大文字。

△張無盡吃力看著傘上的字。

張無盡：以慈修身，善入佛慧…通達大智…到於彼岸，名稱…
　　普聞無量世界，能度無數百千眾生…

△張無盡吃力看完左邊隨從雨傘上的字，接下來右邊隨從忙打開手上大摺傘，張無盡為就近看清扇上字，一個不留神，腳踩空，整個人從台上摔了下來。

△張無盡摔下台後，摔個鼻青臉腫，狼狽不堪。當然也被土地公發現打小抄，宣布作弊出局。

△張無盡一聽氣急敗壞，起身爬上台向土地公抗議。

張無盡：汝汝汝，為啥物判我出局？

土地公：汝…背佛經，猶敢偷作手，真是侮辱眾神明，我判汝出局按呢敢毋用？

△張無盡怎肯認輸，想再抗議。跟土地公在台上拉扯，想搶下土地公公手中紅牌。旁邊村民、趙三郎前來幫忙，制止張無盡無理行為，場面脫序間不料趙三郎衣袖中竟掉出一冊經書。

△趙三郎想檢回，卻被張無盡搶來手裡。

張無盡：哼哼哼…看來想欲偷作手个，毋那我一个！

△土地公一件更生氣了，指著趙三郎。

土地公：汝嘛出局。

△趙三郎那肯就範，忙為自己辯白。

趙三郎：阿舅～

土地公：啥是恁阿舅？

趙三郎：我一个未來个好阿舅，我就啊勿會偷作手，那會當就判我出局？

△一旁村民丙聽不下去，指著趙三郎嘲諷。

村民丙：汝嘔～汝會曉千變萬化，毋值得天造化，天公伯有開眼啦～猶閣敢求情。

△村民丙揮手間，被趙三郎覺得有異，拉著村民丙手一看，原來他把佛經抄在手掌心。

趙三郎：閣敢講我毋好，看來汝猶差不多。

△土地公簡直氣炸了肺，通通要三人出局。

△三人怎肯就範，在台上鬧不休，到後來更是大動干戈，你來我往間不慎推倒了台上竿柱，整個倒了下來。

△馬二郎一見，竿柱倒了下來，怕壓到台上魚籃觀音。出手抱住魚籃觀音，用自己身子擋住竿柱。

馬二郎：莊姑娘，危險！

△馬二郎後被結結實實挨了一悶棍。人頓時暈了過去。

△馬二郎這一暈，讓在場人員個個傻眼，面面相覷。

土地公：啊～遮款場面，是欲按怎收煞！

△舞台燈滅！

第五場　一擲乾坤

時間：白天
地點：金沙灘港口
人物：魚籃觀音、馬二郎、土地公、呂洞賓、善財、龍女、張無盡、王婆、趙三郎、陳四郎、村民數位

△舞台燈啟！

【合唱】

湖水原本是清淨，狂客何必昇雲煙；
佳人渺渺何處許，化身自在現白蓮

△地公拄著壽杖憂心忡忡，來回踱步。

△魚籃觀音與善財、龍女出場。土地公向魚籃觀音行禮。

魚籃觀音：土地請了。為何愁容滿面呢？

土地公：大士啊～探望馬二郎轉來囉。

魚籃觀音：是啦！馬二郎已經精神，無大礙囉。

土地公唱：（白）免講嘛無大礙，啊就愛著卡慘死，千刀萬刣嘛刣
　　　　膾離！
　　大士啊～

昨昏選婿東倒西歪失本份，選無一个得意个好郎君，
真無簡單來引導村民讀經文，卻被蹺奇个人舞个亂紛紛
如今時間迫近已經無通賭，代誌是欲如何收尾才勿會～
來啊～失分寸！

魚籃觀音唱：

世路崎嶇，看迷人捷足登山，爭到懸崖無退步；
佛天悲憫，願眾生回頭是岸，早離苦海慈航渡。
一塵不立，得真圓通，現隨類逐形之身，尋聲救苦
五蘊皆空，證大寂滅，依即心自性之道，說法度生。
萬法皆空，無我無人觀自在
一塵不染，非空非色見如來
碧海藏天，無古無今觀自在
水心印月，非色非空見如來。
土地啊～
萬物靜觀皆自得，四時佳興與人同。
道通天地有形外，思入風雲變化中。
千江有水千江月；萬里無雲萬裏天
佛法無邊超苦海，眾生有願渡慈航。

土地公：大士言下之意，一切早有安排囉～

魚籃觀音：土地～昨日誦經選婿雖然未能完滿，但汝吾攏能感受金沙灘老百姓佛緣已結，百姓並非冥頑不靈，罪無可赦。

△土地公細想，也感受到百姓改變。略為寬欣慰。

土地公：大士，後一步路愛如何進行个？

魚籃觀音：善哉！善哉！老土地，汝即刻佮王婆招集村民宣布，明日午時，吾要重新選婿。

△土地公一聽，面露喜色，既然後事已定，胸口石頭就已落地。

土地公：我即刻來去宣布，猶毋過，此次選婿是毋是會閣有變故？

△魚籃觀音胸有成竹。

魚籃觀音：汝放心，今攏……有益友會特來相助。定能功德圓滿。

△舞台燈滅！

△舞台燈啟！

【合唱】

誦經選婿露蹺蹊，百姓向善觸佛理
一擲乾坤定天機，不義之財回歸時

△土地公、王婆兩人立在金沙灘港口廣場。

△村民將兩人圍著，靜聽兩人宣布選序規定。

土地公唱：

恁逐家認真聽我講，昨昏選婿有人偷作手，實在不應當，害阮外甥女親情無所望，今日特來重選如意个夫郎王婆唱：

對啊對！欲娶婧某愛賭意志，龍潭虎穴無驚死

上山落嶺勇敢向前去，千辛萬苦嘛會甘甜

不通學人啊～串用偷食步是予人啊～看勿會起

△村民一聽王婆話後，全向著昨天作弊人直看，被指名的人搔搔後腦勺，尷尬笑笑。

土地公：汝逐家啊～聽予清楚，今仔日，阮外甥女欲重新選婿，無通閣有第三擺，希望逐家攏愛會理解，一切照著規矩來！

王婆：咱金沙灘是歹地理，散赤百姓是滿滿是，廟寺荒廢無人理，想欲重建嘛欠金錢。

土地公：阮查某孫是菩薩性，發願欲重新起廟來供神明，毋過三軍未發糧草愛先行，愛咱百姓共同來鬥相共代誌才會成。

△村民一聽有理，均點頭示好。

王婆：今馬恁逐家攏講好，老婆啊就欲講清楚，等一下姑娘會將船來划，划來港口暫且歇，恁逐家就趕緊用錢佮伊擲，看啥人擲會著，那擲著姑娘恁就愛偷笑，婧姑娘伊會嫁汝來做某，絕對予汝看有嘛愛會著！

土地公：恁逐家所擲个金銀，咱姑娘一仙都勿會吞，攏總挈來做公份，

起廟、鋪橋造路、修善堂、派糧、分沿。補助散赤、無助个人人攏有份，就算擲勿會著嘛是咧立功勳，保庇咱逐家年年富貴年年賰！

△村民一聽，選婿規則竟然是如此，一片譁然。

△忽然遠處傳來樂曲聲，一艘裝飾得美輪美奐的畫舫，從遠處而來。

△魚籃觀音一身素雅站在船頭，其丰姿綽約如清香白蓮，卓然不群。

【合唱】

清淨純潔秋月明，白衣素女入凡境

慈光普照度眾生，除妄無邪見佛性

土地公：恁逐家看，阮兜阿娘啊生婧是世間無，點燈仔火汝嘛找不著。錢銀是生不帶來死不帶去，有啥物通放袂落，做善事猶閣會當娶著婧某有啥物毋好，恁毋通娶袂著婧某日後才來喊可惜！

△眾人一見，魚籃觀音姿蓉更勝平日三分，愛慕之心更旺，點頭如搗蒜，答應選婿條件。無不磨拳擦掌，翻遍身上拿出銀兩，準備擲出銀兩，贏姻緣。

△土地公見大夥同意後，待畫舫停定港口後，土地公便與王婆，

拿起鑼槌重重敲響大鑼。

王婆、土地公：掔銀得團圓選婿開始。

△村民爭相把銀兩丟向畫舫中，但都未能擲中魚郎觀音。

△忽然間又是一陣鑼鼓喧嘩，張無盡隨從抬著數箱裝滿銀兩的箱子來到。張無盡尾隨在後，趾高氣揚，不可一世。

張無盡唱：

金沙灘睹錢我尚濟，千斤萬銀我開甲真聳勢

美人最後嘛是歸我个，逐家免閣肖夢想欲娶婧妻

△張無盡隨從撥開村民，開出一條路讓他走在最前。

△張無盡威風凜凜站在港口，一招手，隨從抬來銀箱，張無盡隨手拿起銀子，就往畫舫扔去，去全撲了個空。

△張無盡不相信，再扔還是不中，氣得破口大罵。

△張無盡不甘心，再招來第二箱、第三箱全部石沉大海。

△張無盡扔得精疲力歇，整個人癱軟在地。氣喘吁吁。

△魚籃觀音在畫舫中，含笑以對。

魚籃觀音：多謝張大善人，贊助金沙灘數萬兩善銀。奴家佇遮替金沙灘老百姓對汝个善舉，叩頭謝恩！

△張無盡一聽，竟然不知覺中花了幾萬兩銀子，急怒攻心，人竟然昏厥了過去。

△在場村民哈哈大笑。

土地公：天公伯有目睭啦，僥倖錢就失德了！

△雖無人擲中魚籃觀音，還是有人不死心，翻盡口袋銀兩，想再試試。

△遠方出現了位貴客，正是道術高超，樂善好施，扶危濟困，深得百姓敬仰的純陽祖師，呂洞賓是也。

呂洞賓唱：

斗笠為帆扇作舟，五湖四海任遨遊。
大千沙界須臾至，石爛松枯經幾秋。

△呂洞賓雲遊四海至此，見金沙灘人聲鼎沸，好奇心起，前來打探。

△呂洞賓掐指一算，得知魚籃觀音選婿因由，再看在場男丁面相，不經感嘆。

呂洞賓唱：

獨上高山望八都，墨雲散盡月輪孤，
茫茫蒼穹人無數，幾个男兒是丈夫。

【合唱】

二郎來到港口邊，舉步又止口難言
咫尺天涯難會面，低頭卻見水中天

△馬二郎緩緩而來，見村民增相用銀兩丟擲魚籃觀音，不免情怯。

馬二郎唱：

　　綠草蒼蒼白霧茫，嫦娥就冽水中央
　　手搦金銀我毋敢放，褻瀆佳人禮不當

△呂洞賓見馬二郎失魂落魄樣子，算出他的心事，決定要跟觀音大士開個玩笑。

△呂洞賓手中羽扇一揮，馬二郎身不由己舉起手來，一擲出銀兩後，銀兩竟不偏不移打中畫舫中魚籃觀音。

△馬二郎銀兩打中魚籃觀音後，全場民眾同聲相應，驚呼連連。

△馬二郎也被嚇傻，不敢置信，他竟成乘龍佳婿。

土地公：恭喜喔，馬二郎獨得魁首。

王婆：啊毋趕緊上船，通娶媠新娘。

△立刻被眾人推上畫舫的馬二郎，就這樣如作夢般贏得美人歸。

△呂洞賓見狀，冷眼旁看眾生，暗中竊笑。

△善財、龍女步下畫舫，來到呂洞賓身邊。兩人向呂洞賓拱手行禮致敬。

善財：觀音大士愛咱二人，特來向呂道人說謝。

龍女：觀音大士講，那無呂道人特意相助，伊擲銀許婿，難有如此完滿个結果。

△呂洞賓一聽，自己竟淪入觀音大士所設局中，不免面帶慍色。

呂洞賓：原來觀音大士已料準，我會出手干涉。

善財：以汝呂道人，汝好管閒事个本性，怎會當放惦惦毋施展汝个好本領，通好顯示呂道人汝个好才情！

龍女：觀音大士，一心想欲度化馬二郎，毋知欲用啥物方法卡妥當
若無呂道人贊助阮遮陣葵扇風，真是進退無路心徬徨。透尾真
真正正是愛感謝是汝這个大恩公。
△呂洞賓乾笑幾聲。
呂洞賓：好說！好說！
善財：哪按呢，阮就先告辭，他日大士會定登門拜訪，向汝來請示。
△善財與龍女告辭後，呂洞賓氣也不是，恨也不是。
呂洞賓唱：
好！好！好！妙！妙！妙！
不飲欺心酒，不貪不義財。
福因慈善得，禍向奸巧來。
六月心頭噴猛火，三冬水底納涼天
誰知此禪真妙用，此禪禪內又生禪。
（白）我就欲看觀音大士，汝遮齣戲欲如何收煞！
△忽然空中傳來觀世音聲音。
觀世音：當然嘛是愛閣靠汝呂大仙人一臂之力，來周全囉！
△呂洞賓一聽，傻眼！知道又被觀世音設計了。
△舞台燈滅！

第六場　色即是空

時間：夜晚
地點：馬二郎新房
人物：魚籃觀音、馬二郎、土地公、善財、龍女、王婆、趙三郎、陳四郎、村民數位

△舞台燈起！
【合唱】
鑼鼓喧嘩迎新娘，喜事臨門萬愁休
緣深份定能相守，得償所夢世何求

△馬二郎守候在家門口，眼巴巴盼著花轎趕緊抬來心愛的新娘。好友趙三郎、陳四郎陪在身邊，看著馬二郎猴急樣子，不斷取笑他。
△喜樂聲響起，迎親樂隊浩浩蕩蕩抬著花轎來到馬府。
△王婆笑呵呵的將身著霞批鳳冠的魚籃觀音扶出轎門。
王婆：今日轎門兩邊開　金銀財寶一直來
△馬二郎一見新娘來到，喜出望外。想向前攙扶新娘，被趙三郎拉住，要他別亂了規矩。
△王婆牽著魚籃觀音過火盆。

王婆：新娘過火不通驚，腳步慢慢到大廳
　　天成福祿富貴命，拜堂完婚乾坤定
△王婆牽著魚籃觀音踩破瓦片。
王婆：新娘入門踏破瓦，代代子孫攏勇健
△王婆小心扶著魚籃觀音入門。
王婆：戶碇細膩跨予過，新娘吃甲百二歲。
　　新娘雙腳踏落地，金銀賭甲無地下。

△入門後，在舞台一側布置成禮堂，馬二郎家無高堂，由土地公代
　替雙方家長，接受行禮。
△王婆扶著魚籃觀音與馬二郎拜堂。
王婆：
　一拜天地成夫妻，二人結髮子孫濟
　男女姻緣天來配，感情永遠無問題
　二拜高堂敬祖先，男女做陣是天緣
　夫妻和合永不變，妻賢夫貴萬萬年
　夫妻對拜企正正，向望入門翁姑疼
　良時吉日來合婚，一夜夫妻百世恩

△行禮完畢後，王婆扶著魚籃觀音與馬二郎，入舞臺另一側所佈置新房。

王婆：

送入洞房入房內，男女做陣天安排

今夜花燭千日愛，生兒育女大發財

△王婆把如意稱交予馬二郎，要他挑豈新娘喜帕後。便走出洞房去打發想來鬧洞房的賓客。

△馬二郎舉起如意稱，想挑開新娘喜帕，又害羞，又怕冒犯新娘，舉 箸難定，猶豫好一會，才提起勇氣，挑開喜帕，喜帕下是清麗脫俗的魚籃觀音，馬二郎看癡了。

馬二郎唱：

單身虛度好時光，金風玉露喜相逢

身無長物毋敢妄，得娶佳人如夢中

魚籃觀音唱：

官人怎可來失志，天生萬物皆有義

安貧樂道過日子，行善積德才對時

馬二郎唱：

夫人見解非平常，自嘆不如愧難當

氣骨清淨如秋水，家徒四壁傲王公。

魚籃觀音唱：

無恙身安莫怨貧，幾多白屋出公卿

淩雲甲第更新主，勝概名園非舊人

△娶妻如此，夫復何求，馬二郎取出一支木釵，柔情款款遞給魚籃觀音。

馬二郎：莊姑娘…無，夫…人啊，為夫家貧，只能用家傳紫檀木雕刻一支木釵，送汝坐定情之物，望…夫…人莫嫌木釵粗俗，這只是為夫一番心意。

△魚籃觀音取過木釵，細心把玩。

魚籃觀音：感謝相公，一番心意，奴加謹記在心。

△洞房門口，趙三郎、陳四郎、村民不斷叫囂。

趙三郎：啊我一个新郎倌，時間就猶袂暗，毋免趕緊欲入洞房。

陳四郎：就是嘛！緊來陪咱遮掊好友啉喜喝，哪無咱就毋放汝干休。

村民甲：哪閣恬恬毋出房門，阮就洞房鬧甲燒滾滾，予恁規暝毋通睏！

△王婆眼看眾人嬉鬧不退，只得敲開房門。

王婆：新郎倌，我看這攤喜酒宴，汝無啉是袂收煞，趕緊出門去大廳，新娘陪伴就予我。

△馬二郎無奈，只得出房門應對。臨出房門時，又依依不捨看著新娘。

△王婆看出馬二郎心意，忍不住出言阿諛。

王婆：汝放心，翁某是做一世，無是作一時，分開一連鞭，勿會來有痃勢，汝放心做汝去，好好暢飲通歡喜。

△馬二郎只得離去。

△馬二郎後，房裡只剩王婆與魚籃觀音。

△忽然間，魚籃觀音心口絞痛，一口氣喘不過來。整個人不停翻滾。

魚籃觀音：疼～我…我个胸坎足疼～

魚籃觀音唱：

胸坎痛疼如針搣，肚內滾絞形欲碎
黑雲蓋頂魂飛離，莫非大限已定時

△王婆一見魚籃觀音痛苦模樣，也慌了手腳，不如何是好。

△魚籃觀音胸口痛的直翻滾後，撲倒於床上，在一陣抽搐後，香消玉殞。

【合唱】

洞房花燭竟生變，美滿姻緣成雲煙
離情愁恨世難免，佳人魂歸離恨天

△王婆見狀，大聲呼救。

王婆：緊來人啊！毋好啦！新娘…伊死去啊！

△大廳上眾人，聽到王婆犀利喊叫聲全湧向洞房來。

△馬二郎一入門內，看到躺在床上一動也不動的魚籃觀音，撲向前去，握著魚籃觀音已冰涼的纖纖素手。

馬二郎：無可能，無可能，咱歷經遐爾濟个磨難，才會用作伙，汝…

怎忍心放我而去～我妻啊～

△現場眾人，見馬二郎哭得聲嘶力歇，半刻前，原本還是對神仙眷屬，竟落得分離死別。不勝唏噓。

△土地公，向前攙扶起馬二郎。

土地公：我遮个無緣好賢婿，人死不能復生，汝愛節哀順變。

△馬二郎已哭得斷腸，怎能割捨。

馬二郎唱：

（白）天啊這是為啥物～

千里有緣來相見，得成夫妻卻份淺

歷經磨難我心意堅，卻見勞燕分飛恨綿綿

妻啊～

相愛毋當到白頭，放我孤單汝煞來先走

鴛鴦譜上名無標，鵲橋未到先過奈何橋

△王婆為馬二郎癡情，紅了眼眶，也加入勸說。

王婆：是啦！二郎啊！汝哭閣按怎悽慘，莊姑娘欲聽攏袂著，現在會緊將後事發落才是對。

△趙三郎、陳四郎亦同勸說。兩人一起扶起跪在地上的馬二郎。

趙三郎：二郎啊，汝愛聽阮講，新娘已經攏袂當閣還陽。就算汝哭死嘛是無路用。

陳四郎：汝哭甲強欲死，新娘哪行會開，應該放手予伊去，才能投胎重出世。

△馬二郎已全無主意，只能放手。

△忽然馬二郎見遺落在地上的木釵，猛力朝地上拾起木釵。再度走到魚籃觀音屍首旁。

△馬二郎淚流滿面，用顫抖的手，小心翼翼把木釵插入魚籃觀音髮鬢裡。

△眾人見馬二郎真情流露，全為之動容。

馬二郎：吾妻啊～

△馬二郎扶屍大慟。

△舞台燈滅！

【合唱】

生老病死本無常，因果輪迴存其中

非實非虛空即色，亦時亦非色即空

第七場　令入佛智

時間：白天

地點：郊外墳場

人物：馬二郎、呂洞賓、老僧、王婆、趙三郎、陳四郎、張無盡、金五郎、金妻、村民數位

△舞臺燈啟！

【合唱】

三尺黃土築丘陵，七呎棺木葬白身

昨日花燭新人進，今日新墳悲故人

△馬二郎守在墳前，淚已流盡，形同枯槁。
△王婆在一旁幫忙燒紙錢，不斷嘆息。
△前來幫忙料理喪事的村民，也默默無語。
△趙三郎、陳四郎緩緩前來幫忙料理喪事，但兩人皆神情憔悴。
△王婆一見，嚇了一跳，忙上前詢問。
王婆：啊恁兩个，才兩天沒看過，是按怎那會變按呢？消瘦落肉遮狼狽！
△一會來了王五郎，雙眼紅腫。
王婆：五郎啊汝會變按呢？
△趙三郎、陳四郎無奈對望。五郎苦笑搖頭。
趙三郎唱：
夜夜夢見規陣魚，佮我討命是愛我死
心驚膽嚇無處覓，我看一命就愛歸陰司
陳四郎：
傢伙跋了無半步，枵卡大腸告小肚
田園抛荒我全無顧，如今反悔嘛斷後路
金五郎唱：
阮某氣我愛風騷，半暝起手閣動刀
將我拍卡規身黑，尻我出門叫艱苦
王婆：恁三个啊～一个愛跋，一个毋討趁，一个是愛找咱某，免講死卡塗塗塗。

△張無盡也緩緩到來，神情雖憔悴仍透露出得意神情。

趙三郎：張阿舍，啊汝毋是身體無好規工倒咧睏，今仔日哪會來出門？

陳四郎：家產一睏頭予伊擲一半，免講嘛規工勿會快活。

金五郎：聽講縣老爺食錢已經予官府收押，遮个歹無盡報應欲到了，看伊閣會當聳鬚賴久。

△張無盡來到魚籃觀音墳前，滿臉得意。

王婆：張阿舍，汝嘛來拜馬二嫂伊喔。

張無盡：好歹伊活个我嘛對伊真佮意，人死我來甲拜一个嘛是人情義理。

△張無盡向新墳拜了三拜後，輕蔑拍了拍馬二郎肩膀。

張無盡唱：

費盡心力白了工，頭來嘛是一場夢

汝命中無某注定散，強求不得害死人

△一旁王婆、趙三郎、陳四郎、金五郎一聽張無盡無人性言語，不經 為馬二郎仗義直言。

王婆：汝遮个歹抶盡，留一寡口德，人馬二郎已經遮傷心，汝猶閣佇邊仔炘柴添火著。

陳四郎：就是講嘛？講話遐無人性，猶毋驚有報應！

△被張無進這一碰，馬二郎忽然又哀慟大哭出聲。

馬二郎唱：

洞房一別成遺恨，　肝腸寸斷造新墳
未得同襟怨命運，　魂兮未安何處詢
喚妻千聲汝無聽到，哭妻萬聲汝看勿會到
咫尺天涯生死路，　泉台相會續緣否

△馬二郎哭完後，忽然向撲向墓碑，想一死殉情。
△忽然來了位老僧，擋在馬二郎面前。
老僧：阿彌陀佛，善哉！善哉！上天有好生之德，施主怎可輕生！
馬二郎：我⋯⋯
△眾人也忙把馬二郎扶起，幫忙勸說。
王婆：二郎啊，千萬毋通想勿會開，愛惜性命个珍貴。
趙三郎：憨小弟啊～汝死敢對會起，阮逐家對汝个情義。
陳四郎：馬大哥，汝死嘛是無路用，大嫂未能閣復生
金五郎：二郎啊，汝看我，財產予我掖了去，某離無囝兒，嘛是好好佇遮咧喘氣，汝正當青春少年時，應該好好保握好時機。
△老僧見狀，走到眾人面前。
老僧：認遮个少年人，干焦知影談情說愛，卻毋知炎涼世態。汝昨日所見个彼个妙齡女子，可知今日已化成一堆白骨。
△眾人一聽，議論紛紛。

張無盡：遮哪有可能，人才死哪有可能就變作白骨。

老僧：認不信，就觀來～

△老僧手一揮，魚籃觀音新墳，聞風破裂，露出棺木。

△老僧再一揮，棺木應聲開啟，棺木中只見白骨一副。

△眾人一見，大驚失色，尤其是馬二郎嚇的倒退數步。

張無盡：實在是驚死人，人才死就變作按呢，足恐怖个……

馬二郎：遮，哪有可能……

△老僧拉住馬二郎肩膀，正色說。

老僧：如何，馬二郎汝方才，猶口口聲聲講欲佮愛妻來同墳，如今只是見著亡妻白骨就亂分寸，敢閣講對妻有不變个情份？

△馬二郎低頭審思。

△老僧再指著現場眾人。

老僧：猶閣有恁，毋是愛莊姑娘願意散盡家財，願意為娶伊唸經食菜，如今呢？卻只睹「恐怖」二字來做決裁。

△村民一聽全默默無語。

△老僧手再一揮，頓時棺中白骨化為烏有。只有留下一支木釵。

△老僧伸手入棺，取出木釵遞給馬二郎。

△馬二郎眼睜睜看著白骨消失，如夢似幻，讓他無法置信，但握在手上的木釵又是如此真實。

老僧唱：

迷者迷心為眾色，悟時悟色是真心

萬行不如修白業，一心何苦戀紅塵。

馬二郎：這……到底是何緣故？

△老僧看著眾人，氣定神閒娓娓訴說。

老僧唱：

（白）欲知棺內白骨為何會化作雲煙，就愛貧僧來說因緣

恁金沙灘村民是貪重利，觸犯天條原本命會歸陰司

觀世音菩薩是大慈大悲，向玉皇求情解救恁逐家來出火坑

伊化身為作美貌賣魚女，愛汝買魚卻愛將魚來放生

恁卻沉迷世俗來失理智，白白浪費觀音大士一片佛心意

佳哉有二郎慈悲為懷人正當，買魚放生，無辜負大士所望

伊一个落地書生有萬夫之勇，一念之仁，來解化惡村禍無窮

觀音大士愛恁逐家顯佛性，假意選婿愛恁背誦佛經

愛恁閉門讀經一月整，吃齋禮佛，才勿會閣屠殺生靈

無意故卻被小人來破壞，徒勞無功愛閣對頭來

重新佈局定新法是來選婿，就是愛恁放棄不義之財

擘銀團圓是小把戲，是愛恁逐家作善事來捐錢

擲到觀音个人會是二郎汝，全是觀音早就安排个主意

二郎汝早與我佛有善緣，可惜汝紅塵六根未清淨
觀音大士故意佮汝來定婚盟，成親之夜就棄世長眠
苦心教化汝世事無常个真理，先以欲鉤牽後令入佛智
即心即佛，但從彼岸問迷津，慈航有路，渡頭寶筏開船時

△聽完老僧話後，在場眾人才知先前種種，全為觀音大士一片慈心。

老僧：佛是已成佛的眾生，眾生是未成佛的佛。世人皆有佛性，只是難以自辨。這也是觀音大士一意欲度化恁眾人原理，若不回頭，誰替汝救難救苦？倘能轉意，何須我大慈大悲？阿彌陀佛！

△老僧一番佛理，讓眾人聽了各有感觸。

老僧：人生的八大痛苦：生、老、病、死、愛別離、怨憎會、求不得、五蘊熾盛。世間有情悉皆是苦，有漏皆苦，即所謂「苦諦」。世人愚痴，無法參透生命輪迴人世原本。此滅彼生，輪迴不息。二郎，觀世音菩薩對汝用心良苦，汝應該有所領悟，萬物皆空，唯因果不空个道理。

△馬二郎憶起昔日種種，了然頓悟。

馬二郎唱：（白）我悟解了，紅塵俗世，悲歡離合不過是一場幻夢

了妄歸真萬慮空，河沙凡聖體通同。
迷來盡似蛾投焰，悟去皆如鶴出籠。

片月影分千澗水，孤松聲任四時風。
直須密契心心地，休苦勞生睡夢中。

王婆：啊彼个莊姑娘个…無啦～

△王婆驚覺說錯話，馬上雙手合掌大唸阿彌陀佛。

王婆：我是講大慈大悲觀世音菩薩啦，伊个母舅毋就是…？

老僧：是恁地方个土地神。

王婆：莫怪我才會看伊，遮爾啊面熟。原來是我進前定定咧拜个土地公。

金五郎：我嘛有覺悟了，以往貪杯愛錢財，一切攏是自作歹，實在太不該，我願意將歹習慣收起來，厝內某囝愛疼愛，家庭和樂才應該。

△金妻牽著幼兒上場，悄悄站在王五郎身後。

金妻：按呢，毋就對。

△王五郎與王嫂相擁而笑。

趙三郎：我嘛有了解，不該屠殺生靈，大細魚攏總刣，以後哪掠著細隻魚，我會將伊放落海，好好愛護自然个生態。

陳四郎：我嘛愛懺悔，愛筊無顧田園放咧予荒廢，那五穀欠收百姓是欲食啥物？從此骨力拍拼著田地，才是農家好子弟。

王婆：我嘛有毋對，怨翁規工去風騷，怪東怪西怪三寶，逐日佮翁冤家足疲勞，毋拜神明是毋好，從此我會來改過，誠心禮佛勿會閣來囉嗦！

△村民各有覺悟，已決心向善。

△老僧再向馬二提點。

老僧：馬二郎啊，汝莫忘昔日汝所發个誓言。

△馬二郎思考了一會，想起先前誓言。

馬二郎：我毋會忘卻，欲為觀世音菩薩重新雕刻金身个誓言，現在我已

心無罣礙，決意用家傳紫檀木，世世為觀世音菩薩重刻佛像。

△眾人一起下跪，齊向晴天寺參拜。

眾人齊口：感謝觀世音菩薩來解救，從今以後阮逐家永奉三寶，真心

悔改，用心懺並且不再犯，而且會用心持咒念佛拜神。

老僧：真好，真是功德圓滿囉。阿彌陀佛！本僧向各位施主告辭囉。

△眾人一片向善中，唯獨張無盡吡牙裂嘴不以為然。

張無盡唱：

毋信神來毋信仙，心偌想貪我就變有輪

包袱款款他鄉遷，重找戇人摔跤反

△張無盡語畢，拂袖而去。

王婆：死袂變，無藥醫！

△老僧見狀，搖頭嘆息。

老僧：　阿彌陀佛！善哉！善哉！

天雨雖大，不潤無根之草～

佛門雖廣，不渡無緣之人

△老僧離去時，忍不住又喃喃自語。

老僧：我今个愛管閒事个呂洞賓，這聲實在管了有夠徹底。

觀音大士啊，汝欠我一個大人情。

△老僧化回呂洞賓。

呂洞賓唱：

休教六賊日相攻，色色形形總是空

悟得本來無一物，靈臺只在汝心中

△呂洞賓輕搖羽扇，仰天而笑。

【合唱】

善德觀音馬郎婦　寂妙湛然淨明珠

夢幻泡影示出離　光照癡闇煩惱除

△舞台燈滅！

終　場　千手千眼觀音

時間：白天

地點：普陀山聖地

人物：觀世音大士、觀音舞者數名

△舞台燈起！

【合唱】

觀有不住有，觀空不住空，

聞名不著於名，見相不惑於相

心不能動，境不能隨，

動靜不亂其真，自在無礙之智慧

△數名觀音舞者，合而為一。

△觀世音立在群首。

觀世音：世尊！我念過去無量億劫，有佛出世，名曰「千光王靜住如來」。彼佛世尊憐念我故，及為一切諸眾生故，說此「廣大圓滿無礙大悲心陀羅尼」。以金色手摩我頂上作如是言：「善男子！汝當持此心咒，普為未來惡世一切眾生，作大利樂。」我於是時，始住初地，一聞此咒故，超第八地。我時心歡喜故，即發誓言：「若我當來，堪能利益、安樂一切眾生者，令我即時，身生千手、千眼具足。」

發是願已，應時身上，千手千眼，悉皆具足；十方大地，六種震動；十方千佛，
悉放光明，照觸我身，及照十方，無邊世界。

△觀世音與舞者化成千手觀音。

【合唱】

蓮座湧慈雲，隨處現金身
楊枝水灑凡塵，甘露潤群生
賞善乃大慈，罰惡為大悲，
大慈大悲力，慈航普渡行。
朝念觀世音，暮念觀世音
念念從心起，念佛不離心

△舞台燈滅！

△全劇終！

國家圖書館出版品預行編目資料

筆耘文筑：歌仔戲劇本集／黃美瑟著. -- 初版.--
臺中市：白象文化事業有限公司，2022.6
面； 公分.
ISBN 978-626-7151-35-8（平裝）

863.54 111008392

筆耘文筑：歌仔戲劇本集

作　　者　黃美瑟
校　　對　黃美瑟
發 行 人　張輝潭
出版發行　白象文化事業有限公司
412 台中市大里區科技路 1 號 8 樓之 2（台中軟體園區）
出版專線：（04）2496-5995　傳眞：（04）2496-9901
401 台中市東區和平街 228 巷 44 號（經銷部）
購書專線：（04）2220-8589　傳眞：（04）2220-8505
出版編印　林榮威、陳逸儒、黃麗穎、水邊、陳媁婷、李婕
設計創意　張禮南、何佳諠
經紀企劃　張輝潭、徐錦淳、廖書湘
經銷推廣　李莉吟、莊博亞、劉育姍、林政泓
行銷宣傳　黃姿虹、沈若瑜
營運管理　林金郎、曾千熏
印　　刷　基盛印刷工場
初版一刷　2022 年 6 月
定　　價　300 元